Peter Jackob

Schotten dicht

Kommissar Schack Bekker ermittelt auf dem Rhein

SOCIETÄTS VERLAG

Jede Ähnlichkeit zu tatsächlichen Ereignissen oder Personen ist rein zufällig. Aus erzähltechnischen Gründen wurde die Mainzer Mordkommission in die Altstadt verlegt und die Originalroute der Schiffsreise etwas geändert.

Satz – Inhalt: Karin Haas
Umschlag: Axel Weber
Druck und Verarbeitung: CPI books GmbH, Leck
Printed in Germany 2017

ISBN 978-3-95542-258-5

Für I.J.

»Sehen Sie«, sagte Miss Marple, »genau wie ich vermutet habe, hat sich am Ende alles als ganz, ganz einfach herausgestellt. Eines der einfachsten Verbrechen.«

Agatha Christie, *16 Uhr 50 ab Paddington*
(übersetzt von Ulrich Blumenbach)

Inhalt

Übles Erwachen

Bekker hing über der Toilette und musste sich ein weiteres Mal übergeben. Es dauerte mehrere Minuten, bis er in der Lage war, sich zum Bett zurückzuschleppen. Alles drehte sich, nur mit Mühe schaffte er es, sich hinzulegen. Er schloss die Augen und versuchte, das Chaos in seinem Kopf zu ordnen. Zuerst hatte er bei dieser Geschichte unglückliche Umstände vermutet, mittlerweile wusste er, dass das nicht stimmte. Aber wer war in der Lage, eine solch aberwitzige Tat so minutiös und vor allem so aufwendig zu planen?

Er nahm sein Wasserglas vom Nachttisch, trank einen Schluck und fühlte erneut den krampfenden Magen, den stechenden Schmerz in der Bauchgegend. Er stöhnte auf. Das Schiff lag wie ein toter Wal auf dem Rhein – ein Virus hatte einige der Passagiere und Besatzungsmitglieder erkranken lassen, die »Pandora« war in Folge der Ereignisse unter Quarantäne gestellt worden. Bekker vergrub sich tiefer unter seine Decke. Sobald es ihm besser gehen würde, musste er zum Kapitän. Er fror erbärmlich und die Zeit lief ihm davon.

Wenn es ihm nicht gelang, in Kürze die erforderlichen Ermittlungen einzuleiten, würde spätestens mit der

Grundreinigung des Schiffes, die fraglos notwendig war, jede Spur verloren gehen. Außerdem hatte bislang wohl niemand auch nur die leiseste Ahnung, dass es sich beim Todesfall Egon Nimmer sehr wahrscheinlich um Mord handelte. Der Kommissar der Mainzer Mordkommission sah auf seinen kleinen Wecker, der leise tickend auf der Ablage neben dem Bett stand, und versuchte abzuschätzen, welche Mittel ihm zur Verfügung standen. Bekker spürte, wie sich der Magen hob und seine Kehle enger wurde – es war wieder soweit. Er quälte sich ins Bad. Dann hing er erneut mit dem Kopf über der Toilettenschüssel, bis er schließlich völlig entkräftet auf den Vorleger glitt und einschlief.

Tombola der Träume

»Liebe Gäste, noch einen kurzen Moment. Gleich ist es soweit … es geht um den Hauptgewinn des heutigen Abends.« Der Moderator griff einen Umschlag vom Rednerpult, den er routiniert öffnete, und zog eine Karte heraus. »Den ersten Preis … eine zehntägige Schiffsreise auf dem Rhein, von Köln über Nimwegen und Rotterdam bis nach Mainz, hat gewonnen … Ihr Kollege … Jacques Bekker!«

Verhaltener Beifall. Einige klatschten, weil sie so am besten ihre Enttäuschung darüber verbergen konnten, nicht selbst gewonnen zu haben. Andere freuten sich deshalb, weil sie wussten, dass der Gewinner kaum Gefallen an dieser Reise finden würde. Den Hauptpreis des Abends ablehnen konnte man eigentlich nicht. Das war ein ungeschriebenes Gesetz. Schack Bekker unterhielt sich gerade angeregt mit Gerd Denne und hatte die Verlosung überhaupt nicht mitbekommen. Seine langjährige Kollegin Erna Dunst stieß ihn an.

»Schack, du hast gewonnen!«

Bekker wandte sich zu ihr um und schien nicht recht zu verstehen, was sie ihm zu sagen versuchte. Die Tombola hatte er gar nicht registriert, weshalb er auch nicht nachvollziehen konnte, warum sie ihn so durchdringend ansah.

»Bitte Ernie, was auch immer es sein könnte, ich gewinne nie! Und das ist auch ganz gut so.«

»Nein, im Ernst, ich erzähl dir keinen Mist.«

Die sonore Stimme aus dem Mikrofon, die aus einem Werbespot hätte stammen können, bat den Kommissar, nach vorne auf die Bühne zu kommen. Bekker beharrte weiter auf seiner Meinung, dass es sich nicht um ihn handeln könne, was zweifellos an den zahlreichen Weinschorlen lag, die er sich, wie jedes Mal zu diesem Anlass, bereits gegönnt hatte.

»Das hier halt ich nur besoffen aus«, war sein immer gleicher Trinkspruch während des Polizeiballs. Der Conférencier bemerkte nun mit erhobener Stimme und mittlerweile gereiztem Ton: »Herr Kommissar, der Abend endet nicht mit der Verleihung Ihres Preises!« Daraufhin ruhten die Blicke aller Anwesenden auf Bekker, der endlich erkannte, dass es sich keineswegs um einen Scherz handelte. Er drehte sich in die Runde, da er in einiger Entfernung zur Bühne saß, und sah in teils auffordernde, teils grinsende oder einfach nur gelangweilte Gesichter, die ihm eines deutlich vor Augen führten: Er musste diesen Preis entgegennehmen.

Bekker hob entschuldigend die Hände, lächelte und bahnte sich seinen Weg durch den eng besetzten Saal des Kurfürstlichen Schlosses zur Bühne. Er bekam einen Umschlag in die linke Hand gedrückt, dann schüttelte ihm der drahtige Conférencier die rechte mit übertriebener Begeisterung. Anschließend erzählte der

Mann hinter dem Mikrofon dem Gewinner sowie dem gesamten Festsaal noch einmal stichpunktartig, wohin die Fahrt gehen würde und dass in seinem Reisepaket natürlich alle Landgänge und Veranstaltungen inklusive seien.

Bekker hatte höchstens die Hälfte des Gesagten mitbekommen und versuchte, sein Unbehagen so gut wie möglich zu verbergen. Der schnittige, auf jugendlich-frisches Aussehen getrimmte Conférencier übergab ihm auch schon das Mikrofon, womit endgültig klar war, dass sich der Kommissar für den Preis bedanken musste. Der erst kürzlich und nach langem Hin und Her zum Hauptkommissar ernannte Bekker wusste, dass letztlich kein Weg an dieser unglückseligen Fahrt vorbeiging. Vor allem jetzt, da nun endlich seine Beförderung erfolgt war und er die Position ordentlich auszufüllen hoffte, konnte er unmöglich sagen, dass ihm diese Reise einen Scheiß bedeutete. Um genau zu sein, er würde sogar dafür bezahlen, nicht mitfahren zu müssen. Bekker hatte zwischenzeitlich nicht mehr mit dem beruflichen Aufstieg gerechnet. Eigentlich war nach dem Fall der Don-Juan-Morde alles klar gewesen, aber mehrere für die Polizeidirektion ungünstige Entwicklungen im Budget-Bereich hatten diesen Karriereschritt damals doch noch platzen lassen. Er sah in den Raum hinein, holte kurz Luft und begann zu reden: »Also, das ist wirklich eine … Riesenüberraschung!« Er versuchte so erfreut wie möglich zu klingen. »Eine Schiffsreise, und dazu auf dem Rhein. Das ist wirklich … große Klasse. Das war schon immer ein Traum von mir«, log er. »Ich … jedenfalls, das ist … vielen herzlichen Dank.«

Im Raum prustete jemand hinter vorgehaltener Hand los. Bekker erkannte seinen Freund, den Polizeifotografen Werner Niesberg. Dieser versuchte mit rot angelaufenem Kopf, einen Lachanfall zu unterdrücken, was ihm, für alle hörbar, in keiner Weise gelang. Als der Kommissar schließlich zurück an den Tisch kam, sah er Niesberg nur kurz an und bemerkte trocken: »Du bist ein Arsch, und zwar einer, wie er im Buch steht.«

»Tut mir leid, Schack, aber du auf einem dieser fahrenden Modellbauschiffchen. Am besten benennst du die Decks nach den Straßen in der Vilzbach. Dann fühlst du dich bestimmt recht schnell heimisch.«

Niesberg brach erneut in Gelächter aus und konnte sich auch nach Minuten nicht beruhigen. Dass Bekker die Vilzbach, das Herz der Mainzer Altstadt, liebte und diese auch nur verließ wenn unbedingt nötig, war kein Geheimnis unter den Kollegen. Die Vorstellung, dass er, der äußerst ungern verreiste, eine Flusskreuzfahrt unternehmen musste, fand der Fotograf einfach zu komisch.

»Werner, vielleicht legen wir einfach alle zusammen und schicken dich mit«, warf Erna ein.

»Gott bewahre, ich werde ja selbst in der Badewanne seekrank.«

»Na, dann würde sich die Sache ja sogar richtig lohnen. Den Spaß sollten wir uns eigentlich gönnen.«

Niesberg konnte natürlich nicht ahnen, dass die Hauptkommissarin bereits den Entschluss gefasst hatte, die Kollegen genau dazu zu überreden. Am besten sollte man die beiden in einer gemeinsamen Kabine unterbringen, dachte sie und konnte sich bei dieser Vorstellung ein breites Grinsen nicht verkneifen. Sie genoss gerade einen Schluck Weißburgunder aus Flonheim, als der Rechtsmediziner Prof. Dr. Walter Kur zurück in den Festsaal an den Tisch kam und mit einem Blick erkannte, dass etwas Ungewöhnliches passiert sein musste.

»Ich höre?«, fragte er in die Runde.

»Schacks Traum wird endlich wahr«, verkündete Niesberg und deutete dabei auf den Kommissar.

»Dein Traum, Schack?«, fragte der Mediziner ein wenig irritiert, denn noch hatte ihn niemand über Bekkers gewonnene Flusskreuzfahrt aufgeklärt. Diesen begann die Situation zu nerven, er versuchte sich aber zurückzuhalten.

»Die Tombola, Walter. Es wurde doch eine Schiffsreise verlost. Und wer gewinnt die? Kannst du dir das vorstellen? Ausgerechnet ich muss den Scheiß-Hauptpreis gewinnen.«

»Vielleicht nimmst du einfach jemanden von uns mit?«, schlug der Rechtsmediziner vor. Bekker griff sein Schoppenglas, trank es aus und stand auf. »Bin gleich wieder da.«

Er verließ den Saal und ging zu den Toiletten. Während er am Pissoir stand, überdachte er die Konstellation noch einmal. Natürlich konnte er nicht ablehnen. Er mochte Kreuzfahrten nicht, dieses Eingepferchtsein auf dem Wasser. Beim Händewaschen schüttelte er den

Kopf und murmelte »Schotten dicht. Das wars dann« vor sich hin. In diesem Augenblick kam sein Kollege Dingmann durch die Tür und blieb hinter ihm am Waschbecken stehen.

»Ach, was hätte ich so gern gewonnen, Schack. Aber dir gönne ich das von Herzen, ehrlich!«

»Danke, das ist wirklich nett von dir«, antwortete Bekker und begann, sich ein klein wenig mit dem Gedanken anzufreunden, die Reise zu machen. Wenigstens ist es keine Kreuzfahrt auf dem Meer, sagte er sich und verließ die Toilette. In der Halle wurde ein Lied angestimmt – Bekker lauschte kurz, drehte ab, ging zu einer der Fensterfronten des Schlosses und sah hinüber zum Rhein. Er konnte diese Reise nicht ablehnen. Man hätte es ihm als Arroganz, womöglich sogar als Ignoranz ausgelegt. Erschwerend kam hinzu, dass viele seiner Kollegen die Schiffstour nur zu gerne gemacht hätten. Lautes Klatschen drang aus dem Festsaal. Bekker wandte sich um und grummelte auf seinem Weg zurück zur Feier: »Acht Tage Urlaub kostet mich der Scheiß.«

Als er gegen halb drei Uhr morgens dem Festnebel entkommen war und leicht schwankend am Rhein entlang in Richtung Altstadt spazierte, hatte er schon mehrfach erfolglos versucht, die Schiffsreise aus seinem Kopf zu verbannen. Nur der Tod würde ihn davor retten können, in eine riesige Konservenbüchse gepfercht von Köln nach Rotterdam und zurück nach Mainz geschippert zu werden. »Aber das Wöchelsche geht auch rum«, nuschelte er und blieb am Ufer auf der Höhe des Fischtorplatzes stehen. Er sah hinüber zur anderen Rheinseite Richtung Maaraue. Es störte ihn nach wie vor, dass man Mainz in den Nachkriegsjahren zu einer geteilten Stadt gemacht hatte. Ein Zustand, der noch immer auf Rücknahme wartete.

In seiner Jugend war er während des Sommers mit dem Kostheimer Bötchen übergesetzt, das nur ein paar Meter von hier entfernt seinen Anleger gehabt hatte, und dort ins Freibad gegangen. Den ganzen lieben langen Sommer, dachte er und stieg die Stufen zum Flussufer hinunter, wo er sich setzte. Es war noch immer angenehm warm. Er schloss die Augen und sinnierte vor sich hin. Seine Tochter Klara war zum zweiten Mal schwanger, und ihre Brüder, die Zwillinge Theo und Dominik, entwickelten sich prächtig. Mit Helene, seiner Ex-Frau, lief es in Sachen Kinder mittlerweile recht gut. Doch bei jeder Gelegenheit, die nicht eindeutig geregelt oder verabredet war, kam es zu kleineren Zwistigkeiten. Bislang waren sie nicht gravierend, aber Bekker hatte die Zeiten noch gut in Erinnerung, als er in regelmäßigen Abständen Anwaltsbriefe von seinem ehemaligen Schwiegervater, Martin Säumling, bekommen hatte. Schließlich hatte Klara eingegriffen und eine Regelung zwischen ihren Eltern erwirkt, die bis zum heutigen Tag weitestgehend funktionierte. Bekker zog die Schuhe aus und streckte seine Füße ins Wasser. Die Temperaturen der letzten Tage waren deutlich besser zu ertragen als noch die Hitze der zurückliegenden Wochen. Er blickte in den schwarzblauen Himmel, der ihn einzuhüllen schien, gähnte lauthals und befeuchtete sich die Lippen. Halb vier, glücklicherweise war morgen

Samstag und er hatte keinen Bereitschaftsdienst. Bekker überlegte kurz, ob er noch einen Absacker nehmen sollte, verwarf den Gedanken aber gleich wieder. Das kühle Wasser wirkte entspannend.

Er musste eingeschlafen sein, denn als er die Augen öffnete, fiel ihm die noch recht schwache Sonne ins Gesicht. Er zog seine Strümpfe und Schuhe an, stieg die Stufen nach oben und kramte an der Rheinpromenade stehend in seinen Taschen. Ein Jogger kam ihm vom Rathaus her entgegen. Bekker fragte ihn nach einer Zigarette, was ihm einen ungläubigen Blick und Kopfschütteln einbrachte. Er überquerte den Fischtorplatz und steuerte auf den kleinen Gemischtwarenladen an der gegenüberliegenden Straßenecke zu. Er hatte sich sein Jackett über die Schulter geworfen und pfiff ein Liedchen, als er an der Ampel stand. Der Kommissar grüßte den Besitzer, der gerade seinen Werbeaufsteller hinaustrug und vor dem Eingang platzierte. Die Ampel sprang auf Grün und er überquerte gemächlich die Rheinstraße. Nach einem kurzen Plausch kaufte er eine Schachtel blaue Gauloises, dazu Streichhölzer und einen frisch aufgebrühten Kaffee, der hier weiterhin einen Euro kostete. Fast so wie früher, als man einen Becher Kaffee für eine Mark bekam, dachte er. Hier schien die Welt noch in Ordnung zu sein. Ein frisch gekochter Kaffee, nicht aus einem Kaffeevollautomat, das Wort klang schon wie Kaffeevollidiotenautomat. Ein stinknormaler Filterkaffee, wie man ihn jahrzehntelang getrunken hatte und der einen Euro kostete, das hatte für den Kommissar etwas Grundsolides.

Zufrieden machte er sich auf den Weg nach Hause und durchquerte den langgezogenen Torbogen am Mauritzenplatz. Dann ging es weiter durch die enge, gepflasterte Weintorstraße bis zum ältesten noch erhaltenen Haus der Stadt, dem Haus zum Stein. Von dort aus erreichte er gleich darauf den Graben. Er grüßte zwei Bekannte, die ihm entgegenkamen. Es wurde noch kurz über die 05er gefachsimpelt und sich auf ein paar gemeinsame Bierchen nach dem nächsten Heimspiel hinter der Stehtribüne verabredet. Dann verschwand er, mit sich und der Welt zufrieden, in den Hauseingang.

Keine Besserung in Sicht

Als Bekker aufwachte, fühlte er sich schwach und sein Kopf dröhnte. Er stand auf, um zu pinkeln, und warf einen Blick in den Badezimmerspiegel. Er sah grauenhaft aus. Zurück im Zimmer setzte er sich auf den Stuhl neben dem Bett. Sein Herz schlug wild, der Wecker zeigte sechs Uhr morgens. Die Sonne würde in Kürze aufgehen, doch war er zu erschöpft, um sich darauf zu freuen. Er musste erst einmal zu Kräften kommen und dann die undurchsichtigen Vorkommnisse zu verstehen suchen. Der bloße Gedanke daran, sich bis in den Frühstückssaal zu quälen, raubte ihm jede Energie. Bekker ließ sich aufs Bett fallen und zog die Decke über den Kopf. Aber vielleicht fantasierte er nur und es war gar nichts Dramatisches passiert – vielleicht hatte er die Ereignisse, bevor ihn der Virus matt gesetzt hatte, völlig falsch eingeschätzt. Er schloss die Augen und lauschte seinem galoppierenden Herzschlag. Wenig später schlief er erneut ein.

Aufbruch zu neuen Ufern

Bekker hatte entschieden, die Reise im Spätsommer anzutreten. Während der ersten Septembertage würde es noch angenehm warm sein, die Wettervorhersage verhieß dauerhaft Temperaturen um die 25 Grad Celsius. Die Kreuzfahrt sollte am 26. August in Köln starten und am 6. September in Mainz enden. Zuerst ging es flussabwärts über Nimwegen bis nach Rotterdam, dann folgte die Rückreise flussaufwärts bis nach Mainz. Bekker hatte sich vorgenommen, während der Schiffsreise intensiv zu lesen. Alle Krimis mit Miss Marple sollten es werden. Dieses Vorhaben verwarf er jedoch wieder, als er herausfand, dass es zwölf Romane über die alte Dame mit dem scharfen Verstand aus dem fiktiven Örtchen St. Mary Mead gab. Er entschied sich für ein paar ausgewählte Klassiker der Reihe und hatte mit vier Bänden noch immer reichlich Lesestoff dabei. Eigentlich las Bekker für sein Leben gern, doch kam er zu selten dazu. Neben Miss Marple hatte er auf Anraten seiner Tochter einen weiteren Klassiker eingepackt, »Gullivers Reisen«, von dem er nur die beiden populären Teile kannte. »Damit du einen Eindruck bekommst, was einem auf einer Reise noch alles passieren könnte«, hatte Klara ihm mit auf den Weg gegeben. Wie recht seine Tochter damit haben sollte, konnte sie nicht im Entferntesten ahnen. Das Cover des Buchs zeigte den breitbeinig dastehenden Gulliver, durch dessen Beine die Armee von Lilliput ihre Parade exerzierte. »Manchmal ist man ein Riese und dann wieder ein Zwerg«, hatte der Kommissar beim Betrachten des Umschlagbildes gemurmelt. Als er überlegte, wohin er lieber reisen würde, zu den Zwergen nach Lilliput oder den Riesen nach Brobdingnag, entschied er sich instinktiv für die Riesen und wunderte sich gleichzeitig darüber.

Die Wochen bis zur Abfahrt verliefen ruhig. Im August hing große Hitze über der Stadt und versetzte die Bewohner in eine noch größere Lethargie, als dies ohnehin üblich war während dieser Zeit des Jahres. Bekker hatte begonnen, nachdem er seinen anfänglichen Unmut überwunden hatte, vermutlich sogar angeregt durch die anstehende Schiffsreise, den Bootsführerschein zu machen. Entgegen seiner Befürchtung vertrug er das Schaukeln auf dem Rhein besser als erwartet. Der Kommissar war froh darüber, dass er persönliche Vorhaben mittlerweile recht entschlossen verfolgte. Dazu gehörte sein alter Traum, nach der Pensionierung mit einem Boot kleinere Fahrten auf dem Rhein zu unternehmen.

Bekker hatte bereits einen Tag vor der Abreise seinen Koffer vollständig gepackt und war am Abend noch einmal in die »Kleine Stadthalle« in der Umbach gegangen. Helga, die Wirtin und langjährige Vertraute des Kommissars, öffnete zur Feier des Tages »e Proseccosche«.

»Mein Schack verlässt unser goldisches Mainz und macht sich auf den Weg hinaus in die Welt. Guck bloß, dass du gesund wiederkommst.«

Sie saßen eine ganze Weile zusammen und plauderten über Alltägliches. Helga hatte vor, die Einrichtung der »Stadthalle« zu erneuern, was Bekker zwar nicht grundsätzlich ablehnte, aber mit einer gewissen Skepsis betrachtete. Er übergab ihr seinen Wohnungsschlüssel, trank noch eine letzte, den Abend beschließende Rieslingschorle und machte sich auf den Heimweg, der ihn zurück in die Altstadt führen würde. Als er von der Großen Langgasse kommend die Ludwigstraße kreuzte, drehte er sich zum Dom um, sah ihn eine Weile an und verbeugte sich leicht theatralisch. Dort stand »sein« Dom. Ihn mit einem Possessivpronomen zu belegen, war die typische Art der Mainzer, ihre Verbundenheit gegenüber dem massigen und facettenreichen Bauwerk auszudrücken, das altväterlich die umliegenden Gassen und Straßen im Visier zu haben schien. Der dunkelblaue Nachthimmel lag wie ein Abendgewand um das Gotteshaus. Bekker ging langsam weiter, blieb dann ein weiteres Mal stehen und sah den Dom erneut an: »Du hast dir das halbe Mäntelchen vom Sankt Martin umgehängt«, brummelte er und nickte, als stimme er sich selbst zu. Die Statue des Hauptpatrons thronte seit 1769 über dem Westchor des Doms. Dann trottete er weiter. Er holte eine Zigarette aus dem silbernen Etui, das er von seiner Tochter zum Geburtstag bekommen hatte, und zündete sie an. Morgen früh würde er mit dem Zug nach Köln fahren, von wo aus die Flusskreuzfahrt in

Richtung Rotterdam startete. Er überlegte, ob noch etwas einzupacken war, denn eigentlich fehlte immer irgendwas.

So wie letztes Jahr, als Bekker schon auf der Straße vor dem Haus stand und bemerkte, dass sein Handgepäck noch in der Wohnung lag. Damals hatte er sich dazu durchgerungen, einen alten Schulfreund in Irland zu besuchen. Fünf Tage verbrachte er an der Westküste der grünen Insel. Erst fühlte er sich ein wenig unwohl in der Fremde; doch als der letzte Tag anbrach, wollte er gar nicht mehr weg. Während seines Aufenthaltes hatte sich der Kommissar ziemlich schnell an Dunkelbier gewöhnt; Guinness war ihm eine Spur zu bitter gewesen, weshalb er sich für »Kilkenny« entschieden hatte. Wieder zurück in Mainz, war er anfangs mehrfach in irischen Pubs gewesen. Er hatte sogar versucht, Helga zu überreden, »Kilkenny« auf die Karte zu nehmen – ein aussichtsloser Versuch, wie er schnell feststellte. Also kaufte er ab und an ein paar Flaschen. Kurz bevor man den ersten Schluck trank, war der perfekte Moment der Erinnerung an die Abende in Irland.

Der Kommissar lief die Altstadttangente entlang bis zur Heringsbrunnengasse, bog dort nach links ab und schlenderte quer durch die Vilzbach. Wenig später saß er auf seinem Balkon und leerte genüsslich das letzte »Kilkenny«, das sich noch in seinem Kühlschrank befunden hatte. Er überlegte, was er nach seiner Ankunft in Köln noch unternehmen könnte, bis es zum Einchecken auf das Schiff ging. Da der Hauptbahnhof unmittelbar neben dem Kölner Dom lag, wollte er diesen auf jeden Fall besuchen und in einer der umliegenden Kneipen zur Einstimmung auf die Reise ein paar Kölsch trinken. Das hatte er sich für seinen kurzen Besuch in der Bischofsstadt vorgenommen. Über diesen Gedanken nickte er ein und erwachte schließlich fröstelnd auf dem Balkon, es dämmerte bereits. Drinnen kroch er auf dem Sofa unter eine Decke und schlief gleich wieder ein.

Als ihn schließlich die Sirene eines Krankenwagens weckte und er auf die Uhr sah, stieß der Kommissar einen Schrei aus und sprang auf. In genau 25 Minuten würde sein Zug vom Mainzer Hauptbahnhof abfahren. Trotz Bekkers recht stämmiger Figur gelang es ihm, sich in kürzester Zeit anzuziehen. Auf das Duschen, das Überprüfen der Unterlagen von Ausweis bis Reisebestätigung, den Kaffee samt Morgenzeitung, den entspannten Gang auf die Toilette – auf all das musste er verzichten. Er rief ein Taxi und erledigte, so konzentriert wie möglich, die letzten Vorbereitungen. Dann stürmte er aus der Tür und die Treppen nach unten.

Wenig später sprang er in das Taxi, doch beim Anblick des Fahrers war ihm sofort klar, dass dieser Mann kein Verkehrsdelikt begehen würde, damit sein Fahrgast den Zug noch rechtzeitig erreichte. Am Münsterplatz verriet Bekker der Blick auf seine Uhr, dass nur noch sieben Minuten bis zur Abfahrt des Zuges verblieben. Er überschlug den zeitlichen Ablauf: Es dauerte sicher noch vier weitere Minuten, bis der Wagen endlich am Westeingang des Bahnhofs ankommen und er bezahlt haben würde. Erst wollte der Kommissar den Fahrer dazu anhalten, etwas mehr Gas zu geben, aber er besann sich und schwieg. Es gab Menschen, die durch zusätzlichen Druck immer langsamer wurden; als würden sie aus lauter Panik jeden Vorgang zu entschleunigen suchen. Und genau so ein Mann saß am Lenkrad des Wagens, in den er gestiegen war. Natürlich schafften sie es nicht, die Ampel am Binger Schlag, die nur etwa 300 Meter vom Hintereingang des Bahnhofs entfernt lag, noch bei Grün zu erreichen – und Orange hatte bei diesem Fahrer denselben Effekt wie Rot. Bekker überlegte, ob er aussteigen und zum Haupteingang rennen sollte. Nein, noch war genügend Zeit, sagte er sich, selbst wenn man den völlig unnötigen Stopp an dieser Ampel mit einrechnete. Warum war er heute Morgen nicht aufgewacht? Was war mit seiner inneren Uhr? Ganz abgesehen davon, hätte sein Wecker funktionieren müssen. Der Kommissar hatte ihn nicht noch einmal angesehen. Was passierte, wenn dieses Unglücksgerät in seiner Abwesenheit einfach ansprang? Sollte er Helga bitten, vorbeizugehen und nachzuschauen? Nein, das war wirklich zu viel des Guten. Dann soll er eben läuten, dachte Bekker. Endlich fuhr das Taxi wieder. Dem Kommissar kam es vor, als würde dieser Wagen, und nur dieser Wagen, die Straße entlangkriechen. Außerdem machte sich in ihm mehr und mehr das Gefühl breit, er werde den Zug verpassen und, wer konnte das zu diesem Zeitpunkt wissen, womöglich auch das Einschiffen. Blanker Unsinn, es würde schon alles klappen, dachte er sich. Dann musste eben der Abstecher in die Kölner City ausfallen, was bedeutete: kein Dom, kein Kölsch und keinen Spaziergang.

Endlich hielt das Taxi auf der Westseite des Bahnhofs, er zahlte und stand samt Rollkoffer und einer prall gefüllten Stofftasche mit der Aufschrift »BekkerMord« auf dem Trottoir. Die Tasche hatten ihm seine Kollegen zum 25-jährigen Dienstjubiläum geschenkt, da sich der Kommissar, trotz des darüber herrschenden Unmuts seines Vorgesetzten Dr. Meiner, seit Jahren mit »BekkerMord« am Telefon meldete. Er schaute auf die Uhr – noch zwei Minuten bis zur Abfahrt des Zuges. Im nächsten Moment rannte er los, was dazu führte, dass der Koffer schlingerte und zur Seite fiel. Fluchend riss ihn der Kommissar herum, kollidierte dabei mit einer Passantin, die Bekker als Rüpel beschimpfte, und bahnte sich seinen Weg zu den Rolltreppen. Es würde knapp werden, sehr knapp. Und dabei hatte er nicht getrödelt, weder beim Bezahlen noch beim Aussteigen. Er erreichte den Übergang, von dem aus man zu den verschiedenen Bahnsteigen gelangte. »Gleis 3« las er auf der überdimensionalen Anzeigetafel, dann hörte er die Ansage, dass der Zug bereits eingefahren war und in Kürze zur Abfahrt bereit wäre. Bekker hetzte die Treppe hinunter, sah den Schaffner am Gleis stehen, der mit gebieterischem Blick den mittlerweile leeren Bahnsteig kontrollierte und danach das Signal zur Abfahrt an den Zugführer weitergab. Der Kommissar nahm die letzten beiden Stufen trotz Gepäcks in einem Sprung, hastete auf die letzte noch offene Zugtür zu, in die der Bahnbeamte eben eingestiegen war. Er rief dem Mann entgegen, er solle die sich schließende Tür noch einmal öffnen, doch vergeblich. Bekker erreichte das

Abteil, stand vor der verschlossenen Tür und blickte in das regungslose Gesicht des Zugbegleiters, der keinerlei Anstalten machte, den Hilfe suchenden Blick des Kommissars zu erwidern. Bekkers Ärger steigerte sich von Sekunde zu Sekunde.

»Komm, mach die Tür auf«, sagte er zwar laut, aber noch ohne zu schreien. In seiner Not kramte er seinen Dienstausweis hervor und hielt ihn an die Scheibe. Die Augen des Schaffners huschten kurz über das Dokument und starrten dann erneut am Kommissar vorbei ins Nichts. Er meinte, ein unmerkliches Grinsen des Bahnbeamten zu erkennen, was ihm endgültig die Zornesröte ins Gesicht trieb. Der Zug setzte sich langsam in Bewegung; Bekker trommelte mit den Fäusten gegen das Türfenster und schrie dem Zugbegleiter wüste Beschimpfungen hinterher. »Dumme Sau« und »Arschtörtchen« waren noch die weniger drastischen Ausdrücke, die diesen aber nicht zu erreichen schienen. Er stand – mittlerweile deutlich süffisant lächelnd, aber ansonsten vollkommen bewegungslos – hinter der Scheibe und sah nach draußen.

Der Zug gewann an Geschwindigkeit. Bekker stand da und atmete schwer, denn in seiner Rage war er ein ganzes Stück an der Seite des Zuges mitgelaufen. Er schloss die Augen und überlegte kurz, was er jetzt tun sollte. Wann würde der nächste Zug abfahren, und wie bekam er seine Fahrkarte umgebucht? Er nahm die Rolltreppe hinauf in den ersten Stock des Bahnhofs, wo sich die Schalter befanden. Die junge Frau hinter dem Tresen, ihr Name war Stünder, registrierte die schlechte

Laune Bekkers schon, als dieser sich ihr näherte. Der Kommissar grüßte kurz, berichtete von seinem Missgeschick und fragte nach dem Folgezug. Die wegen seines forschen Tons anfänglich abweisende Reaktion von Frau Stünder hätte beinahe einen zweiten Wutanfall Bekkers an diesem Morgen zur Folge gehabt; und zwar in dem Moment, als sie ihm mitteilte, dass er mit einem Frühbucherticket eigentlich keinen Ausweichzug nehmen könne. Als Beamtem fiel ihm jedoch sofort auf, dass die junge Frau das Wörtchen »eigentlich« gebraucht hatte, was ihn aufhorchen ließ. Er witterte die Chance, dass Frau Stünder das Regelwerk der Deutschen Bahn etwas im Sinne seiner Situation auslegen würde. Angesichts der Tatsache, dass der Zug ganz geringfügig zu früh abgefahren war, eröffnete sich ihr das weite Feld der Sonderregelungen. Bestimmt half es auch, dass Bekker Hauptkommissar der hiesigen Polizei war. Schließlich lief alles sehr viel unkomplizierter und schneller ab als erwartet, weshalb ihm sogar genügend Zeit blieb, in die Bahnhofsbuchhandlung zu gehen, sich den »Kicker« zu holen und noch zu frühstücken. Als er gute 90 Minuten später im Ruheabteil des ICE saß und nicht einmal einen Sitznachbarn hatte, war seine Welt wieder vollständig in Ordnung.

Der Ausbruch

Draußen auf dem Gang hörte der Kommissar Stimmen. Es gab also noch Besatzungsmitglieder und Gäste, die sich auf den Beinen halten konnten.

Vor zwei Tagen, am 3. September, waren während der Fahrt durch das Mittelrheintal innerhalb von wenigen Stunden einige Personen auf dem Schiff an einem Virus erkrankt. Übelkeit, Erbrechen und heftige Kreislaufprobleme waren die Symptome. Bekker ging es anfänglich noch gut und er half mit, die ersten Maßnahmen einzuleiten.

Da die Zahl der Infizierten stetig anwuchs, musste man sich vordringlich um diese kümmern. Die Gesunden versuchten den Erkrankten bestmöglich zu helfen, doch fielen mit jeder neuen Stunde weitere Gäste wie auch Schiffspersonal dem Virus zum Opfer. Man entschied sich dafür, die Steuermannschaft abzuschotten und alle übrigen Personen von ihr fernzuhalten. Trauriger Höhepunkt der Erkrankungswelle war der Tod von Egon Nimmer, der mit dem Kommissar im Speisesaal am selben Tisch gesessen hatte. Den heftigen Brechanfällen des 70-jährigen Geschäftsmannes war der Zusammenbruch seines Kreislaufs gefolgt, wovon er sich nicht mehr erholt hatte. Kurz darauf war er an Herzversagen gestorben. Es gelang, die »Pandora« bis nach Mainz zu manövrieren, wo sie am Rheinufer in den Fluten lag. An das Verlassen dieser schwimmenden Krankenstation war erst einmal nicht zu denken. Wegen des hoch ansteckenden Virus war das Schiff unter Quarantäne gestellt worden.

Bekker versuchte sich zu erinnern, wieso ihn mit einem Mal Zweifel beschlichen hatten, dass dieser Virus tatsächlich die Ursache für Nimmers Tod gewesen war. Schon seit dem ersten Tag der Reise hatte dieser sich unwohl gefühlt und mit dem Kommissar darüber gesprochen. Er selbst vermutete einen Magen-Darm-Infekt. Es war allerdings nie so gravierend, dass er den ganzen Tag hätte im Bett liegen müssen, doch ging es ihm nicht besonders gut. Bekker konnte sich zuerst keinen Reim darauf machen, was genau zu Nimmers Tod geführt hatte, aber ihm genügte der Krankheitserreger als Antwort nicht.

Auch nachdem die heftigsten Virus-Attacken bei Bekker abgeklungen waren, fühlte er sich immer noch schwach. Er hatte den Eindruck, wie eine Pellwurst auf dem Bett zu liegen und auch in absehbarer Zeit nicht zu Kräften zu kommen. Erneut machte sich diese Schwere in seinem Körper breit und wieder fielen ihm die Augen zu. Der Kommissar versuchte die Müdigkeit abzuschütteln und ging in Gedanken die letzten Stunden vor Ausbruch der Epidemie durch: Die Gäste hatten gemeinsam im Speisesaal gefrühstückt. Das üppige Buffet hatte wie gewohnt keine Wünsche offengelassen, ob gebratene Würstchen und Speck, Fischplatten, Eiervariationen, die große Käseauswahl vom holländischen Gouda bis zu französischem Rohmilchkäse – es war alles vorhanden, was das Herz begehrt. Auch gab es eine große Auswahl an Brot, Kuchen und Croissants. Bekker war zu Beginn der Reise skeptisch gewesen, denn er liebte das typische Mainzer Marktfrühstück, Fleischwurst und Paarweck, dazu schwarzen Kaffee an den Arbeitstagen und am Samstag eine Weinschorle, wenn es nicht zu früh am Morgen war. Mittlerweile hatte er sich nicht nur an dieses Buffet gewöhnt, sondern überlegte schon, wo er nach seiner Rückkehr in Mainz ein vergleichbares Frühstück, zumindest einmal die Woche, bekommen könnte.

Erst hatte der Kommissar vermutet, dass die Übelkeit an Bord von einer Salmonellenvergiftung herrührte. Der Schiffsarzt, Dr. Mederlich, war jedoch schon recht bald einem anderen Verdacht nachgegangen, der sich auch bewahrheiten sollte. Dieser war nur deshalb an Bord, weil die »Pandora«, die für gewöhnlich auf der Donau in Richtung Schwarzes Meer mit ärztlicher Betreuung unterwegs war, kurzfristig für die »Aurora« eingesetzt werden musste, die nach einem Unfall nicht fahrtüchtig war. Flusskreuzfahrten in Mitteleuropa fanden, bis auf wenige Ausnahmen, wegen der ausreichend vorhandenen Anzahl an Krankenhäusern entlang der Strecken, ohne Schiffsarzt statt.

Bekker hatte während der Reise an einem großen runden Tisch, der links vom Eingang an der Fensterfront stand, gesessen. Zur Rechten von ihm saßen Egon

Nimmer, Inhaber einer Werbeagentur aus Geisenheim, und seine Frau Corinne, sowie Laura und Günther Sick aus Frankfurt; sie war Steuerfachgehilfin und er Investmentbanker. Eine Berufsgruppe, der Bekker ohne jede Erklärung die Arbeitserlaubnis entzogen hätte. Den Platz daneben hatte Dirk Krude inne, ein stämmiger Installateur aus Koblenz, der recht häufig am Handy hing und Instruktionen an seine Mitarbeiter durchgab. Mit am Tisch saß auch Bekkers Kollegin und gute Freundin Erna Dunst. Die Mordkommission hatte auf ihren Vorschlag hin zusammengelegt und ein weiteres Schiffsticket für Niesberg gekauft, weil dieser sich hämisch über seinen Freund und dessen Tombolagewinn amüsiert hatte. Der Polizeifotograf hatte sich zuerst geweigert mitzufahren, dann aber zugestimmt. Er wollte kein Spielverderber sein, obwohl ihm schon schlecht wurde, wenn er im Schaukelstuhl saß. Jedoch eine Woche vor der Abreise stand Niesberg plötzlich mit einem Kinderwagen im Arbeitszimmer von Dunst und Bekker.

»Was ist los? Hast du etwa Enkel, von denen ich nichts gewusst habe?«, frozzelte der Kommissar, als er von einem Bericht aufsah. Erna kam gerade aus dem Nachbarraum, blickte in den Wagen und sagte nur: »Soll das ein Witz sein, Werner?«

Bekker, der sich wieder seiner Arbeit zugewandt hatte, brach ab, als er ein ihm bekanntes Knurren hörte.

»Solche Geräusche macht doch kein Kind?«

»Ach, tatsächlich, Schack«, bemerkte der Polizeifotograf.

»Sag nicht, dass der Bauz in dem Wägelchen hockt.«

Bekker kannte den übergewichtigen, lauffaulen und zudem bissigen Rauhaardackel seines Freundes nur zu gut, doch konnte er sich nicht im Entferntesten vorstellen, was das Tier in einem Kinderwagen zu suchen hatte.

»Irgendwas Schlimmes ist passiert«, vermutete Erna.

»Ja«, sagte Niesberg knapp.

»Nun sag schon, Werner. Hat er Fieber, Durchfall, Brechreiz? Was ist es denn?«, fragte Bekker und versuchte so ernst wie möglich zu klingen. Er bemühte sich, jeden sarkastischen Unterton zu vermeiden, doch es fiel ihm wegen der Absurdität der Szene schwer. Während der Fotograf zum Sprechen ansetzte, hörte man das durchdringende Knurren des Rauhaardackels.

»Er hat einen Bandscheibenvorfall.« Niesberg sprach die Worte in solch gequältem, mitleidendem Ton, dass Erna und Bekker unabhängig voneinander – und ohne es beabsichtigt zu haben – in Lachen ausbrachen. Dem Kommissar liefen Tränen die Wangen herunter, und Erna musste husten, weil sie kaum noch Luft bekam. Ihr Kollege nahm die Reaktion regungslos hin, was die beiden so überraschte, dass sie innehielten und ihn erstaunt ansahen.

»Fertig gelacht?«, bemerkte der trocken.

»Ja«, sagte Erna mit entschuldigender Handbewegung, doch Bekker warf ein: »Also, ich könnte noch« und prustete erneut los. Bauz begann zu bellen, kam auf die Beine und setzte zum Sprung auf den Kommissar an, brach dann jedoch jaulend zusammen. Der Kommissar verstummte und entschuldigte sich bei seinem Freund. Niesberg stellte daraufhin klar, dass er unter keinen Umständen mit auf das Kreuzfahrtschiff gehe und es ihm egal sei, ob die Kollegen ihn für einen Drückeberger hielten. Er habe die Sorgfaltspflicht für diesen Hund, und die werde er ernst nehmen. Niesberg versuchte ihnen weiszumachen, dass er tatsächlich Bedenken habe, seine Frau könnte den Rauhaardackel während seiner Abwesenheit ins Tierheim geben oder gar aussetzen. Dass Gerda Niesberg, wie übrigens auch Bekker, das Tier nicht mochte, stimmte zweifelsohne. Aber zu behaupten, dass der Hund womöglich ausgesetzt würde, war eine alberne Übertreibung. Erna hatte wegen ihres Gelächters ein schlechtes Gewissen und erklärte sich nach kurzer Überlegung bereit, an der Stelle des Polizeifotografen, Bekker auf seiner Kreuzfahrt zu begleiten, und so saß sie nun statt Niesberg mit am Tisch.

Der Platz neben Dirk Krude gehörte Thomas Droste, ein Rechtsanwalt aus Nieder-Olm, der bei den Tischgesprächen zwar immer sehr konzentriert zuzuhören schien, sich aber kaum daran beteiligte. Wenn er überhaupt etwas sagte, dann ging es meist ums Essen oder den passenden Wein dazu. Dass es sich bei ihm um einen Strafrechtler handelte, konnte man anhand seiner wenigen Äußerungen nicht erahnen. Direkt links neben Bekker vervollständigte Amelie Mehrbrand, eine recht gutaussehende, etwas hagere Lehrerin aus Wiesbaden, die kleine Tischgesellschaft. Bekker war gleich aufgefallen, dass seine Nachbarin kein Fleisch oder Fisch aß. Sie begnügte sich mit Müsli, Obst, Naturjoghurt und irgendwelchen Körnern, die von ihr in Plastiktütchen um den Frühstücksteller herum platziert wurden. Außerdem benutzte sie ein spezielles Öl, dessen Name der Kommissar – auch wenn er ihn ablas – nicht aussprechen konnte. Ein solches Gemansche zum Frühstück zu essen, war für ihn nicht vorstellbar.

Ein Gutteil der Flussfahrt verlief ohne Zwischenfälle und der Kommissar genoss sie sichtlich, selbst die gemeinsamen Mahlzeiten. Je näher er jedoch seiner Heimatstadt kam, desto mehr Lust bekam er auf ein einfaches, hausgemachtes Gulaschsüppchen im »Hottum«, Spundekäs mit frisch gehackten Zwiebeln oder auch einen schönen Handkäs mit Musik im »Wilhelmi«. Nicht dass er das Angebot auf der »Pandora« nicht schätzte, aber Bekker besaß das typische Mainzer Ess-Gen, das besagte: gut, viel und nicht zu teuer.

Am 3. September sollte es nun von Bonn aus nach Bingen durch das Mittelrheintal gehen. Das Sonnendeck, Deck 4, war bis auf den letzten Platz mit Passagieren gefüllt, die sich die herrliche Aussicht nicht entgehen lassen wollten. Die Sonne schien hell vom Himmel, ohne auf der Haut zu brennen. Es war der erhoffte schöne Tag, um diese Kulturlandschaft nach einem ausgiebigen Frühstück auf sich wirken zu lassen.

Die »Pandora« hatte am Tag zuvor in Bonn haltgemacht und am frühen Nachmittag waren Erna und Bekker zu einem Spaziergang in der ehemaligen Hauptstadt aufgebrochen. Ausgerechnet Amelie Mehrbrand hatte gefragt, ob sie sie begleiten könnte, was Erna spontan bejaht hatte. Bekker, der beim Frühstück kaum einen halben Meter von ihr entfernt saß, sah in Gedanken das Bircher Müsli, den grünen Tee und die in Scheiben geschnittene Banane der Lehrerin. Er hatte, wie schon die Tage zuvor, erst eine ordentliche Portion Rührei und Speck auf dem Teller gehabt und anschließend noch zwei Brötchen mit Butter und viel Marmelade gegessen. Der Spaziergang entlang der Bonner Museumsmeile war auf Ernas Initiative hin zustande gekommen. Der Kommissar war eine Weile mit den beiden herumgeschlendert und hatte auch den Besuch im Deutschen Museum nicht gescheut. Dann waren die Damen weitergezogen. Bekker hatte sich in ein Straßencafé gesetzt und in der schwächer werdenden Nachmittagssonne zwei Bier getrunken.

Dabei hatte er an das morgendliche Frühstück zurückgedacht, als Erna bei seinem Eintreffen im Frühstücksraum in die Zeitung vertieft gewesen war: Sie sah von ihrer Lektüre auf und begrüßte ihren Kollegen. Bekker setzte sich und wünschte Herrn Krude einen guten Morgen, drehte sich unmerklich nach links und beobachtete das Ehepaar Sick, das zwar leise, aber intensiv aufeinander einredete. Er konnte nicht genau hören, worüber sie miteinander sprachen, doch es hatte wohl mit ihrem Sohn zu tun, der schon mehrfach Thema der Unterhaltung gewesen war. Ganz offenkundig ging es – wie schon am gestrigen Morgen – darum, dass der Junge trotz bester Privatschulen jedes Engagement zu lernen vermissen ließ. Die Sicks waren am Tag zuvor länger als alle anderen am Tisch sitzengeblieben, doch Erna hatte ihre Handtasche vergessen, weshalb sie zurückkam und Zeuge einer feurigen Auseinandersetzung wurde. Natürlich hatte sie Bekker davon berichtet.

Beim Ablegen der »Pandora« in Bonn hatten Erna und Bekker auf dem Sonnendeck gesessen und die Aussicht genossen. Der Kommissar trank eine Weinschorle und überlegte, was er am Abend aus der angebotenen Menüauswahl essen würde. Er probierte Vieles während dieser Reise, von der klaren Fischsuppe mit Einlage bis zum Kalbsfilet in Morchelrahm oder der Entenbrust mit Orangensauce. Bekker hätte auch gerne die passenden Weine dazu verkostet, aber da spielte sein Magen schon seit geraumer Zeit nicht mehr mit. Burgunderweine, die in Rheinhessen mittlerweile in bester Qualität zu bekommen waren, vertrug er wegen des recht geringen Säuregehalts gut. Riesling konnte er pur nicht mehr genießen, nur noch als Schorle, aber dann meist aus dem Rheingau wegen der Spritzigkeit. Auch mit Rotweinen war es nicht mehr so wie früher, wenig Tannine hieß das oberste Gebot. Bekker hatte es früher nach einer einfachen Regel gehalten, der Wein schmeckt oder eben nicht. Heute war die Auswahl zu einer halben Wissenschaft ausgeartet, seinem Magen sei Dank.

Als das Schiff Urmitz passierte, kam es zum ersten Zwischenfall: An einem der Nachbartische übergab sich eine ältere Dame und sackte dann in sich zusammen. Es war gleich Hilfe zur Stelle, denn einer der Anwesenden war Arzt. Die Dame wurde auf ihr Zimmer geleitet und der Schiffsarzt hinzugerufen, doch keine zehn Minuten später wurde es einem weiteren

Passagier schlecht, einem Mann Mitte dreißig. Und kurz darauf erkrankte noch eine Person. Die Aufregung unter den Schiffsgästen wuchs mit jedem neuen Krankheitsfall. Ein beklemmendes Gefühl machte sich breit – eine unterschwellige Bestürzung, die jedoch wegen der zu leistenden Hilfe für die Betroffenen nicht weiter zunahm. Es herrschte eine nicht zu greifende Ohnmacht, weil man ständig befürchten musste, das nächste Opfer zu werden. Als das Schiff Rhens erreichte, kam man kaum mehr mit dem Versorgen der Kranken hinterher.

Was war zu tun? Der Kapitän beschloss in Absprache mit dem Schiffsarzt, weiter bis nach Mainz zu fahren, da dort bei Bedarf ausreichend Mediziner und Krankenhausplätze zur Verfügung stehen würden. Die Brücke wurde geschlossen; niemand durfte sich dem dort befindlichen Teil der Mannschaft nähern, die das Schiff navigierte. Noch bevor die »Pandora« Mainz erreicht hatte, war sich der Schiffsarzt recht sicher, dass es sich um eine Norovirus-Epidemie handelte und nicht, wie zuerst vermutet, um eine Salmonellenvergiftung. Entsprechende Untersuchungen würden umgehend erfolgen.

Wegen der Vehemenz des Ausbruchs hatte das zuständige Gesundheitsamt, das unterrichtet worden war, entschieden, das Schiff vorsorglich unter Quarantäne zu stellen. Dr. Mederlich ordnete an, erkrankte Personen umgehend in die Kabinen zu bringen, um sie von den übrigen Passagieren zu isolieren. Der Arzt wies außerdem darauf hin, dass besonders auf die

Desinfektion der Hände zu achten sei und bei direktem Kontakt mit akut Infizierten vorsorglich ein Mundschutz getragen werden solle.

Die Aufregung unter den Fahrgästen erreichte einen neuen Höhepunkt. Es bedurfte einer eindringlichen und mahnenden Ansprache des Kapitäns, damit endlich Ruhe einkehrte und man den Kranken die bestmögliche Versorgung zukommen lassen konnte.

Der Tote

Das Abendessen fand trotz der teilweise gelichteten Reihen im Speisesaal statt. Es sollte wenigstens ein gewisses Maß an Normalität beibehalten werden. Erna Dunst und Schack Bekker, die Sicks, Thomas Droste und Amelie Mehrbrand saßen auf ihren Plätzen; es fehlten Dirk Krude, Corinne und Egon Nimmer. Drei von neun sind nicht mehr am Tisch, und das in so wenigen Stunden, dachte Bekker, der zum wiederholten Male dieses beklemmende Gefühl in sich spürte: Wahrscheinlich war es nur eine Frage der Zeit, bis es auch ihn erwischte. Der Kommissar versuchte den Gedanken zu verdrängen, was aber kaum möglich war, denn Laura Sick war regelrecht besessen von dem Thema und sprach von nichts anderem. Während der Hauptgang serviert wurde, kam der 1. Offizier Silberstein zu Bekker und bat ihn mitzukommen. Dieser stand auf, entschuldigte sich bei den Anwesenden und warf Erna einen fragenden Blick zu, den sie mit einem leichten Achselzucken beantwortete. Silberstein ging voran, ohne ein Wort zu sagen. Man hat ihn wohl instruiert zu schweigen, dachte Bekker, der erst eine Erklärung fordern wollte, es dann aber dabei beließ, dem 1. Offizier wortlos zu folgen. Sie erreichten den

Kabinentrakt auf der Backbordseite, wo Silberstein vor der Tür einer Suite stoppte. Davor standen Kapitän Isidor Semmen, ein großgewachsener, beleibter Mann, der sich Notizen machte, und Corinne Nimmer.

»Gut, dass Sie kommen konnten«, begrüßte Semmen ihn.

»Worum geht es denn?«, fragte Bekker nach.

»Vor zwanzig Minuten hat Frau Nimmer Dr. Mederlich alarmiert, denn ihrem Mann ging es sehr schlecht«, er holte für sich und den Kommisar einen Mundschutz und Handschuhe aus seiner Jacke. »Prophylaktisch«, bemerkte er und bat Bekker, mit ihm in die Kabine zu kommen. Der Kommissar wunderte sich, stellte aber keine Fragen und begleitete ihn. Der Schiffsarzt hatte sich über eine Person gebeugt, die ausgestreckt auf dem Bett lag.

»Ist er etwa tot?«, fragte er Semmen leise.

»Ja. Vor einer Viertelstunde ist er gestorben.«

Der Arzt drehte sich zu Bekker um und richtete sich auf.

»Herzversagen. In jedem Fall ist Nimmer wegen des Durchfalls und des Erbrechens stark dehydriert. Er war immerhin 70 Jahre alt und nicht in der besten körperlichen Verfassung. Der Mann war zweimal bei mir wegen Unwohlseins und leichter Herzbeschwerden, über die er allerdings schon seit Jahren klagte. Ich habe ihn untersucht, aber es schien nichts Ernstes vorzuliegen.«

Bekker registrierte die Fakten.

»Auf mich hat Herr Nimmer, auch wenn es ihm während der letzten Tage gesundheitlich nicht besonders gut ging, einen recht rüstigen Eindruck gemacht.«

»Tja, manch einen trifft es ganz unverhofft«, bemerkte der Schiffsarzt.

»Dann bleibt Ihnen wohl nur, den Totenschein auszustellen. Ich empfehle mich, meine Herren«, erklärte der Kommissar.

»Bitte haben Sie etwas Geduld«, warf Semmen ein. »Wissen Sie, ich würde es begrüßen, wenn Sie sich den Toten und das Zimmer in Ruhe ansehen. Wären Sie dazu bereit?«

Bekker stimmte zu, woraufhin der Arzt sowie der Kapitän die Suite verließen.

»So eine elende Scheiße«, brummte der Kommissar und begann, die Kabine abzusuchen. Was würde er hier schon finden? Egon Nimmer war nach Dr. Mederlichs Aussage an Herzversagen als Folge des Virus gestorben. Gut, er konnte verstehen, dass Semmen sich absichern wollte. Bekker warf einen Blick ins Bad, stöberte lustlos im Kulturbeutel des Mannes und sah sich um. Was hatte Nimmer nochmal beruflich gemacht? Werbung, ja, das hatte er ihm erzählt, er führe eine respektable Werbeagentur im Rheingau. Und er hatte auch erwähnt, dass er sich seit der Abfahrt nicht gut gefühlt habe, als wäre ihm die Schiffsreise auf den Magen geschlagen. Glücklicherweise habe seine Frau an seine Magentropfen gedacht, er sei also bestens versorgt. Zurück in der Kabine kontrollierte der Kommissar den Wandschrank, sah sich um, blieb schließlich vor dem Toten stehen und musterte ihn erstmals aufmerksam.

Neben Nimmer lag sein Buch auf der Nachttischablage, »16 Uhr 50 ab Paddington«. Bekker hatte damit seine Miss-Marple-Lektüre auf der Reise begonnen und mit seinem Tischnachbarn darüber im Speisesaal gesprochen. Er hatte ihm davon erzählt, wie verschieden die filmische Interpretation Margaret Rutherfords zu der von Agatha Christie gezeichneten Miss Marple war. Nimmer kannte zwar die legendären Filme, aber nicht die Bücher, weshalb ihm der Kommissar »16 Uhr 50 ab Paddington« ausgeliehen hatte. Erst zögerte er, dann nahm er den Band wieder an sich. Als er ihn in der Hand hielt, stockte er – Nimmer hatte Eselsohren in sein Buch gemacht? Er durchblätterte den Band. Kein Zweifel. Dass dieser höfliche, distinguierte Herr so mit einem geliehenen Buch umgegangen war, passte gar nicht zu ihm. Bekker zog seine Lesebrille auf und begann, die markierten Seiten zu überfliegen. Es brauchte nur einen Moment, bis er jeweils das entscheidende Wort ausgemacht hatte: Arsen. »Ach du Scheiße«, murmelte er leise vor sich hin. Konnte das ein Zufall sein? Natürlich. Glaubte er das auch? Bekker schüttelte kurz und heftig den Kopf, dann ein zweites Mal, so als wolle er eine störende Fliege – in seinem Fall handelte es sich jedoch um einen Gedanken – vertreiben. Warum hatte Nimmer diese Seiten markiert? Hatte der Tote auf etwas verweisen wollen? Und wenn ja, wem galt dieser Hinweis? Dazu fiel ihm nur eine Antwort ein: dem Besitzer des Buches, sprich, ihm selbst. Das konnte und wollte er erst nicht begreifen. Seine anfänglich nur leichte Verwunderung über Nimmers Tod wuchs, auch wenn ihm durchaus bewusst war, dass es dafür keinen konkreten Grund gab. Er hatte dieses ungute Gefühl in der Magengegend; diese eigentlich unbegründete Vermutung, dass etwas nicht mit rechten Dingen zuging. Aber was, konnte er beim besten Willen nicht sagen. Mit Ausnahme von Erna würde er niemanden in seine Überlegungen einweihen, man erklärte ihn sonst womöglich für verrückt.

Egon Nimmer war offiziell an den Folgen dieses Virus gestorben, der Schiffsarzt hatte dies bereits bestätigt. Und jetzt fing er, Schack Bekker, zu zweifeln an? Er kannte sich und wusste, er würde keine Ruhe finden, bis ihm klar war, was die Eselsohren in seinem Buch bedeuteten. »So ein verdammter Mist«, fluchte er und fühlte sich, als müsse er die fünf Stockwerke zu seiner Wohnung nach oben steigen, um nachzusehen, ob er den Herd ausgeschaltet hatte. Bekker stand einfach nur da und fühlte sich wie betäubt. Er drehte sich noch einmal zu dem leblosen Körper Egon Nimmers um und sagte mit leiser Stimme: »War es das, was du wolltest? Wenn ja, dann habe ich deine Aufforderung verstanden.«

Er verließ die Kabine. Auf dem Gang traf er den Kapitän und den Schiffsarzt, die darüber sprachen, wie man bei der Versorgung der Kranken weiter vorzugehen habe und wann der Amtsarzt und das medizinische Fachpersonal samt Notarzt an Bord kommen konnten. Die »Pandora« war nicht mehr weit vom Binger Loch entfernt und würde in den kommenden Stunden vor Mainz ankern. Allerdings durfte dort niemand das Schiff betreten oder verlassen, abgesehen von befugten Personen. Außerdem würden spezielle Desinfektionsmittel für die Hände, zur Reinigung der Kabinen erkrankter Passagiere und natürlich zur Flächendesinfektion an Bord gebracht werden. Bekker verabschiedete sich von Semmen und Silberstein und ging zurück in den Speisesaal.

Am Tisch saß Erna mit Amelie Mehrbrand und unterhielt sich. Thomas Droste war ebenfalls noch da und blätterte in einem Magazin. Bekker nahm Platz und musste feststellen, dass man seinen Teller inzwischen abgeräumt hatte. Allerdings war der verantwortliche Kellner nur wenig später mit einem frisch zubereiteten Hauptgang bei ihm, es gab Schweinefilet mit Gemüse und Kartoffeln.

»Danke, das ist sehr nett von Ihnen.«

»Keine Ursache. Darf ich noch etwas zu trinken bringen?«

Bekker besah die zur Neige gehende Weinschorle und orderte in Anbetracht seines verlockend aussehenden Tellers einen St. Laurent. Erna war noch immer ins Gespräch vertieft. Es ging, wie sich unschwer heraushören ließ, um Fitness-Training. Ein Thema, dem der Kommissar rein gar nichts abgewinnen konnte und wollte. Er hätte Erna zu gern von dem Buchfund berichtet, um ihre Meinung zu erfahren. Aber so hätten Amelie Mehrbrand wie auch Thomas Droste unweigerlich von seiner Entdeckung erfahren. Also genoss er seine Mahlzeit samt Rotwein, trank danach noch einen Espresso und verabschiedete sich schließlich aufs Deck. Thomas Droste nahm die Gelegenheit wahr, um ebenfalls vom Tisch aufzustehen, und begleitete ihn nach draußen. Die beiden Männer standen an der Reling und sahen hinaus auf die vorbeigleitenden Hügel der Weinregionen, backbord der Rheingau und steuerbord Rheinhessen.

»Welche Region bevorzugen Sie?«, wollte Droste auf einmal von Bekker wissen, der einen Moment irritiert war, da sich der Rechtsanwalt bislang mit Äußerungen jeglicher Art sehr zurückgehalten hatte; ganz zu schweigen von persönlichen Themen.

»Ich bin Mainzer, da lebt man ja schon rein geografisch gesehen mittendrin und hat irgendwie für beide Regionen Sympathie.«

Mehr würde er diesem schlecht einzuschätzenden Anwalt nicht erzählen. Entweder war es ein plumper Versuch Drostes, etwas über ihn zu erfahren, oder er versuchte tatsächlich nur Konversation zu betreiben. Bekker entschied, nichts weiter zu sagen und abzuwarten. Er zündete sich eine Zigarette an, als sein Nebenmann eine weitere Frage stellte: »Das ist eine schlimme Sache, dieser plötzliche Tod von Egon. Sie wissen, dass wir Cousins sind?«

»Nein, das ist mir neu«, antwortete Bekker.

»Herr Kommissar, darf ich Sie um einen Rat fragen?« Während Droste dies sagte, wurde er zunehmend leiser.

»Ja, natürlich«, auch Bekker sprach mit gedämpfter Stimme, obwohl er beim besten Willen nicht den Grund dafür erkennen konnte. Droste nickte und begann zu berichten: »Es geht um etwas, das ich gesehen, genauer gesagt, gehört habe und das mir keine Ruhe lässt.« Die Müdigkeit des Kommissars war augenblicklich wie weggeblasen, doch blieb er äußerlich gelassen und forderte den Anwalt auf weiterzusprechen.

»Es war vorgestern Morgen, so gegen fünf Uhr. Ich war schon früh auf, weil ich unter Schlafstörungen leide.«

»Das ist ein hartes Los«, kommentierte Bekker, der jedoch viel lieber gesagt hätte, dass Droste zum Punkt kommen solle.

»Meine Kabine liegt auf der Backbordseite, ziemlich zentral auf Deck 3.«

»Was haben Sie auf dem Herzen?«, drängte der Kommissar Nimmers Cousin, endlich konkret zu werden.

»Nun, gegen Morgen habe ich das Fenster geöffnet, damit ein bisschen frische Luft ins Zimmer kommt.«

»Und?«

»Wie schon gesagt, ich habe also das Fenster geöffnet.«

Bekker drehte sich zu seinem Gesprächspartner um und sah ihn mit einem Blick an, der diesem deutlich zu verstehen gab, er möge seine Geduld nicht weiter strapazieren.

»Ich habe Geflüster gehört, ganz in der Nähe meiner Kabine, konnte aber nicht richtig verstehen, worum es ging. Schließlich hat meine Neugier gesiegt, weshalb ich aufgestanden bin und mich neben das Fenster gestellt habe.«

Droste machte eine Pause und schien zu überlegen, wie er das Folgende am besten formulieren solle. Der Kommissar warf den Rest seiner Zigarette ins Wasser.

»Bin ganz Ohr«, versuchte er ihn zu ermuntern.

»Ich habe nur ein paar Worte gehört«, dann stockte Droste erneut.

Was hatte dieses überzogene Getue zu bedeuten,

fragte sich der Kommissar. Der Anwalt fühlte sich nicht wohl in seiner Haut. Lag etwas Bedrohliches in der Luft? Hatte er womöglich Angst? Ja, der Mann hatte Angst.

»Ich glaube, ich habe mich geirrt. Es kommt wohl von den vielen Kranken und der maladen Stimmung, die hier überall herrscht. Man gerät ganz durcheinander«, bemerkte Droste und versuchte dabei gelassen zu klingen.

»Aber Sie haben doch eben noch gesagt, dass Sie mir etwas erzählen möchten«, insistierte Bekker.

Sein Gesprächspartner würde zweifelsohne zu einem späteren Zeitpunkt wieder zu ihm kommen, aber das schien dem Kommissar keine gute Idee zu sein. Ihn allerdings zu drängen, versetzte den Anwalt nur in Panik, und das wollte er auf keinen Fall.

»Geben Sie mir doch einen kleinen Tipp, worum es geht.«

»Ich, bitte, ich habe mich getäuscht. Wie schon gesagt …«

»Hören Sie auf, solchen Unsinn zu reden! Sie sagen mir jetzt auf der Stelle …«, Bekker verschluckte den Rest des Satzes und schlug einen deutlich ruhigeren und freundlicheren Ton an. »Wenn Ihnen etwas aufgefallen ist, das Sie einem Kriminalkommissar erzählen wollen, und Sie zwei Minuten später vorgeben, Sie hätten sich getäuscht und alles sei nur ein Missverständnis, dann werde ich natürlich hellhörig. Jetzt sagen Sie mir einfach, was los ist.«

Droste atmete schwer, der auf ihm lastende Druck schien riesengroß zu sein.

»Ich denke, dass Sie maßlos übertreiben und sich unnötig viele Gedanken machen«, beschwichtigte ihn Bekker, der entschlossen war, herauszufinden, was sein Gegenüber ihm nicht sagen wollte.

»Hören Sie, Herr Kommissar. Es ist wirklich nichts Wichtiges. Ich wollte nur Ihre Einschätzung …«

»Ich höre«, unterbrach ihn Bekker. Droste schien nicht mehr ganz so entschieden zu sein, dieses kleine Geheimnis für sich zu behalten. »Wissen Sie, manchmal haben solche scheinbar belanglosen Beobachtungen einen ernsten Hintergrund. Schon aus diesem Grund sollten Sie es mir sagen. Wenn es nichts von Bedeutung ist, gut, und wenn doch, dann haben Sie ohnehin das Richtige getan.«

Der Angesprochene nickte, schwieg aber weiterhin. Der Kommissar war kurz davor, die Geduld zu verlieren. Wäre Erna hier, hätte sie dem Strafrechtler die Information schon längst entlockt. Hartnäckigkeit war in seinem Beruf zwar eine Generaltugend, aber es mangelte ihm hie und da an Fingerspitzengefühl. Er würde nicht locker lassen: »Nun, ich warte.«

Thomas Droste wandte sich um und begann, auf dem Deck hin- und herzulaufen. Bekker war schon versucht, sich ihm in den Weg zu stellen, doch dann blieb der Anwalt stehen, zögerte kurz und ging zu ihm. Er kam sehr nahe heran und flüsterte: »Ich habe gehört, wie jemand gesagt hat, dass alles vorbereitet sei und die Sache nicht mehr zu stoppen wäre.«

»Die Sache? Was, glauben Sie, war damit gemeint?«, hakte Bekker nach und fragte sich, ob Droste einen möglichen Zusammenhang zum Tod seines Cousins im Auge hatte? Oder war die Bemerkung nur auf die Epidemie gemünzt, was sein übertrieben ängstliches Verhalten allerdings nicht wirklich erklärte? Aber vielleicht dichtete er ihm mehr Angst an, als dieser tatsächlich hatte.

»Ich denke, dass jemand vorsätzlich die Passagiere des Schiffes infiziert hat. Das ist doch skandalös«, sagte Droste endlich.

»Ist Ihnen sonst noch irgendetwas aufgefallen? Haben Sie die Stimmen erkannt, sprach vielleicht jemand einen Dialekt?«

Nein, er habe die Personen natürlich nicht sehen können, und sie hätten leise, aber ganz normal gesprochen. Sie mussten sich wohl auf dem Sonnendeck befunden haben, vermutlich auf der Höhe seiner Kabine.

»Wenn geflüstert wird, kann man leider kaum Unterschiede heraushören«, erläuterte Bekker. Kein Wort über Nimmer, entschied der Kommissar, das würde Droste jetzt völlig aus dem Gleichgewicht bringen.

»Sonst noch irgendetwas?«

»Nein, das ist alles, was mir aufgefallen ist. Nicht gerade viel, oder? Womöglich habe ich das alles missverstanden und es hat gar nichts mit dieser Epidemie zu tun.«

»Das ist schon möglich. Trotzdem war es richtig, dass Sie mir Bescheid gegeben haben. Legen Sie sich schlafen, und vergessen Sie die ganze Sache.«

Droste schien erleichtert, verabschiedete sich und ging davon. Bekkers Verdacht, dass mit Nimmers Tod etwas nicht stimmte, schien durch diese ungewöhnliche Beobachtung des Anwalts zumindest indirekt gestützt zu werden. »Eine Merkwürdigkeit kommt selten allein«, murmelte er vor sich hin. Natürlich waren es bislang nur lose Indizien. War das Buch mit den Eselsohren der Schlüssel? Er machte sich auf zur Bar, an der sich nur wenige Passagiere verloren. Dort saß Dirk Krude und trank gerade den letzten Schluck seines Biers. Der Kommissar nahm auf dem Barhocker neben ihm Platz. »Sie waren vorhin gar nicht beim Essen?«

»Mir war nicht gut, aber mittlerweile geht es wieder besser. Man denkt ja bei Magenschmerzen sofort, dass es einen, wie all die anderen, erwischt hat. Aber bisher ist der Kelch an mir vorübergegangen.«

Bekker bestellte eine Rieslingschorle und der Installateur einen Whiskey. Die beiden Männer prosteten sich zu und hingen ihren Gedanken nach. Den Kommissar beschäftigte die Tatsache, dass tatsächlich niemand außer ihm einen anderen als den offensichtlichen Zusammenhang zwischen der Epidemie und dem Tod Nimmers zu vermuten schien. Dieser Virus konnte Egon Nimmer eigentlich nicht getötet haben, denn der ist normalerweise nicht tödlich, sagte er sich. Allerdings hatte der Schiffsarzt Dr. Mederlich von seiner schwachen Konstitution gesprochen. Irgendwie passte das alles nicht zusammen. Gut, ein Herzinfarkt konnte in fortgeschrittenem Alter immer die Todesursache sein. War es also möglich, dass es eine andere Verbindung zwischen der Virus-Infektion und dem Tod Nimmers gab als die von Dr. Mederlich angenommene?

Der Installateur telefonierte wieder einmal. Bekker war froh, dass er nicht als Selbstständiger arbeitete, der ständig verfügbar und einsatzbereit sein musste. Natürlich belastete ihn sein Beruf, gerade wenn es einen Fall aufzuklären gab, der ihn stark mitnahm, aber ab und an konnte man sich auch ausklinken. Er warf einen Blick auf seine Heimatstadt, im Licht der blauen Stunde ragte der Dom wie ein sandsteinfarbener Edelstein aus dem Häusergewirr der Altstadt heraus. Zu gerne wäre er dort jetzt ein wenig spazieren gegangen und dann auf ein Glas in eine der Weinstuben rund um den Dom eingekehrt. Das hätte in diesem Moment zu seiner Stimmung gepasst. Krude sprach noch immer am Handy, er klang ärgerlich und kippte gerade den letzten Rest Whiskey herunter.

Das Schiff lag bewegungslos auf dem Fluss. Die dezente Beleuchtung ließ es fast festlich aussehen, aber all das war nur trügerischer Schein, denn die Epidemie wütete ungebrochen. Bekker ließ die Rieslingschorle auf seine Zimmerrechnung schreiben, verabschiedete sich von Krude und ging zurück auf das Sonnendeck. Der Kommissar stellte sich in Höhe von Drostes Kabine an die Reling. Die Dunkelheit nahm jetzt deutlich zu, auch weil man die Außenbeleuchtung des Schiffs reduziert hatte. Wo genau mochten sich die Personen aufgehalten haben, die der Anwalt gehört haben wollte? Vermutlich an der Stelle, wo Bekker jetzt stand, oder ein paar Meter weiter links oder rechts. Wenn tatsächlich ein solch entlarvender Satz gefallen war, wie Droste behauptete, wäre das ungemein leichtsinnig gewesen. Allerdings gab es auch keine perfekten Verbrechen. Bekkers Augen gewöhnten sich allmählich an die Dunkelheit. Er griff eine Zigarette, zündete sie an und sog den Rauch tief ein. Er liebte es, Witterung aufzunehmen. Dieser einzigartige Moment der aufs Höchste gespannten Sinne, die jede nur erdenkliche Kleinigkeit aufzunehmen bereit waren. Dann fühlte er sich wie im Rausch, konnte Stunden mit der Analyse von Details verbringen, grübeln, kleinste Unstimmigkeiten wieder und wieder hinterfragen. Er versuchte, sich die fragliche Szene vorzustellen: Zwei Personen hatten sich in den frühen Morgenstunden getroffen und etwas miteinander besprochen. Der Kommissar ließ seine fast aufgerauchte Zigarette zu Boden fallen – Thomas Droste hatte nicht fantasiert, entschied er. Die Unbekannten waren sich nicht im Klaren darüber gewesen, dass man ihre Stimmen hatte hören können.

Bekker erinnerte sich an das Buch in seiner Jackentasche und sah es erneut an. Diese Markierungen, die Nimmer hinterlassen hatte, könnten tatsächlich bedeuten, dass der alte Herr glaubte, vergiftet zu werden. Es stellte sich natürlich die Frage, ob mit Arsen oder einem anderen Gift. Arsen hatte den Nachteil, dass man es seit der ersten Hälfte des 19. Jahrhunderts anhand der Marshschen Probe sehr gut nachweisen konnte, das wusste Bekker. Seitdem war die Hochzeit dieses Giftes eigentlich vorüber. Er schlug die Seiten auf, las und … stockte. Wenn die Symptome der Arsenvergiftung denen dieses Virus an Bord glichen, dann würde niemand von einem Mord ausgehen, genau wie es in

Nimmers Fall passiert war. Natürlich, das musste es einfach sein! Bekker zückte sein Handy und googelte, um sicherzugehen, die körperlichen Beschwerden bei einer Arsenvergiftung. Kein Zweifel! Das also hatte Egon Nimmer ihm mit den Eselsohren signalisieren wollen. Aber es war im besten Fall ein loses Indiz. Außerdem war noch nicht der endgültige Nachweis erbracht, dass es sich tatsächlich um einen humanen Norovirus handelte, auch wenn Vieles dafür sprach.

Sollte Droste mit seiner abenteuerlichen Vermutung recht haben, dass die Virus-Infektion an Bord bewusst herbeigeführt worden war, dann bedeutete dies, dass eine äußerst hinterlistige Tat begangen worden war. Bekkers Gehirn arbeitete fieberhaft; was genau war hier abgelaufen? Egon Nimmer wurde durch das Gift geschwächt und starb dann an den Folgen des Virus? Niemand würde unter diesen Umständen einen Mord vermuten. Diese Theorie klang, wenn auch stimmig in der Argumentation, in hohem Maße abenteuerlich. Er musste besonnen agieren und nur in Absprache mit Erna. Wenn etwas von dieser gewagten Theorie bekannt wurde und sie sich als falsch herausstellte – nicht auszudenken. Bekker hörte Schritte und ließ das Buch in seiner Jacke verschwinden. Jemand betrat das Sonnendeck, es war Erna, die auf ihn zukam und sich neben ihn an die Reling stellte.

»Du siehst aufgewühlt aus, Schack. Ist irgendwas?«

»Nein, nein«, log er, denn er wollte nicht gleich mit der Tür ins Haus fallen, aber für seine Kollegin war Bekker ein offenes Buch. »Eine interessante Frau, diese Amelie Mehrbrand. Hast du dich schon mal mit ihr unterhalten?«

»Nee, ich kenne sie nur von diesen unseligen Tischgesprächen.«

»Sie hat eine außergewöhnliche Lebensgeschichte, ist in Stockholm geboren und im Alter von zwölf Jahren mit den Eltern nach Wiesbaden gezogen. Nach dem Abitur, noch vor dem Studium, hat sie Sozialarbeit in Afrika geleistet. Heute arbeitet sie als Lehrerin an einer Gesamtschule in Frankfurt.«

»Sozialarbeit in Afrika?«

»Ganz genau.«

»Also, ich finde, sie sieht aus wie eine alternde …«

»Hör auf damit, Schack.«

»Und was genau findest du so interessant an ihr?«

»Sie ist mit gerade mal 19 Jahren alleine weggegangen. Da bist du in der Altstadt rumgefallen und hast dich gefeiert. Ein kleiner Unterschied, oder?«

»Was hat denn das damit zu tun, wie ich mein Leben gelebt habe?«

»Wenn du mich tatsächlich fragst, was an ihr interessant ist?«

»Warum müsst ihr Frauen immer gleich Frontalangriffe starten, wenn man mal schlecht über jemanden redet? Ihr seid es doch, die normalerweise stichelt und stachelt.«

»Sticheln und stacheln? Schacks Fabulierstündchen.«

»Du weißt genau, was ich meine.«

»In jedem Fall ist Amelie Mehrbrand eine interessante Frau. Das war eigentlich alles, was ich sagen wollte.«

Er winkte ab und sah über das Deck. Es herrschte eine beinahe sanfte Stille, nur die Musik aus der Bar auf Deck 3 vermischte sich mit dem Geräusch der gegen den Schiffsrumpf schlagenden Wellen. Bekker hatte die Vorstellung einer Idylle im Kopf. Wenn man von der dramatischen Situation an Bord nichts weiter wusste, kam einem dieser Ort in diesem Augenblick wie ein vollkommener Ort vor.

Eine Tür knarrte und fiel ins Schloss. Bekker griff Ernas Arm, die sofort verstand. Sie lösten sich aus dem Lichtschein einer nahen Bordlampe. Dann waren Schritte zu hören, die zweifelsohne vom Schiffsbug kamen. Die Kommissarin gab ihm ein Zeichen, dass sie nachsehen sollten. Sie gingen nach vorne, stiegen die Außentreppe hinunter und erreichten die Spitze des Schiffs. Obwohl Erna noch nichts von dem Gespräch mit dem Anwalt wusste, hatte sie die Initiative ergriffen nachzusehen, woher das Geräusch kam. Hier war es frischer als auf dem Sonnendeck. Sie blickten sich um – doch da war niemand. Bekker wunderte die Entschlossenheit seiner Kollegin und fragte sich, ob sie vielleicht auf anderem Wege etwas erfahren hatte, das ihren Tatendrang erklärte.

»Was ist denn in dich gefahren?«

»Ich? Du hast doch meinen Arm gefasst und so getan, als würde im nächsten Moment ein Mord begangen. Da du so unentschlossen warst, habe ich eben gehandelt.«

»Sonst gibt es nichts, was ich wissen müsste?«, fragte er sie.

»Nein, natürlich nicht? Und was ist mit dir?«

»Nein«, antwortete er bestimmt, doch er konnte seiner langjährigen Kollegin nichts vormachen.

»Erzähl schon, Schack.«

»Lass uns auf ein Gläschen an die Bar gehen.«

Bekker wollte partout nicht unter freiem Himmel von Drostes Beobachtung und seinem Verdacht sprechen.

»In Ordnung.«

Sie blieben noch einen Moment vorne am Bug stehen und blickten stromaufwärts. Der Fluss lag breit und ruhig da – er kam Bekker wie ein aus Wasser geformter Epos vor. Seine Geschichten, die Legenden und Sagen, die Tragödien und die fröhlichen Momente – die Bezeichnung »Gevatter Rhein« passte nur zu gut, fand er. Bekker legte seiner Kollegin die Hand auf die Schulter. Die beiden standen eng beieinander, sie wirkten wie eine verschworene Einheit, was bei den vielen gemeinsamen Dienstjahren und überstandenen Abenteuern nicht wirklich erstaunte. Wenn man mit einem Kollegen unterwegs war, gab es diese unterschwellige Erwartung, dass gleich etwas passierte. Man war es einfach gewohnt, dachte Bekker. Ob Erna das Gleiche empfand? Sie machten sich auf den Weg in die Bar, wo ein paar vereinzelte Pärchen an kleinen runden Tischen saßen, die etwas abseits von der Theke standen. Bekker und Erna setzen sich dazu. Es lief Jazz und nicht etwa die häufig übliche Aufzugmusik. Der Kommissar bestellte sich ein Bier und seine Kollegin einen trockenen Martini.

»Schack, jetzt erzähl mal, was dich so beschäftigt.«

Er kam erst einmal auf den verängstigten Thomas

Droste zu sprechen, der zwei Nächte vor dem Ausbruch des Virus ein Gespräch belauscht haben wollte, aber nicht sagen konnte, wer es geführt hatte.

»Mehr konnte er dir nicht sagen?«

»Er meinte gehört zu haben, dass alles vorbereitet sei und die Sache nicht mehr zu stoppen wäre.«

»Das ist natürlich keine belastbare Aussage«, bemerkte Erna, schien dann jedoch ihre Äußerung zu überdenken, »aber unter den gegebenen Umständen könnte es einige Schlüsse zulassen.«

»Woran denkst du?«

Die Getränke wurden serviert und sie stießen an.

»Na, die Sache mit der Epidemie. Es hört sich tatsächlich so an, als hätte man den Virus mit voller Absicht verbreitet. Und wenn das der Fall ist, dann …«

»… gibt es ein gewichtiges Motiv dafür.«

Bekker kramte sein Buch hervor und hielt es Erna hin.

»Wozu brauchst du hier deinen Marple-Roman? Ich kenne den Film mit Margaret Rutherford.«

»Das lag neben Nimmer auf dessen Nachttischablage.«

»16 Uhr 50 ab Paddington?«

Der Kommissar nickte nur. Erna ahnte bereits, dass er irgendeiner Sache auf der Spur war, was vor allem Eines bedeutete: Arbeit und sehr wahrscheinlich Komplikationen. Ihr Kollege hatte einen fast untrüglichen Sinn für Verbrechen.

»Was willst du mir damit sagen, Schack?«

Bekker erläuterte ihr haarklein, wie er zu dem Buch gekommen war, was er in der Kabine des Toten erlebt hatte und welche Vermutung sich daran knüpfte. Erna seufzte hörbar.

»Und du bist dir sicher?«

»So sicher, wie man bei einem so vagen Hinweis sein kann, Ernie. Du kennst mich; ich suche immer einen Grund für das, was ich da gesehen habe. Und der einzig plausible scheint mir zu sein, dass man Egon Nimmer mit Arsen vergiftet und geschwächt hat, damit er die Norovirus-Attacke nicht überlebt.«

»Du solltest Dr. Mederlich einweihen, er ist der Einzige an Bord, der deine Annahme zumindest ansatzweise überprüfen könnte. Allerdings muss das unter dem Mantel der absoluten Verschwiegenheit geschehen«, sagte Erna leise.

»Ja, das muss es. Wenn er bei Nimmer tatsächlich irgendwelche äußerlichen Symptome für eine Vergiftung feststellt, würde ich den Walter benachrichtigen und ihn bitten, die Marshsche Probe durchzuführen, mit der man Arsen nachweisen kann. Dann wissen wir sicher Bescheid.«

Bekker trank einen Schluck Bier. Sein Magen fühlte sich ein wenig schwer an und krampfte leicht, als wäre die Flüssigkeit nicht willkommen. Er ignorierte es und fragte Erna, welchen Vorschlag sie für das weitere Vorgehen habe. Seine Kollegin sah ihn an und zuckte mit den Schultern. »Bislang haben wir nichts in der Hand. Wie schon gesagt, man müsste Dr. Mederlich dazu bringen, sich den Toten auf eine Arsenvergiftung hin anzusehen. Und das Ganze sollte natürlich so schnell wie möglich geschehen.«

»Es ist die einzige Möglichkeit herauszufinden, ob ich richtig liege.«

»Schack, schon der Anflug eines Motivs würde helfen.«

»Ja, gell? Schöne Scheiße. Ich vermute eine bewusst herbeigeführte Arsenvergiftung wegen eines Buchs mit Eselsohren, das neben dem Toten gelegen hat.«

»Es scheint mir äußerst fraglich, ob Dr. Mederlich überhaupt bereit ist, sich Nimmer anzusehen«, gab Erna zu bedenken.

»Sobald die Passagiere an Land gehen dürfen, wird es sehr schwierig werden, einen möglichen Tathergang nachzuvollziehen. Sollten wir bis dahin keinen durch Indizien gestützten Verdacht haben, ist praktisch auszuschließen, dass wir die Sache aufklären.«

»Also der perfekte Mord, wenn es denn einer ist«, stellte Erna fest.

»Soweit es Perfektion gibt, wenn sie von Menschenhand stammt.«

»Du bist vielleicht ein Klugscheißer, Schack.«

»Stimmt«, sagte er lachend. »Ich rufe jetzt den Mederlich an; vielleicht habe ich ja Glück und er ist gar nicht so griesgrämig, wie ich ihn erst eingeschätzt habe. Am besten wäre natürlich, dass er sich Nimmer jetzt noch ansieht.«

»Na, du hast vielleicht Vorstellungen.«

»Wenn an der Sache irgendwas dran sein sollte, sprechen wir morgen früh ab, wie wir vorgehen.«

»Viel Glück, Schack.«

»Danke, Ernie.«

Die Untersuchung

Der Kommissar ging zurück zu seiner Kabine, griff den Hörer seines Kabinentelefons und erreichte Dr. Mederlich auf Anhieb. Dieser war ziemlich überrascht, als ihm Bekker unter dem Siegel der Verschwiegenheit von seinem Verdacht berichtete, dass man Nimmer ermordet hatte, und den Arzt fragte, ob er einen Blick auf den Toten hinsichtlich einer möglichen Arsenvergiftung werfen könne. Entgegen Bekkers Erwartung war der Schiffsarzt gewillt, dem Kommissar zu helfen.

»Und Sie denken, dass das tatsächlich der Fall sein könnte?«, bemerkte Dr. Mederlich, was Verblüffung, aber auch Interesse bekundete. Bekker bejahte und stellte sogleich klar, dass, sollten entgegen seiner Erwartung Nachfragen kommen, er die volle Verantwortung übernehmen würde. »Ich regle dann natürlich auch das Administrative.«

Dr. Mederlich schwieg erst, dann schien er seine verbliebenen Vorbehalte – denn immerhin hatte er ja bereits eine natürliche Todesursache bescheinigt – überwunden zu haben. »Ich bin zwar kein Rechtsmediziner, doch gänzlich unbewandert bin ich nicht.«

»Ausgezeichnet. Noch etwas: Bitte sagen Sie niemandem an Bord etwas. Ich möchte vermeiden, dass die Sache weitere Kreise zieht.«

»Sie können sich auf mich verlassen, Herr Kommissar.«

»Ich hätte noch eine größere Bitte.«

»Sie möchten mich bestimmt fragen, ob es möglich wäre, das jetzt gleich zu machen. Das können wir gerne tun. Was halten Sie davon, wenn wir uns in einer Viertelstunde auf dem Unterdeck treffen, gleich neben der Haupttreppe? Ich habe Herrn Nimmer in eine leere Kabine legen lassen, wenigstens für diese Nacht. Ginge das bei Ihnen?«

»Ja, das klappt. Dann bis gleich, Doktor.«

»Ist gut, Herr Kommissar.«

Dr. Mederlich würde die Untersuchung also tatsächlich noch heute Abend erledigen. Was für ein beschissenes Ende für Egon Nimmer, dachte Bekker. Er versuchte zu rekapitulieren, was ihn so sicher machte, dass man den alten Herrn ermordet hatte. Ein letzter Zweifel blieb immer, aber das musste wohl auch so sein. Der Kommissar mochte keine absoluten Aussagen, denn sie machten den Geist träge, fand er. Nein, sein Instinkt täuschte ihn nicht. Immerhin hatte der Mann die letzte Woche jeden Tag wenigstens einmal mit ihm am Tisch gesessen. Es wurde Zeit für seine Verabredung. Als er den Treffpunkt erreichte, war der Arzt bereits da. Die Kabine befand sich auf der Steuerbordseite im hinteren Teil des Schiffs. Dr. Mederlich gab Bekker Mundschutz und Handschuhe, dann öffnete er die Tür und schaltete das Licht ein.

Der Tote lag auf einer fahrbaren Krankentrage, ein Tuch bedeckte seinen Körper.

»Können wir?«, fragte Bekker den Schiffsarzt, der nickte.

»Herr Kommissar, wie ich schon sagte, die Rechtsmedizin ist mir durchaus vertraut. Ich hatte bereits einen recht großen Teil der Facharztausbildung genossen, mich dann aber doch noch umentschieden«, bemerkte er.

»Ihre Kenntnisse sind sicherlich von Vorteil für uns.«

Bekker schwieg und ließ den Arzt seine Arbeit machen. Dieser sah sich den Toten genau an, prüfte die Fingernägel, die Nasenschleimhaut und dann die Haare des vor ihm liegenden Egon Nimmer aufs Genaueste. Bekker wartete geduldig ab und dachte währenddessen daran, nach seiner Heimkehr endlich wieder auf dem Balkon zu sitzen und ein kühles Bier zu trinken. Hoffentlich hielten die sommerlichen Temperaturen noch eine Weile.

»Herr Kommissar, was genau war also Ihre Vermutung?«, fragte Dr. Mederlich mit einem Mal.

Bekker drehte sich zu ihm. Der Schiffsarzt sah ihn an und wartete auf eine Erklärung. Bekker konnte nicht recht einschätzen, worauf sein Gegenüber abzielte. Er hatte ihm von seinem Verdacht berichtet, dass der Mann, der vor ihnen lag, wahrscheinlich keines natürlichen Todes gestorben war. Hatte er sich vertan und seine Behauptung war nicht zu halten?

»Lieber Herr Bekker, ich würde wirklich zu gerne wissen, was Sie zum Anlass genommen haben, mich diesen

Mann hier an Bord ansehen zu lassen. Normalerweise hätte man ihn wegen der bescheinigten natürlichen Todesursache an Land nicht in einem rechtsmedizinischen Institut untersucht. Ich denke, Sie sind mir eine Erklärung schuldig.«

Bekker versuchte in Windeseile seine Gedanken zu ordnen. »Die Sache ist nicht ganz einfach. Wenn Sie von meiner Seite eindeutige Fakten erwarten, so muss ich leider passen. Allerdings gibt es mehrere Indizien, die mich dazu veranlasst haben, diese Vermutung Ihnen gegenüber zu äußern und entsprechend zu handeln. Ich bin überzeugt davon, dass man Egon Nimmer vergiftet hat. Ansonsten kann ich nur abwarten, was Ihre Untersuchung ergibt.«

»Sie haben sicherlich Ihre Gründe, nicht weiter ins Detail zu gehen.«

Bekker nickte. »Was haben Sie herausgefunden?«, fragte er und sah den Schiffsarzt erwartungsvoll an.

»Ein interessanter Fall. Lassen Sie uns rausgehen, dann erläutere ich Ihnen gerne meine bisherigen Erkenntnisse.«

Sie verließen die Kabine, erreichten die Reling und griffen beinahe zcitgleich eine Zigarette. Die beiden Männer rauchten eine Weile schweigend. Bekker fühlte sich merkwürdig; zum einen wünschte er sich natürlich, dass er richtig lag mit seiner Vermutung, zum anderen wäre es ihm wesentlich lieber gewesen, auf einem Irrweg zu sein. Er wartete gespannt darauf, was Mederlich ihm jetzt erzählen würde.

»Herr Kommissar, ich fange mal damit an, was dieser

Virus – es ist zwar noch nicht amtlich, aber ich habe einmal einen Norovirus-Ausbruch erlebt und kenne mich recht gut damit aus – im Körper auslöst. Der humane Norovirus ist hoch ansteckend und bei einer schwächlichen Person durchaus tödlich, wenn er nicht behandelt wird. Die Inkubationszeit beträgt 10 bis 50 Stunden. Die klassischen Symptome sind Durchfall und Erbrechen. Gefährlich ist die Krankheit vor allem für Kinder und alte Menschen.«

»Würden Sie sagen, dass Egon Nimmer eine schwache Konstitution hatte?«

»Nein, aber er war sicherlich auch kein Herkules.«

»Hätte ihn dieser Virus töten können?«

»Eher nicht, und doch hat er stark an den Symptomen gelitten; gestorben ist er, wie Sie ja wissen, an Herzversagen.«

»Und wenn man Nimmer physisch so geschwächt hat, dass er den Ausbruch des Virus nicht überlebte?«

»Sie sind scharfsinnig, Herr Kommissar.« Der Arzt wartete ab, da Bekker offenkundig noch etwas hinzufügen wollte.

»Wie schon angedeutet habe ich einen vagen Hinweis darauf, dass Nimmer mit Arsen vergiftet wurde, aber ich bin mir recht sicher. Meine Vermutung ist, dass man ihm das Gift über mehrere Tage in kleineren Mengen verabreicht hat. Dieser aggressive Virus hat ihm dann den Rest gegeben, sozusagen, Herzversagen war die Folge.«

»Eine sehr interessante Überlegung. Arsen schwächt den Körper, und die Symptome ähneln denen des Norovirus. Eine solche Vergiftung hat Krämpfe, Koliken und Übelkeit zur Folge. Bei hoher Dosierung tritt der Tod nach ein paar Stunden oder nach Tagen ein. Arsen in nicht letaler Dosis, wahrscheinlich kombiniert mit dem Norovirus, könnte tatsächlich eine Art tödliche Waffe sein.«

»Was können Sie mir denn jetzt zum Arsen bei Nimmer sagen?«

»Bei chronischem Arsenkonsum können Nasenscheidewandgeschwüre und -defekte auftreten, das ist bei Nimmer definitiv nicht der Fall. Bei akutem Arsenkonsum sind weiße Querstreifen in den Nägeln möglich, aber das dauert etwa vier bis sechs Wochen, ganz nach Nagelwachstum. Außerdem kann es zu fleckigem Haarausfall kommen. Doch auch dieser ist bei Egon Nimmer nicht festzustellen. Dann gibt es noch den typischen knoblauchartigen Mundgeruch. Und der liegt bei ihm definitiv vor. Im Übrigen hat mich Nimmer zweimal aufgesucht und über Schmerzen in der Brust geklagt. Beides sind mögliche Indikate.«

»Also würden Sie sagen, es ist durchaus vorstellbar, dass eine Arsenvergiftung vorliegt.«

»Ich denke schon, aber diese Aussage ist natürlich mit Vorsicht zu genießen. Man sollte, um sicherzugehen, die Marshsche Probe durchführen, aber dafür fehlt mir hier an Bord die nötige Ausrüstung.«

»Eine Bitte, Dr. Mederlich. Ich werde jetzt umgehend einen Kollegen aus der Rechtsmedizin an Bord kommen lassen, damit er Gewebeproben nimmt. Es sollte so lange wie möglich geheim gehalten werden, dass man Egon Nimmer wahrscheinlich ermordet hat. Es spricht Einiges dafür, dass die Epidemie nur aus diesem Grund verursacht wurde. Und deshalb wäre es hilfreich, wenn Sie Ihr Wissen für sich behalten würden. Unsere Chance, den Täter zu fassen, wäre so erheblich größer. Ist das für Sie denkbar?«

Bekker war selbst überrascht, mit welcher Emphase er dem Schiffsarzt seine Bitte nahegebracht hatte. Der schaute ihn eine Weile mit ernster Miene an und nickte schließlich. »Ich vertraue Ihnen. Es ist schon einigermaßen verblüffend für mich, wie Sie überhaupt auf diesen Verdacht gekommen sind.«

»Kann ich auf Ihre Verschwiegenheit zählen?«

»Aber natürlich, Herr Kommissar. Sagen Sie mir einfach, wann und in welcher Form Sie mich brauchen. Ich stehe zu Ihrer Verfügung. Dann werde ich mich jetzt mal wieder der Kranken auf unserem Schiff annehmen.«

Dr. Mederlich verabschiedete sich von Bekker, überließ ihm den Schlüssel der Kabine und nahm die Treppe. Der Kommissar rief seinen Freund und Kollegen Prof. Walter Kur an, den Leiter des rechtsmedizinischen Instituts, der erst einmal nicht sonderlich begeistert war über den späten Anruf. Nachdem ihm Bekker allerdings die Sachlage erläutert hatte, machte er sich umgehend auf den Weg. Kur hatte die notwendige Autorität und Kompetenz, um ohne jegliche Schwierigkeit das Schiff betreten zu können. Es dauerte nicht lange, bis der Rechtsmediziner, ausgerüstet mit einem Schutzanzug, zu Bekker gelangt war. Während er die Gewebeproben des toten Egon Nimmer entnahm, wartete Bekker vor der Kabine; eigentlich stand er Schmiere. Der Kommissar begleitete seinen Freund nach getaner Arbeit noch bis zum Landungssteg, wo dieser den Schutzanzug wieder abstreifte.

»Ich gebe dir Bescheid, sobald ich die Ergebnisse habe. Wenn ihr dann mit der Ermittlung soweit seid, dass wir – solltest du mit deiner Vermutung recht haben – die Leiche zur Autopsie anfordern können, werden natürlich auch die Resultate erheblich genauer sein. Viel Glück, Schack. Und passt auf euch auf.«

»Machs gut, Walter. Und danke, dass du gleich vorbeigekommen bist. Das sollte unbedingt im kleinen Kreis bleiben, hier ist womöglich eine Riesenschweinerei am Laufen.«

Kur passierte die beiden Besatzungsmitglieder am Steg; dann verschwand der hagere feine Herr so schnell und unauffällig, wie er gekommen war. Bekker war äußerst zufrieden mit dem Ergebnis seiner Bemühungen. Er streckte sich, zuckte jedoch im selben Moment zusammen, denn sein Magen begann stark zu krampfen. Für einen kurzen Moment wurde es besser, dann durchfuhr ihn eine weitere Attacke. Das ist nichts, nur ein kleiner Anfall, sagte er sich, als der Krampf nachließ. Kurz darauf krümmte er sich erneut vor Schmerzen. Ihm trat der kalte Schweiß auf die Stirn, er musste aufstoßen, würgte mehrere Male und konnte sich nur mit Mühe auf den Beinen halten. Der Weg zu seiner Kabine kam ihm wie eine halbe Ewigkeit vor. Bekker ging es von Minute zu Minute schlechter. In der Kabine angekommen, riss er die Tür zum Bad auf und hing im nächsten Moment über der Toilettenschüssel. Nach dem ersten Erbrechen versuchte er sich zum Bett zu schleppen, doch musste er das Unterfangen ein ums andere Mal abbrechen. Er hatte das Gefühl, seine Eingeweide auszuwürgen. Noch nie in seinem Leben war es ihm so schlecht gewesen. Die immer wiederkehrenden Attacken zermürbten ihn derart, dass er kurzzeitig sogar dachte, sterben zu müssen.

Als es Bekker irgendwann etwas besser ging, kam ihm Nimmer ins Gedächtnis. Täuschte er sich und sah Gespenster? Vielleicht war es doch gar nicht so abwegig, dass der Werber an den Folgen dieses Virus gestorben war. Nein, er verwarf den Gedanken wieder.

Der Kommissar hätte gerne geschlafen, wo und wie auch immer, aber selbst das war ihm nicht vergönnt. Die Übelkeit ließ ihn nicht los, sie schwebte wie eine ständige Bedrohung über ihm; dieses dauernde Unwohlsein, das jederzeit in akuten Brechreiz umschlagen konnte, ließ ihn die ganze Nacht im Bad verbringen. In den Morgenstunden schlief er dort schließlich vollkommen erschöpft ein.

Als er aufwachte, war es erst zehn Uhr. Er hatte nur vier Stunden geschlafen, schlecht geschlafen. Sein Schädel dröhnte, er hatte wahnsinnige Kopfschmerzen und konnte sich kaum bewegen. Er quälte sich auf die Knie und kam mit Hilfe des Waschbeckens zum Stehen. Nur mit äußerster Anstrengung gelang es ihm, auf den Beinen zu bleiben. Mühsam schleppte er sich zum Bett, legte sich hinein und zog die Decke über den Kopf. Es würde schon alles vorübergehen, irgendwie, irgendwann. Nicht einmal einen Kamillentee hätte er jetzt trinken können. Selbst die Bettdecke schien zu schwer für seinen Kopf.

Auch wenn er für einen Augenblick das Gefühl gehabt hatte, er müsse sterben, so war ihm doch bewusst gewesen, dass dies nicht passieren würde. Nimmer hingegen schien an einem bestimmten Punkt erkannt zu haben, dass er vergiftet worden war und im Sterben lag. Bekker versuchte, sich umzudrehen und sein Wasserglas auf dem Nachttisch zu erreichen, doch das war in seiner Verfassung nicht möglich. Den Rhein im gesunden Zustand zu durchschwimmen schien ihm leichter zu sein, als die Herkulesaufgabe – der Griff nach dem Wasserglas – zu bewältigen. Seine Augen brannten, er schwitzte und die Kraftlosigkeit war kaum in Worte zu fassen. Einfach nur dazuliegen stellte schon eine beinahe übermenschliche Anstrengung dar. Bekker kroch tiefer unter die Bettdecke.

Mord im Maschinenraum

Bekker ging es mittlerweile deutlich besser. Als er Stimmen vor seiner Kabine hörte, erwachte er vollends aus seinem Dämmerzustand. Er lag still da und lauschte, was die Personen draußen sprachen. Von Hause aus war er nicht übermäßig neugierig, doch das Getuschel direkt vor seiner Kabine reizte ihn so sehr, dass er sich schließlich aufraffte und zur Tür schlich. Einen Moment war Bekker unentschlossen, hörte noch einmal genau hin, in der Hoffnung zu erkennen, wer da im Flur stand – dann öffnete er langsam die Tür und lugte hinaus.

»Herr Kommissar!«

Der Kapitän war freudig überrascht, Bekker auf den Beinen zu sehen. Neben ihm stand Ludwig Silberstein, der 1. Offizier des Schiffes, sowie Dr. Mederlich.

»Worum geht es denn?«, erkundigte sich Bekker. Offensichtlich wollten die drei zu ihm, denn sie standen allesamt um seine Kabinentür herum.

Kapitän Semmen fragte, ob er eintreten dürfte. Bekker registierte, dass er Mundschutz und Handschuhe trug, wie schon bei der Untersuchung von Nimmers Kabine. Er murmelte »Einen Augenblick«, drehte sich um und ging, noch immer etwas wacklig auf den Beinen, zurück in die Kabine. Dort warf er alles Herumliegende ins Badezimmer, und schloss dann die Tür.

»Kommen Sie herein, aber stören Sie sich bitte nicht an der Unordnung.«

Semmen fragte Bekker, ob ihm noch übel sei, was dieser verneinte. Der Kapitän erläuterte, dass die Kabine grundgereinigt werden müsse, was gleich geschehen könne. Dann wäre er, Bekker, zwar noch ansteckungsfähig, aber durch Vermeidung von körperlichem Kontakt und vor allem durch die regelmäßige Desinfektion der Hände sollte dies dann kein Problem mehr darstellen.

»Deshalb sind Sie aber sicherlich nicht hier, Herr Kapitän«, lenkte Bekker ein.

Kapitän Semmen räusperte sich und setzte zum Sprechen an: »Da haben Sie natürlich recht. Vor einer Stunde ist das Unheil passiert«, eine ausgedehnte Pause folgte, »es gibt einen zweiten Toten, Herr Kommissar.«

Bekker war ein wenig verwundert, dass man ihn deswegen aufsuchte, es war doch Dr. Mederlich an Bord, der sich um den Verstorbenen kümmern konnte. Es brauchte nur einen Moment, dann hatte er begriffen: »Wurde etwa jemand ermordet?«

»Ja, durch einen Stich in den Rücken. Wir haben den Mann im Maschinenraum gefunden.«

»Da laust mich doch der Affe«, brummte Bekker und stand auf, was ihm einige Mühe bereitete. »Gibt es sonst noch irgendetwas Wichtiges, das ich verpasst habe?«

Der Kapitän schilderte in kurzen und prägnanten Worten die Ereignisse des vergangenen Tages. Bekker überschlug, dass er knapp 35 Stunden in seiner Kabine zugebracht hatte, und lauschte gespannt, was neben dem Abtransport der am schwersten erkrankten Passagiere, sechs an der Zahl, in die Mainzer Uniklinik sowie der Diagnose des Norovirus als Erreger und der Versorgung der Patienten noch geschehen war. »Aber die gute Nachricht ist, dass wir seit gestern Mittag keinen neuen Krankheitsfall mehr zu beklagen haben und der Erreger definitiv nicht aus unserer Küche stammt. Auch ist glücklicherweise niemand vom Küchenteam betroffen. Sonst wäre die Versorgung mit Nahrungsmitteln schwierig geworden. Der Amtsarzt ist inzwischen an Bord, er hat die Situation abgewogen und trotz eines gewissen Risikos schien es ihm die sinnvollste Lösung, den Speisesaal nach gründlicher Desinfektion für das Abendessen freizugeben, aber natürlich ohne Buffet. Die kontinuierliche Flächendesinfektion des gesamten Schiffs und eine gewisse Vorsicht der Passagiere im Umgang miteinander sollten dieses Vorgehen möglich machen. Er meint, dass man die Reisenden nicht wie Aussätzige behandeln dürfte. Ich denke, dass er mit Augenmaß und Mut entschieden hat. Bei einem weiteren Krankheitsfall würde sich die Situation natürlich grundlegend ändern. Alle an Bord befindlichen Personen wurden darüber aufgeklärt, dass bei ersten Symptomen sofort einer der Ärzte aufzusuchen ist. Übrigens sind auf dem Schiff professionelle Reinigungskräfte unterwegs. Momentan sieht es aber so aus, als hätten wir das Ärgste überstanden.«

»Wenn Sie mir fünf Minuten Zeit geben, komme ich mit. Das ist es doch, was Sie wollen, oder?«

Der Kapitän nickte und und öffnete die Tür. »Gehen Sie bitte vorher im Krankenzimmer vorbei, der Amtsarzt möchte Sie noch kurz sehen. Wenn er, wie ich hoffe, sein O.K. gibt, können wir loslegen. Wir warten draußen an der Treppe auf Sie. Ihre Kollegin kann übrigens nicht kommen, sie hat sich gestern Morgen den Virus eingefangen. Dr. Mederlich und der Amtsarzt sehen später noch einmal nach ihr. Dann bis gleich, Herr Kommissar.«

Bekkers Versuch zu lächeln missglückte. Er zog die Tür hinter seinem Besucher zu, sein „So eine Scheiße" geriet ein wenig zu laut. Er ging ins Bad, duschte und zog seinen Jogginganzug an. Schließlich streifte er den Bademantel über, ging zurück ins Bad, wusch Gesicht und Hände und cremte sie ein. Er wollte sich einigermaßen gut fühlen, wenn er zur Untersuchung beim Amtsarzt ging und danach zumTatort und dem Toten.

Es war noch früh am Morgen, gerade erst sieben durch. Die Sonne begann ihren Aufstieg. Bekker betrat leicht wankend den Gang und fluchte ein weiteres Mal. Der zweite Tote machte alles noch viel komplizierter.

Jetzt erst mal ins Krankenzimmer und dann zum Tatort. Der Kommissar war überzeugt, dass es eine Verbindung zwischen den beiden Todesfällen gab. Das legte schon die Wahrscheinlichkeit nahe: Zwei Tote, die nichts miteinander zu tun hatten, auf ein paar schwimmenden Quadratmetern, hielt Bekker für ausgeschlossen.

»Eins nach dem andern, Schack«, murmelte er. Nach der Visite beim Amtsarzt, der ihm grünes Licht gab, machte sich Bekker zur Treppe auf. Dort stand die kleine Gruppe, die ihn aufgesucht hatte.

»Da sind Sie ja schon, Herr Kommissar. Kommen Sie, wir müssen zum Heck auf Deck 2«, bemerkte der Kapitän und ging voran. Er blieb schließlich vor einer Eisentür stehen, die zum Maschinenraum führte und bereits offenstand.

»Gut, dann sehen wir uns den Toten mal näher an. Um wen handelt es sich denn?«, fragte Bekker und betrat den Raum.

»Thorsten Bellroth, ein Pflegedienstleiter aus Saarbrücken.«

»Mit wem ist er unterwegs?«

»Er reist ohne Begleitung.«

»Also alleine. Welche Kabine hat er bewohnt?«

»Das werden wir gleich überprüfen. Herr Silberstein, würden Sie das bitte übernehmen?«

»Aber natürlich, Kapitän.«

Der groß gewachsene, blonde 1. Offizier verließ sie, um die gewünschte Information über den Toten einzuholen. Bekker versuchte, seine Gedanken zu ordnen. Es gab zwei Tote an Bord, und der Kommissar war überzeugt davon, dass es sich in beiden Fällen um Mord handelte. Wer annahm, die beiden Taten wären unabhängig voneinander passiert, übersah den größeren Zusammenhang. Soweit war er sich sicher.

Die Fehlentscheidung

Dr. Mederlich wurde zu einem Passagier gerufen, der über starke Schmerzen in der Brust klagte.

»Die Nerven der Leute liegen blank«, bemerkte Bekker. Der Kapitän bestätigte dies: »Die Reisenden sind geschockt und wissen nicht mehr ein noch aus. Die psychische Belastung ist sehr hoch. Der Anblick derjenigen, die es erwischt hat, ist nicht gerade ermutigend. Allerdings geht es auch ein paar Passagieren wieder besser, wie Ihnen, Herr Kommissar. Das ist gut für die Moral an Bord. Am liebsten würden die Gesunden natürlich vom Schiff verschwinden, aber die Quarantäne wird wohl vorerst noch nicht aufgehoben. Also, abwarten und Ruhe bewahren.«

Bekker stimmte zu und fragte Semmen, was er bislang über den Toten wisse.

»Wie schon gesagt, es handelt sich um einen Pflegedienstleiter aus Saarbrücken, 55 Jahre alt. Er war wohl alleine unterwegs, seine Frau ist zuhause geblieben. Ich habe mir erlaubt, die Polizei in Saarbrücken zu verständigen. Ein Kollege von Ihnen vor Ort wird zur Ehefrau fahren und sie informieren. Er meldet sich dann telefonisch hier an Bord bei Ihnen.«

»Sie könnten zur Kripo gehen. Schnelles Handeln, klares Denken und den Blick für das Wesentliche«, lobte Bekker Semmen. Sie stiegen die Treppe nach unten auf die Ebene des Unterdecks und gingen weiter in den Maschinenraum hinein.

Zwischen den Motoren und Generatoren lag in einem Gang zusammengekrümmt der Tote. Ein Messer steckte tief in seinem Rücken und daneben war eine Blutlache zu sehen. Bekker stand zuerst nur da und schüttelte den Kopf. »Verstehen Sie das?«, fragte er in die Runde, bekam aber keine Antwort. »Nehmen wir einmal an, es wäre während der Fahrt zu einem Streit mit einem Mitreisenden gekommen. Hat er vielleicht der Frau eines anderen Passagiers schöne Augen gemacht? Dann hätte es durchaus eine handfeste Auseinandersetzung unter Männern geben können. Aber würde so das Ende eines solchen Streits aussehen?«, fragte Bekker in einer Weise, die deutlich zum Ausdruck brachte, dass er dies nicht in Betracht zog. »Gegen eine solche Annahme spricht außerdem, dass die Passagiere hier nicht wochen- oder monatelang aufeinandersitzen wie bei einer Kreuzfahrt auf dem Meer. In unserem Fall dauert die Reise gerade mal gute zehn Tage.«

»So kurz sind zehn Tage nun auch nicht, vor allem, wenn etwas Gravierendes vorgefallen sein sollte«, gab Isidor Semmen zu bedenken.

»Da mögen Sie durchaus recht haben, aber es scheint mir dennoch nicht sehr wahrscheinlich«, beharrte der Kommissar auf seiner Meinung.

»Diese Tat ist grausam – jemandem ein Messer bis zum Schaft in den Rücken zu rammen. Da gehört ziemlich viel Kraft dazu, würde ich meinen.«

»Ich gehe mal davon aus, dass uns das Messer keinen Hinweis auf den Täter liefern wird, sonst hätte er es sicher nicht stecken lassen. Die Waffe muss natürlich noch untersucht werden.«

»Haben Sie denn schon eine Idee, was passiert sein könnte?«, fragte der Kapitän, den der Anblick des Toten sichtlich mitnahm.

»Nun«, dabei ging Bekker ein weiteres Stück auf Bellroth zu, »lassen Sie uns die Perspektive ändern und die Tat von einer anderen Warte aus betrachten. Ich denke, dass sich so ein paar Ansatzpunkte erschließen werden.«

»Wie meinen Sie das?«

»Unter den gegebenen Umständen müssen wir annehmen, dass Mörder und Opfer sich zumindest kannten. Oder würden Sie einen Unbekannten hier unten im Maschinenraum treffen und ihm den Rücken zudrehen?«

Der Kapitän fuhr sich mit der Hand über den Kopf: »Natürlich!«

»Damit haben wir einen konkreten Hinweis darauf, wie die ersten Schritte der Nachforschung aussehen sollten. Aber natürlich erst, nachdem ich mir die Leiche und den Maschinenraum näher angesehen habe.«

Dabei wandte sich der Kommissar an Semmen und Silberstein, der vor ein paar Minuten zurückgekommen war, und bat sie, den Raum zu verlassen. Lediglich Dr. Mederlich, der nach der Behandlung des Patienten mit den Brustbeschwerden gerade wieder zur Tür hereinkam, sollte vor Ort bleiben und mit ihm die Leiche in Augenschein nehmen. Der Kapitän verabschiedete sich mit dem Hinweis, dass er und sein 1. Offizier sich auf Deck 3 befinden würden, falls der Kommissar etwas benötige.

»Ist gut, danke. Ich brauche hier ein bisschen Zeit und Ruhe, um mich in die Situation hineinzudenken. Anschließend komme ich hoch zu Ihnen, um das weitere Vorgehen zu besprechen.«

Bekker sah sich um. Die Motoren und Generatoren nahmen einen Großteil der Fläche des Maschinenraums ein, der mit Aluminiumbodenplatten ausgelegt war. In dem schmalen Gang links vom Eingang lag zwischen zwei surrenden Generatoren Thorsten Bellroth. Vom Schiffsarzt ließ sich Bekker Gummihandschuhe geben und betrachtete sich Messer und Einstichwunde genauer.

Wie schon von Kapitän Semmen festgestellt, fiel gleich auf, dass die Stichwaffe tief in den Rucken gestoßen worden war; eine Attacke, die viel Kraft und Präzision erfordert haben musste. Bekker vergewisserte sich bei Dr. Mederlich, der ihm seine Einschätzung bestätigte. Eine schwächliche Person schied somit für die Tat aus. Das Mordinstrument steckte in Herzhöhe. Der Täter schien genau gewusst zu haben, wo das Messer den größten Schaden anrichten würde. Kein Zufall, entschied Bekker und wandte sich zu dem Arzt um: »Ein exakt ausgeführter Stoß in Richtung Herz, meinen Sie nicht auch?«

Dieser ging neben ihm in die Hocke, zog seine Brille hervor und begutachtete den Einstich. »Unter anderen Umständen würde man von einem meisterhaften Stich sprechen. Und das tiefe Eindringen des Messers lässt tatsächlich auf einen Täter mit großen Kräften schließen, wie Sie ja schon richtigerweise festgestellt haben.«

»Fällt Ihnen sonst noch etwas auf?«, fragte Bekker und machte dem Schiffsarzt Platz, der begann, den Toten näher in Augenschein zu nehmen.

»Das Opfer wurde nicht zuerst niedergeschlagen und dann erstochen. Es sind keine weiteren Hämatome oder Wunden festzustellen. Bellroth hat sich, aus welchem Grund auch immer, umgedreht und der Täter hat diese Gelegenheit genutzt.«

»Der Mörder hat offensichtlich beide Hosentaschen herausgezogen und wieder hineingestopft, sehen Sie?«, stellte Bekker fest.

»Ist das wesentlich?«

»Ohne jeden Zweifel.«

»Gut, er hat also sein Opfer untersucht«, nahm Dr. Mederlich den Faden auf, doch der Kommissar reagierte nicht. Schließlich drehte er sich zu dem Schiffsarzt um und erklärte, dass die Durchsuchung von Bellroths Kleidern möglicherweise Schlüsse darauf zuließ, warum sich Opfer und Täter im Maschinenraum getroffen hatten. Dr. Mederlich nickte, aber es war unschwer zu erkennen, dass ihm nicht klar war, worauf der Kommissar abzielte. Bekker fügte noch hinzu: »Mit diesen Observationen kann man arbeiten. Wenn Sie mich jetzt noch eine Zeitlang mit dem Toten alleine ließen? Ich komme anschließend auf Deck 3. Dann kann der Mann weggebracht werden.«

Warum der Kommissar sich ausbat, noch einen Moment alleine bei dem Ermordeten zu bleiben, erschloss sich dem Arzt nicht. Er vermutete, dass es Teil seiner Routine war.

»Was meinen Sie, wie lange es dauern wird? Soll ich schon Vorkehrungen wegen des Abtransports treffen lassen?«

»Zwanzig Minuten sollten es schon sein.«

Dr. Mederlich nahm seine Arzttasche und verließ den Maschinenraum. Bekker hörte, wie die Tür ins Schloss fiel – endlich. Der zweite Tote in weniger als drei Tagen. Möglicherweise hatte Droste mehr als nur den geplanten Einsatz des Norovirus vermutet. Er musste mit ihm sprechen, damit dieser das geheimnisvolle nächtliche Gespräch für sich behielt; seine Sicherheit würde davon abhängen. Bekker sah sich erneut um. Wieso war der Ermordete hergekommen? Als Unbefugter durfte man den Maschinenraum nicht betreten. Warum also hatte die Zusammenkunft hier stattgefunden? Kaum jemand würde sich freiwillig an diesem abgelegenen Ort treffen. Es musste einen guten Grund dafür geben. Fand sich womöglich in der Umgebung des Tatorts eine Nachricht mit der Aufforderung, sich zu dieser frühen Stunde hier zu treffen? Der Kommissar lief die Gänge ab, doch da war nichts zu entdecken. Ein weiteres Mal inspizierte er den Toten, seine Hände, die Kleidung, selbst den Mund untersuchte er, aber ohne Erfolg. Bekker starrte vor sich hin, er fühlte sich zunehmend kraftloser.

Dennoch überlegte er: Wenn man ihn an einen Ort lotsen würde, der ihm nicht geheuer schien, würde er sich dann nicht in irgendeiner Weise rückversichern? Ja, ohne jeden Zweifel. Aber vielleicht hatte sich Bellroth mit seinem Mörder erst woanders getroffen, und sie waren dann in den Maschinenraum gegangen. Dass er draußen ermordet worden war, schien ihm nahezu unmöglich. Dagegen sprach die Blutlache.

Noch immer starrte der Kommissar vor sich hin. Mit einem Mal ging das Licht im Maschinenraum aus und er meinte leise, schnelle Schritte zu hören. Bekker konnte nicht orten, woher sie kamen. Noch hatte er sich nicht an das durch die Notbeleuchtung leicht aufgehellte Dunkel gewöhnt. Plötzlich nahm er hinter sich ein Geräusch wahr. Er versuchte sich umzudrehen, doch es war bereits zu spät. Ein schwerer Schlag traf ihn am Kopf, er sah einen gleißend hellen Lichtstrahl, spürte ein heißes Brennen und verlor die Kontrolle über seine Beine. Er fühlte seinen Kopf auf dem harten Boden aufschlagen, doch er empfand keinerlei Schmerz. Dann wurde ihm schwarz vor Augen.

Ein Schlag ins Gesicht

Nur mit Mühe konnte er die Augen öffnen, sein Schädel schien zu platzen. Um ihn herum standen mehrere Personen. Dr. Mederlich blickte ihm intensiv in die Augen und redete behutsam auf ihn ein, doch konnte der Kommissar den Sinn seiner Worte nicht erfassen. Bekker sah an sich herunter – Blut war auf seinen Bademantel getropft. Er konnte sich an nichts erinnern, aber es musste ihn jemand niedergeschlagen haben. Was machte er hier im Maschinenraum? Und woher kam das Blut? Man flößte ihm Wasser ein und legte etwas Kühlendes in seinen Nacken. Nach einer Weile war er in der Lage nachzufragen, was geschehen war. Der Schiffsarzt erinnerte ihn daran, dass er eine Zeitlang allein mit dem Ermordeten im Maschinenraum hatte bleiben wollen. Als er nach vierzig Minuten nicht wieder aufgetaucht war, habe man ihn gesucht und bewusstlos neben dem Toten gefunden. Bekker habe eine große Platzwunde an der Schläfe, es sei ein brutaler Schlag gewesen. Die Wunde müsse unbedingt genäht werden, und das so schnell wie möglich.

Der Kommissar hörte nur mit halbem Ohr zu, denn er versuchte sich krampfhaft zu erinnern, was genau im

Maschinenraum vorgefallen war. Nichts, seine Erinnerung daran schien wie ausgelöscht. Bekker bat um eine kurze Verschnaufpause, dann folgte er, schwer angeschlagen, dem Schiffsarzt zum Krankenzimmer, um die Platzwunde nähen zu lassen. Ganz allmählich begann es ihm etwas besser zu gehen.

»Wie steht es um meine Kollegin?«

»Sie ist nach wie vor ziemlich schwach, doch das Schlimmste scheint überstanden zu sein. Sie sollte sich noch ein wenig ausruhen.«

»Besuchen kann ich sie aber schon?«

»Vielleicht am frühen Nachmittag. Sie erinnern sich bestimmt daran, wie es Ihnen ging? Geben Sie ihr etwas Zeit. Ich werde jetzt ein Lokalanästhetikum spritzen und dann die Wunde nähen.«

»Sieht es denn so schlimm aus?«, fragte Bekker mit leichter Ironie in der Stimme.

»Es war zweifelsohne ein sehr heftiger Schlag, der Sie unter Umständen auch hätte töten können.«

Es war Bekker peinlich, dass man ihn während seines Alleingangs niedergeschlagen hatte. Immerhin war er es gewesen, der erst den Kapitän und den 1. Offizier und dann Dr. Mederlich weggeschickt hatte. »Meinen Sie, der Täter wollte mich umbringen?«

»Nein, das denke ich nicht. Nachdem Sie bewusstlos waren, hätte er es ja in aller Ruhe tun können.«

»Es sei denn, es wäre gerade jemand zur Tür hereingekommen.«

»So gesehen könnte es auch ein Mordversuch gewesen sein.«

»Na, das ist beruhigend zu wissen.«

Der Schiffsarzt legte die Nadel zur Seite und verband Bekkers Kopf. Er riet ihm, sich unbedingt noch einmal hinzulegen und zu ruhen. Mit einer Packung Schmerztabletten in der Tasche – die er ruhig nehmen könne, denn der Kopf würde ihm im Laufe des Tages sicherlich zu schaffen machen, so Dr. Mederlich – verließ Bekker das Krankenzimmer. Über den Flur gelangte er zur Treppe und erreichte das Sonnendeck. Er ging nach draußen, um einen Blick auf seine Heimatstadt zu werfen, die im Glanz der frühen Sonnenstunden lag und gerade ins tägliche Treiben einzutauchen begann. Es war mittlerweile neun Uhr morgens. Bislang hatte er nur leichte Beschwerden. Der Kopf pochte und fühlte sich an, als könne er jederzeit seitlich wegkippen, wenn er ihn nicht gerade halte. Dazu kam das schwache, aber stete Unwohlsein in der Magengegend, das er zu ignorieren suchte.

Vielleicht sollte er eine Kleinigkeit essen, er hatte sogar schon wieder ein bisschen Appetit. Jetzt könnte er etwas Deftiges vertragen, am liebsten eine kleine Portion kalte Fleischwurst und dazu einen halben Paarweck, aber das gab es an Bord natürlich nicht. Die wärmenden Sonnenstrahlen und das Lichterspiel auf dem Wasser kündigten einen geradezu idyllischen Morgen an – aber Bekker wusste nur zu gut, dass die Schönheit trügerisch war. Er lehnte an der Reling und bekam Lust auf eine Zigarette, verzichtete aber darauf. »Scheiße«, murmelte er vor sich hin, »du gewinnst 'ne Kreuzfahrt, die du nicht machen willst. Dann werden nach und nach alle Leute auf dem Kahn krank und fallen um wie die Mücken. Am Ende stehst du da, hast zwei Leichen an Bord, wirst beinahe totgeschlagen und keine Sau kann dir weiterhelfen.«

Er tastete mit der Hand über die verbundene Platzwunde, noch wirkte die Betäubung. Der Kommissar versuchte, seine Gedanken zu ordnen; es ging ihm langsam etwas besser. Er versuchte zu rekapitulieren, was geschehen war, genauer gesagt, was er glaubte, was geschehen war: Der erstochene Mann im Maschinenraum schien für den ahnungslosen Betrachter das einzige Mordopfer auf dem Schiff. Vermutlich ahnte niemand, was Bekker, Erna, Walter Kur und Dr. Mederlich schon wussten, nämlich, dass der kurz nach dem Ausbruch der Epidemie verstorbene Egon Nimmer wohl ebenfalls ermordet worden war. Dem Kommissar war bewusst, dass es außerordentlich schwierig werden würde, den Mörder an Bord aufzuspüren, auch weil nicht viel Zeit blieb. Er versuchte sich krampfhaft an die Minuten, als er alleine bei dem Toten gewesen war, zu erinnern. Nichts, kein Bild, keine Ahnung, nicht einmal ein Gefühl dazu hatte er. Es schien ihm, als würde er in einen schwarzen Raum hineinschauen. Der Täter war womöglich die ganze Zeit über im Maschinenraum gewesen. Bekker entschloss sich, in ein paar Minuten noch einmal zurückzugehen; irgendeinen Hinweis musste es einfach geben. Er schloss die Augen und hörte die Wellen gegen den Rumpf des Schiffes schlagen. Er griff in die Tasche seines Bademantels, fingerte eine Zigarette aus der Schachtel heraus und zündete sie nun doch an. Warum hatte man ihn attackiert? War er vielleicht kurz davor gewesen, etwas Entscheidendes zu entdecken? Eines zeigte der Angriff auf ihn deutlich: Der unbekannte Gegner hatte sein Versteck verlassen, um ihn, Bekker, an etwas zu hindern. Nur woran?

Früher oder später würde er sich an die Geschehnisse im Maschinenraum wieder erinnern. Er warf den Rest der aufgerauchten Zigarette in den Fluss. Hing alles davon ab, dass er sich erinnerte? Nein, das schien ihm überzogen. Eine dünne Wolkenschicht sorgte für gemäßigte Temperaturen, sogar ein leichter Wind ging. Eigentlich ein perfekter Morgen.

»Dieser Virus hält die Passagiere wie die Besatzung fortwährend in Schach und auf Trab. Alle Beteiligten sind entweder damit beschäftigt zu helfen oder versuchen, wieder zu Kräften zu kommen. Bemerkenswert«, stellte Bekker fest. Er tippte mehrfach mit dem Zeigefinger auf die Reling. Es ging um eine große Sache, das stand außer Frage. Der mutmaßliche Mord an Nimmer unterschied sich grundlegend von gewöhnlichen Fällen. Eine ganz spezifische Eigenheit zeichnete ihn aus: Es sollte nach einem natürlichen Tod aussehen. Verdammt! Wieso hatte er diese Tatsache nicht gleich ins Zentrum seiner Überlegungen gerückt? »Du Schwachkopf«, murmelte er vor sich hin. Dabei sah er den 1. Offizier auf sich zukommen, der wegen des Kopfverbands und des blutbefleckten Bademantels fast ein wenig schockiert wirkte.

»Du lieber Himmel. Ist das tatsächlich im Maschinenraum passiert? Nicht zu fassen.«

»Ich war unvorsichtig und hätte Sie wohl nicht alle wegschicken sollen.« Bekker kam eine Idee. »Herr Silberstein, ich habe eine Bitte: Könnten Sie mich noch einmal dorthin begleiten?«

Der Offizier wusste nicht recht, ob er zustimmen sollte. Der Zustand des Kommissars schien ihm besorgniserregend. Dieser insistierte, wiederholte sein Anliegen und beruhigte ihn.

»Es geht mir erheblich besser, als es aussehen mag. Kommen Sie, es würde mir helfen.«

Sie nahmen die Außentreppe am Heck zu Deck 2. Silberstein öffnete die mittlerweile wieder verriegelte Tür zum Maschinenraum.

»Gibt es auch einen zweiten Zugang?«

»Ja, natürlich, durch das Innere des Schiffs vom Unterdeck aus, aber die Tür ist immer abgeschlossen.«

So verriegelt wie die Tür hier, dachte Bekker, ließ sich aber nichts anmerken.

»Würden Sie ihn mir bitte zeigen?«

Sein Begleiter ging bis zum Ende des Raumes, wo sich eine weitere Tür befand, die er öffnete.

»Und diese Tür ist definitiv immer verschlossen?«, vergewisserte sich der Kommissar, was Silberstein bestätigte. »Und was befindet sich hier unten noch?«

»Der Wäscheraum und die Gerätekammer.«

»Würden Sie mir diese beiden Räume zeigen?«

»Aber natürlich.«

Auf der Backbordseite lag der Wäscheraum. Bevor sie diesen betraten, gab Silberstein dem Kommissar Mundschutz und Gummihandschuhe mit den Worten

»Vorsorglich. wir wollen ja nichts riskieren.« Bis zur Decke hinauf ragten voll belegte Regale; mehrere große Schmutzwäschebehälter standen aufgereiht nebeneinander und zwei Industriewaschmaschinen liefen. Bekker sah sich um, hier herrschte nicht die geringste Unordnung. Verstecken könnte man sich hinter den Wäschesammlern, dachte er und machte ein paar Schritte in den Raum hinein. Dabei kontrollierte er den Boden aufs Genaueste, doch da war nichts von Interesse zu finden.

»Jetzt noch den Geräteraum, dann haben wir es.«

»Kein Problem, Herr Kommissar. Derjenige, der diesen Pflegedienstleiter ermordet und Ihnen so zugesetzt hat, muss so schnell wie möglich gefasst werden.«

»Das wird nicht so einfach werden, aber den Drecksack kriegen wir schon«, sagte Bekker mit erhobener Stimme.

Der Offizier war ein wenig erstaunt über die plötzliche Emphase des recht großen Mannes mit dem intelligent wirkenden Gesicht. Silberstein öffnete die Tür auf der gegenüberliegenden Seite, ging voran und schaltete das Licht ein. Ein Baumarkt hätte nicht besser eingerichtet sein können. Natürlich war der Raum nicht sonderlich groß, aber sowohl Werkzeug als auch kleinere Maschinen, wie Schleifgerät und Bohrer, waren vorhanden. Die Wände des quadratischen Raums waren rundherum mit Regalen ausgekleidet. Hier gab es keine Möglichkeit sich zu verstecken. Bekker lief den Raum ab. Die Wahrscheinlichkeit, etwas Ungewöhnliches zu entdecken, schätzte er gering ein. Er machte seine

Runde, wobei er sich Zeit ließ, um nichts zu übersehen, und kam schließlich zu Silberstein zurück, der am Eingang auf ihn gewartet hatte.

»Und?«

»Fehlanzeige«, antwortete Bekker, doch hielt er es nicht für ausgeschlossen, dass eine genauere Suche durchaus noch etwas zutage fördern könnte. »Danke, das reicht erst einmal. Lassen Sie uns durch den Maschinenraum zurückgehen. Ich möchte, dass Sie das Licht löschen und es erst wieder einschalten, wenn ich es Ihnen sage.«

»Wird gemacht, Herr Kommissar.«

Dann stand Bekker ein weiteres Mal an diesem Morgen im Dunkeln zwischen Generatoren und Motoren. Das Surren der Maschinen und die Notbeleuchtung weckten seine Erinnerung. Plötzlich hatte er wieder die schnellen Schritte im Ohr und das Geräusch, als jemand hinter ihm auftauchte. Aber so sehr er sich auch bemühte, seiner Imagination freien Lauf zu lassen – weiter war da nichts, absolut nichts. Etwas musste ihm aufgefallen sein, und das hatte den Täter dazu veranlasst, ihn anzugreifen. »Scheiße, einfach alles weg, das kann doch nicht wahr sein«, murmelte er und lehnte sich mit dem Rücken an einen der Generatoren.

»Herr Silberstein, Sie können das Licht wieder einschalten. Lassen Sie uns gehen. Hier unten komme ich nicht weiter.«

Sie verließen den Maschinenraum durch die Tür am Heck des Schiffes.

»Wie funktioniert eigentlich der Mechanismus dieses Schlosses?«, wollte der Kommissar wissen.

»Nun, wenn die Tür zufällt, kann man sie nur mit dem Schlüssel öffnen; es sei denn, Sie stellen dieses Häkchen am Schloss nach oben, dann kann man ein- und ausgehen. Das kennen Sie sicherlich.«

»Ja. Gut zu wissen, dass es diese Vorrichtung hier gibt.« Bekker machte eine Pause und schien seine Aussage zu überdenken, »also, für die Untersuchung ist es natürlich nicht gut, dass dem so ist.«

Der 1. Offizier sah sein Gegenüber an und nickte. »Das erhöht die Zahl der möglichen Verdächtigen?«

»Exakt. Mit ein bisschen Geschick kann jeder die Tür manipuliert haben. Allerdings erfordert es schon eine gewisse Fingerfertigkeit.«

Es hatte also nicht unbedingt den Schlüssel gebraucht, um sich Zutritt zu verschaffen. Allerdings musste derjenige schnell genug den kleinen Haken umgelegt haben, als sich die Möglichkeit dazu ergab. Recht schwierig, aber machbar, dachte der Kommissar. Der Mörder hatte Bellroth erst zum Maschinenraum lotsen können, nachdem er die Tür entriegelt hatte. Es sei denn, er war in den Besitz des Schlüssels gelangt. In jedem Fall musste der Täter einen gewissen Einblick in die Abläufe auf dem Schiff haben.

Einige wesentliche Dinge hatte er über seinen geheimnisvollen Gegenspieler herausgefunden: Die Person musste Kraft besitzen, war wahrscheinlich ziemlich fingerfertig und kannte zumindest die Grundabläufe auf einem Kreuzfahrtschiff. Erst hatte Bekker gedacht, dass der Mord an Bellroth den besten Ansatzpunkt bieten würde, um dem Täter auf die Spur zu kommen. Natürlich hatte er ein paar wesentliche Indizien sammeln können, aber die Art und Weise, wie Nimmer den Tod gefunden hatte, schien ihm doch mehr Anhaltspunkte zur Entlarvung des Täters zu bieten.

»Kann ich noch etwas für Sie tun, Herr Kommissar?«

»Ich bräuchte jetzt nur noch die Passagierliste. Können Sie mir die besorgen?«

»Unter den gegebenen Umständen dürfte das kein Problem sein. Ich muss das nur mit Kapitän Semmen abklären, dann bringe ich sie Ihnen vorbei.«

»Wenn Sie mir die bitte unter der Tür durchschieben, ich bin noch einen Moment auf dem Schiff unterwegs. Und vielen Dank für Ihren Begleitschutz«, bemerkte Bekker mit einem Lächeln, das wegen seines Verbandes und der Schwellung der linken Gesichtshälfte ziemlich schief wirkte.

»Wird erledigt«, sagte Silberstein und machte sich auf den Weg, stoppte jedoch plötzlich und drehte sich zu Bekker um: »Haben Sie denn schon einen Verdacht?«

»Na ja, ich will es mal so sagen, vor zwei Stunden habe ich den Wald vor lauter Bäumen nicht gesehen. Mittlerweile weiß ich wenigstens, wo ich mich im Wald befinde. Rein kriminalistisch betrachtet habe ich aber noch keine konkrete Spur.«

»Ich drücke Ihnen die Daumen, dass Sie den Fall möglichst bald lösen.« Damit machte sich der Offizier auf die Suche nach dem Kapitän.

»Zwei Fälle, Silberstein, zwei«, verbesserte ihn Bekker leise. Sein Handy klingelte, es war Walter Kur, der wegen der Ergebnisse von Nimmers Gewebeproben anrief.

Erna wieder an Bord

Noch immer fühlte sich Bekker erstaunlich gut. Seit er damit begonnen hatte, den Mord an Thorsten Bellroth zu untersuchen, ging es ihm deutlich besser, als würde ihm die Ablenkung Auftrieb geben. Sein Kopf dröhnte ziemlich wegen des Blutergusses und der genähten Platzwunde, aber dennoch war er regelrecht beschwingt. Er wollte nach Erna sehen und mit ihr reden. Eigentlich hatte ihm Dr. Mederlich deutlich zu verstehen gegeben, dass er wenigstens bis zum Nachmittag von einem Besuch absehen solle. Bekker betrat den Kabinentrakt des Schiffs und stand gleich darauf vor der Tür seiner Kollegin. Was sollte schon passieren, wenn er ein bisschen früher bei ihr vorbeischaute? Einen Moment wartete er noch, dann klopfte er leise. Es dauerte eine Weile, bis eine recht schwach klingende Stimme mit »Ja?« antwortete.

»Ich bins, Schack. Kann ich reinkommen?«

»Natürlich.«

Bekker öffnete sachte die Tür und sah Erna im Schlafanzug auf ihrem Bett liegen. Ein feuchtes Handtuch bedeckte ihre Stirn, sie sah mitgenommen aus.

»Wie geht es dir?«

Sie nickte, dann fiel ihr Kopf zurück aufs Kissen, Bekkers Kopfverband hatte sie gar nicht wahrgenommen. Ihre Stimme war leise, aber bestimmt, was er als gutes Zeichen wertete.

»Es ging mir schon mal besser, Schack. Seit heute Nacht muss ich mich aber nicht mehr übergeben.«

Erna berichtete weiter, dass Dr. Mederlich und der Amtsarzt bei ihr gewesen waren. Sie hätten ihr freigestellt, die Kabine am Nachmittag zu verlassen. Bekker stand ein wenig verloren an Ernas Bett. Er hatte das Bedürfnis, ihr beizustehen. Nach einer Weile fragte sie ihn, was er auf dem Herzen habe.

»Es ist etwas Ernstes passiert.«

»Was denn? Ist noch jemand gestorben?«

Er wartete einen Moment, um die Nachricht möglichst sachlich klingen zu lassen.

»Ermordet, im Maschinenraum. Einem Passagier, Thorsten Bellroth, wurde ein Messer in den Rücken gerammt. Und zwar bis zum Schaft.«

Erna zeigte keine Reaktion. Bekker arbeitete schon seit einer gefühlten Ewigkeit mit ihr zusammen und wusste, dass seine Kollegin sich immer erst einmal ein Bild von dem Gehörten zu machen versuchte, bevor sie sich äußerte.

»Das erfordert doch eine ungeheure Anstrengung?«, bemerkte sie schließlich.

»Ohne Zweifel. Der Täter muss ganz ordentlich Kraft haben.«

»Haben wir denn schon eine Spur?« Plötzlich stöhnte Erna auf und wand sich offensichtlich vor Schmerzen.

Bekker wollte ihr helfen, aber was hätte er tun können? Also wartete er geduldig, bis es ihr wieder besser ging.

»Kann ich dir irgendwas bringen? Einen Tee vielleicht? Oder ein frisches Handtuch?«

»Nein, es geht wieder einigermaßen. Wie hieß nochmal der Tote?«

»Thorsten Bellroth. Er stammt aus Saarbrücken und ist dort Pflegedienstleiter in einem Altenheim. War alleine auf dem Schiff, ist aber verheiratet und hat eine erwachsene Tochter. Die Frau ist zuhause geblieben, weil sie keine Schiffsreisen mag. Ein Kollege der Polizei vor Ort spricht mit ihr und ruft mich dann auf dem Handy an. Mehr habe ich noch nicht.«

Bekker schilderte ihr die Diagnose des Erregers als humaner Norovirus. Danach berichtete er von der Untersuchung Dr. Mederlichs und Walter Kurs kurzem Besuch an Bord, sowie dem nachgewiesenen Arsen bei der Analyse der Gewebeproben durch den Rechtsmediziner. Erna stimmte ihm zu, dass sie solange wie möglich vermeiden mussten mit Corinne Nimmer zu sprechen, um den Täter in Sicherheit zu wiegen. Je weniger Personen von der heimtückischen Tat wussten, desto größer waren ihre Chancen, ihn zu fassen.

»Nachdem du am Morgen nicht zum Frühstück kamst und ich von Dr. Mederlich über deine Virus-Attacke informiert wurde, habe ich den Walter angerufen. Er hat mich über seinen Besuch an Bord aufgeklärt und wollte sich im Laufe des Tages mit den Ergebnissen melden, aber das habe ich dann nicht mehr mitbekommen. Mir gings einfach zu schlecht. Du kannst mir doch behilflich sein und mich ein bisschen stützen, wenn ich ›Unter-Stützung‹ brauche? Oder, Herr Hauptkommissar?«

»Der Schalk kehrt zurück. Dann scheint es dir wieder etwas besser zu gehen. Wann willst du denn deinen ersten Ausgang machen?«

»Um zwei, und bitte mit Binde und Stock.«

»In Ordnung. Ich mache eine Liste, was ich bislang herausgefunden habe und hole dich später ab. Ruh dich noch ein bisschen aus.«

Bekker war aufgestanden und öffnete die Tür zum Gang.

»Schack?«

»Ja, Ernie?«

»Entschuldige, dass ich dich nicht früher gefragt habe, aber was ist denn mit deinem Kopf passiert?«

»Jemand hat erfolgreich verhindert, dass ich im Maschinenraum auf etwas stoße, was anscheinend nicht für meine Augen bestimmt war. Und ich war dumm genug, alle Anderen rauszuschicken. Tja, und dann ging das Licht aus.«

Erna lächelte schwach. »Du wolltest dir alleine einen Eindruck verschaffen, richtig?«

»Ja, das war wohl der Plan. Ich erzähle dir nachher mehr davon.«

»Schack, ich versuche, noch ein bisschen zu schlafen und eine heiße Suppe zu Mittag zu bekommen. Bis dahin.«

»Ja, bis später, Ernie.«

Bekker trat in den Flur und zog die Kabinentür leise zu.

Er würde sich umziehen und die Gästeliste durchsehen, wenn Silberstein sie schon besorgt haben sollte. Tatsächlich lag eine Tüte mit dem Logo des Schiffsbetreibers auf dem Kabinenboden. Er überflog die Liste darin und legte sie auf den kleinen Tisch links neben dem Eingang. Die Kabine war in seiner Abwesenheit gereinigt worden, auch hatte man dieses spezielle Desinfektionsmittel an sein Waschbecken gestellt. Bekker zog sich um und entsorgte die getragenen Kleider in einen dafür vorgesehenen Wäschesack. Er legte sich mit Passagierliste und Lesebrille aufs Bett und begann, sie intensiv zu studieren. Erst las er ohne Plan, doch mit der Zeit entwickelte er eine Systematik, sortierte die Reiseteilnehmer nach Herkunftsorten und bezog berufliche Parallelen mit ein. In einem Fall waren dies ein Lebensmittelprüfer und ein Bäckermeister. Die beiden stammten zudem aus derselben Region. Natürlich konnte es sich um bloßen Zufall handeln, aber wenn man mögliche Anknüpfungspunkte finden wollte, blieb einem keine andere Wahl, als in den Krümeln zu suchen. Mit wem also konnte der Pflegedienstleiter engeren Kontakt gehabt haben? Bekker fiel auf, dass ein Pharmavertreter, ein Apotheker, eine Krankenschwester sowie ein aus Saarbrücken stammender Arzt auf dem Schiff waren. Das sagte erst einmal nichts aus, aber es war sicherlich sinnvoll, diese möglichen Verbindungen im Auge zu behalten.

Was war mit dem ersten Toten? Egon Nimmer reiste mit seiner Frau Corinne, das Ehepaar wohnte im Rheingau, genauer gesagt in Rüdesheim. Frau Nimmer war nach wie vor an Bord, eigentlich eine unzumutbare

Belastung, wie Bekker fand. Womöglich hatte sie selbst darum gebeten, denn in ihrem Fall wäre sicherlich auch bei Quarantäne eine Art Härtefallregelung in Kraft getreten. Vermutlich tat es ihr gut, unter Leuten zu sein, was ja für eine gewisse Ablenkung sorgte. Außerdem war der Cousin ihres verstorbenen Mannes an Bord, vielleicht half ihr sein Beistand, den ersten Schmerz besser zu verkraften. Bekker hatte Lust auf eine Zigarette, aber dafür hätte er an Deck gehen müssen. Er überdachte seine nächsten Schritte: Vor dem Gespräch mit Corinne Nimmer musste er unbedingt herausfinden, an welchen Projekten ihr Mann zuletzt gearbeitet hatte. Bekker nahm sein Handy zur Hand und googelte Egon Nimmer. Viel Hoffnung hatte er nicht, etwas Brauchbares zu finden, doch zu seiner Überraschung gab es sogar einen Wikipedia-Eintrag zu dem Mann. Der Kommissar überflog den Artikel, der von ihm und seiner Werbeagentur »E.N.-Direkt« handelte. Nimmer war wohl während der 1960er und 1970er Jahre einer der Innovativen in der Werbebranche gewesen, kein kleiner Fisch. Es würde einiges an Fingerspitzengefühl bedürfen, um mit der Witwe über ihren gerade erst verstorbenen Mann zu sprechen, der nach aktuellem Erkenntnisstand ermordet worden war. Aber noch schien der rechte Zeitpunkt nicht gekommen. Er war sich mit Erna einig, das Gespräch weiter hinauszuzögern und Corinne Nimmer noch nicht über die Ermordung ihres Mannes aufzuklären. Wer konnte schon wissen, wie sie reagierte? Natürlich war die Entscheidung ziemlich problematisch und würde womöglich Konsequenzen für Bekker haben, sollte es herauskommen. Aber dieses Risiko war er gewillt einzugehen. Der Kommissar war überzeugt davon, das Richtige zu tun. Sie mussten zuerst die Ermittlung vorantreiben. Es stellte einen enormen Vorteil dar, wenn der Täter nicht ahnte, dass sie nicht mehr von einer natürlichen Todesursache bei Nimmer ausgingen. Sobald sie klarer sahen, würde Corinne Nimmer informiert werden.

Bekker kratzte sich das unrasierte Kinn. Es erinnerte ihn daran, dass er sich unbedingt frisch machen wollte. Er ging ins Bad und zog sich aus. Es kostete ihn erstaunlich viel Mühe, was ihm deutlich signalisierte, dass er noch längst nicht wieder im Vollbesitz seiner Kräfte war. Erneut war er mit seinen Gedanken bei Egon Nimmer. Der etwas schmächtige, hagere Herr hatte während der Tischrunden des Öfteren kurze, treffende Bemerkungen beigesteuert, ansonsten aber geschwiegen, was Bekker positiv aufgefallen war. Dieser Mann hatte auf ihn einen zufriedenen, abgeklärten Eindruck gemacht. Nimmer hatte wie ein reifer älterer Herr gewirkt, der seinen Lebensabend genoss und sicherlich nicht damit gerechnet hatte, dass diese Flussfahrt seine letzte sein würde. Dann fiel Bekker etwas ein: Hatte Nimmer nicht davon gesprochen, im kommenden Frühjahr nach Ägypten reisen zu wollen? Eine Kreuzfahrt auf dem Nil zu den Pyramiden. Er würde auf jeden Fall die Witwe danach fragen, ob das stimmte. Das Leben schrieb merkwürdige Geschichten, dachte Bekker und schüttelte den Kopf.

Nach einer ausgiebigen Dusche stand er vor dem Spiegel des Badezimmerschranks, der vollständig beschlagen war. Er wischte ein Fenster frei, sah in sein noch von der Krankheit gezeichnetes Gesicht und betrachtete die bereits einsetzende Verfärbung der linken Gesichtshälfte. Der Kommissar stockte – er hatte sich im Maschinenraum umdrehen wollen, weil er ein Geräusch hinter seinem Rücken gehört hatte. Der Gang war schmal, erinnerte sich Bekker. Er spielte die Szene nach, drehte sich mehrfach um – es bestand kein Zweifel, er wandte sich jedes Mal nach links. Das war eine nicht zu unterschätzende Tatsache, denn es bedeutete, dass der Täter mit großer Wahrscheinlichkeit Linkshänder war, da er ihn ziemlich frontal im Gesicht getroffen hatte. Das wäre für einen Rechtshänder wegen der Drehung des Kopfes kaum möglich gewesen, denn der Schlag hätte Bekker dann eher seitlich erwischt.

Er trocknete sich ab, ging zurück in den Wohnraum und setzte sich aufs Bett. Wann und wie hatte er vom Tod Egon Nimmers erfahren? Er überlegte und schloss die Augen. Alles hatte auf dem Sonnendeck begonnen, am Mittag des 3. Septembers waren die ersten Mitreisenden erkrankt. Dr. Luging, Arzt und Passagier auf der »Pandora«, hatte Erste Hilfe geleistet.

Erna und Bekker hatten nicht lange gezögert und bei der Erstversorgung der Infizierten geholfen. Während des Abendessens hatte Ludwig Silberstein den Kommissar zu Nimmers Kabine gebeten, wo dieser seinen Tischnachbarn tot vorfand. Als er die Diagnose des Arztes hörte, Tod durch Herzversagen, möglicherweise ausgelöst wegen der Schwächung durch den Virus, hatte Bekker dies unter Vorbehalt erst einmal so hingenommen. Wirklich überzeugt hatte ihn das nicht; eine Magen-Darm-Grippe führte eigentlich nur äußerst selten zum Tod. Gut, ein Herzinfarkt konnte jeden ereilen, und die genaue Ursache eines solchen war meist sehr schwer zu bestimmen. Der Alptraum jedes Rechtsmediziners. Dann aber hatte Bekker sein Buch mit den Markierungen entdeckt. Spätestens von diesem Augenblick an war sein ungutes Gefühl in einen ersten Verdacht umgeschlagen.

Der Kommissar nahm sein Notizbuch zur Hand und schrieb seine Gedanken nieder; dann schloss er einen Moment lang die Augen, um einen klaren Kopf für die weiteren Aufgaben zu bekommen.

Von Kellnern und Mitreisenden

Gegen 13 Uhr verließ Bekker seine Kabine und ging zum Sonnendeck, wo er auf einer der Bänke Platz nahm, die Sonne genoss, die Lesebrille aus der Jacke kramte und einen erneuten Blick in die Passagierliste warf. Nimmer betrieb seine Werbeagentur mit Namen »E.N.-Direkt« in Geisenheim. Es mussten auf jeden Fall Mitarbeiter, Kunden und natürlich die Konkurrenz unter die Lupe genommen werden. Sobald offiziell wurde, dass Nimmer ermordet worden war, würde Bekker mit den örtlichen Beamten in Rüdesheim Kontakt aufnehmen. Auf diese Weise konnte man sich ein besseres Bild von dem Toten und dessen Umfeld machen. Gab es vielleicht noch eine andere Möglichkeit, um an Informationen heranzukommen? Er könnte seinen Freund Niesberg bitten, bei der Agentur vorbeizufahren. Der Fotograf hatte eine sympathische, unaufdringliche Art, durch die er immer mehr erfuhr, als eigentlich zu erwarten war. Außerdem konnte er ja von Berufs wegen einen Abstecher dorthin machen. Dieser Teil der Nachforschungen war vom Schiff aus nicht durchzuführen.

Weiterhin benötigten Erna und er Auskünfte über Thorsten Bellroth. Gab es irgendeinen Bezug zu

Nimmer? Bekker sah auf den Rhein hinaus und zog eine Zigarette aus seinem Etui. Er war sich sicher, dass es Verbindungen gab; wenn keine direkten, dann über Dritte. Diesen Knoten galt es zu lösen. Bellroth war alleine an Bord gewesen und dem Kommissar während der gesamten ersten Woche an Bord nicht aufgefallen. Wer waren seine Tischnachbarn? Danach hätte er Silberstein fragen können, doch das hatte er in dem Durcheinander vergessen. Bekker steckte die Zigarette wieder ein und machte sich auf den Weg zum Speisesaal. Dort traf er Dietmar Lang, den Saalchef des Schiffes. Der Kommissar kannte ihn flüchtig, weil er ein paar Mal kurz mit ihm geredet hatte. Dieser hantierte mit einer Liste herum und schien die Tische zu kontrollieren.

»Hallo, Herr Lang. Noch auf den Beinen?«, scherzte Bekker und bekam ein breites Grinsen zur Antwort.

»Noch, Herr Kommissar, noch. Ich denke, wenn es mich bis jetzt nicht erwischt hat, stehen die Chancen ganz gut, dass ich davonkomme.«

»Das wäre Ihnen zu wünschen. Herr Lang, ich habe eine Frage.«

Bekker senkte seine Stimme ein wenig, obwohl sich niemand in ihrer direkten Umgebung befand. Sein Gegenüber nickte erwartungsvoll. Es konnte sich eigentlich nur um den ermordeten Thorsten Bellroth handeln, spekulierte der Saalchef richtigerweise.

»Der ermordete Gast«, bemerkte der Kommissar und Lang nickte erneut, »wo genau hat er gesessen?«

Dietmar Lang deutete auf einen Tisch, der nur

wenige Meter von dem Bekkers entfernt stand, jedoch etwas weiter im Raum.

»Auf diesem Stuhl hier, genau mit dem Rücken zu Ihnen, Herr Kommissar.«

»Was für ein Typ war er?«

»Ruhig und aufmerksam, man könnte durchaus verhalten sagen. Hat kaum etwas gesprochen, aber da werden Ihnen seine Tischnachbarn sicherlich besser Auskunft geben können.«

»Verhielt er sich irgendwie auffällig die letzten Tage? Vor allem gestern?«

»Ich wüsste nicht. Er hat immer zwei kleine Bier zum Essen getrunken. Und anschließend einen Kaffee.«

»Hat er Sie vielleicht mal etwas gefragt?«

»Nein.«

»Oder war er besonders interessiert an einem anderen Gast?«

Der Saalchef schüttelte den Kopf. »Ich würde Ihnen gerne helfen, aber Herr Bellroth war in keiner Weise außergewöhnlich.«

»Da bin ich mir eben nicht so sicher, Herr Lang, da bin ich mir wirklich nicht sicher. Aber vielen Dank für Ihre Zeit«, sagte der Kommissar, der schon den Speisesaal verlassen wollte, als ihm auffiel, dass er das Wichtigste beinahe vergessen hätte. »Herr Lang?« Der Angesprochene war bereits auf dem Weg in die Küche, hielt inne und kam zurück.

»Ja, Herr Kommissar?«

»Ich brauche eine Liste der Tischnachbarn. Wie lautet eigentlich die Tischnummer?«

»Tisch vier.«

Lang ging zum Gläserschrank hinter dem Tresen und öffnete eine der Schubladen. Er blätterte eine Reihe von Zetteln durch, fischte schließlich einen heraus und notierte die Namen auf einem weiteren, leeren Blatt.

»Hier bitte, die Liste.«

»Und wer hat an diesem Tisch bedient?«

»Lars Kern, ein junger Bursche. Ist das erste Mal dabei.«

»Vielen Dank, Herr Lang. Ich denke, das dürfte es erst einmal gewesen sein. Wenn Ihnen noch etwas einfallen sollte, dann melden Sie sich bei mir.«

»Wird gemacht, Herr Kommissar. Bis zum Abendessen.«

»Bis dahin, wenn ich keinen Rückfall erleide.« Bekker lachte zwar, doch eine solche Wendung mochte er sich nicht vorstellen. Thorsten Bellroth hatte also nur zwei Tische entfernt von ihm gesessen. Er musste unbedingt mit Lars Kern sprechen. Das erledige ich während des Abendessens, sagte er sich, ging zurück aufs Sonnendeck und setzte sich an einen der freien Tische. Er schrieb noch ein paar Bemerkungen in sein Notizbuch und steckte es ein.

Er schaute auf seine Armbanduhr, gleich würde er Erna zu einem ersten Spaziergang abholen. Bekker genoss die Sonnenstrahlen. Sein Kopf kam ihm unförmig vor, die linke Gesichtshälfte fühlte sich stark geschwollen an. Vorsichtig fasste er auf die verletzte Stelle, die mittlerweile ziemlich wehtat, konnte aber kaum eine Schwellung ertasten. Es war Zeit aufzubrechen. Hoffentlich ging es Erna so gut, dass sie die Runde auch dazu nutzen konnten, eine gemeinsame Strategie zu planen und erste Befragungen in Sachen Thorsten Bellroth zu führen. Ziemlich viel verlangt von seiner Kollegin, musste sich Bekker eingestehen. Eigentlich würden es vielmehr Gespräche sein, denn es gab niemanden, der konkret verdächtig war. Es würden mühsame Unterhaltungen werden, weil sie möglicherweise nichts oder nur winzige Details zutage förderten. Und natürlich mussten sie versuchen, den Mord an Nimmer, der offiziell nach wie vor als natürlicher Todesfall galt, mit einfließen zu lassen. Denn eines stand fest: Wer Nimmer auf dem Gewissen hatte, war aller Wahrscheinlichkeit nach auch in den Mord an dem Pflegedienstleiter verwickelt.

Ein erster Mosaikstein saß an der rechten Stelle, jetzt waren Subtilität und Fingerspitzengefühl gefragt. »Auch Perfektion hat einen Makel, nämlich den der Perfektion. Und da die nicht menschlich ist, scheitern wir an uns selbst. Erna hat vollkommen recht, du bist wirklich ein Klugscheißer, Schack«, sagte er lachend und bog auf den Gang zu Ernas Kabine ab. Im nächsten Moment stand er vor ihrer Tür, die erst nach mehrmaligem Klopfen geöffnet wurde.

»Schack, komm rein.«

Sie sah noch ziemlich mitgenommen aus, aber das schwache Lächeln verriet ihm, dass es ihr besser ging und sie für die kommenden Aufgaben bereit war.

»Wie gehts dir?«, fragte er vorsichtshalber.

»Ganz gut.«

Bekker meinte ein unterdrücktes Stöhnen zu hören, das aber wohl eher den zurückliegenden Qualen und nicht so sehr der aktuellen Situation geschuldet schien. Sie setzten sich an den kleinen runden Tisch neben dem Eingang. Bekker begann, die Ereignisse der letzten Stunden zu schildern, seine Überlegungen zu Nimmer, die Idee, Niesberg zu dessen Werbeagentur zu schicken, sein Gespräch mit dem Saalchef Dietmar Lang sowie den möglichen Zusammenhang zwischen Bellroths und Nimmers Tod. Erna hörte aufmerksam zu und nickte mehrfach. Die Lage schien auch ihr ausgesprochen verworren; allein die Tatsache, Nimmers mutmaßliche Ermordung nicht öffentlich zu machen, verkomplizierte alles. Sie waren sich aber einig darüber, dass der wahre Sachverhalt so lange wie möglich geheim gehalten werden musste, um den Täter im Glauben zu lassen, sein Plan sei aufgegangen.

Für Bekker bestand kein Zweifel daran, dass der Virus bewusst gestreut worden war und das Vorgehen in jeder Hinsicht Methode hatte. Erna schien eine solch heikle Aktion einigermaßen unrealistisch und kaum durchführbar. Aber da ihr Kollege mit solchen Vermutungen, so abstrus sie manchmal auch erschienen, häufig richtig lag, war sie bereit, auch diese Möglichkeit in Erwägung zu ziehen.

»Wir sollten aber zuallererst unseren Tischnachbarn ein paar Fragen stellen«, schlug sie vor.

»Einverstanden. Wir sprechen sie auf Bellroth an und lassen nebenbei den Namen Nimmer fallen.«

»Gut, gib mir noch ein paar Minuten, dann können wir los.«

Bekker verließ die Kabine und wartete auf Erna, die wenig später zu ihm auf den Gang trat. Er war überrascht, dass sie nun deutlich frischer aussah – ließ man die Augenränder und die etwas eingefallenen Wangen außer Acht. Aber so sahen auf dem Schiff derzeit viele aus. Sie stiegen zum Sonnendeck hinauf und trafen dort auf das Ehepaar Sick, das an der Reling stand und zur Reduit nach Kastel hinübersah. Nichts deutete in diesem Moment auf die noch immer kursierende Epidemie und die beiden Toten hin. Das Licht wirkte warm, fast milchig und sah regelrecht unwirklich aus.

»Wie ist es Ihnen denn die letzten Tage ergangen?«, wollte Bekker von seinen Tischnachbarn wissen. Laura Sick ließ ihrem Mann keine Gelegenheit zu antworten, so schnell hatte sie das Wort ergriffen.

»Mein Mann hat knapp eineinhalb Tage gelegen. Es ging ihm fürchterlich. Ich verschone Sie besser mit den Einzelheiten, doch vermutlich werde ich Ihnen da nichts Neues erzählen, denn Sie waren ja auch beide ein paar Mal nicht beim Essen.«

»Das stimmt, es war eine ziemliche Tortur. Sie haben sicherlich von dem Mord heute Morgen gehört?«, wechselte Erna das Thema.

»Zuerst war es ja nur ein Gerücht, doch mittlerweile wurden wir von Kapitän Semmen darüber informiert. Es heißt, dass bereits ermittelt wird und der Fall bald geklärt sein dürfte.«

Natürlich musste die offizielle Version so lauten; nicht auszudenken, wenn die schwelende Unsicherheit der Gäste sich zu einer panikartigen Reaktion steigerte.

»Wir sind dran. Sie brauchen sich absolut keine Sorgen zu machen«, versicherte Bekker schnell und schloss an, dass sie noch ein paar Fragen hätten.

»Jetzt gleich?«, wollte Günther Sick wissen.

»Warum nicht. Könnten wir uns einen Moment da vorne hinsetzen?« Erna deutete auf einen der fest montierten rechteckigen Tische mit den dazugehörigen Bänken. Die Sicks waren einverstanden. Sie würden die Sache gerne schnell hinter sich bringen, denn sie hätten ja nichts zu verbergen, wie die etwas stämmige, blondierte Frau mit gekünstelter Überzeugung feststellte. Jeder hat seine Geheimnisse, dachte Bekker. Deshalb zeigten Befragte in Vernehmungen fast immer eine gewisse Anspannung, auch wenn gar nichts gegen sie vorlag. Sie nahmen Platz und seine Kollegin stellte die erste Frage.

»Haben Sie Kontakt zu dem Toten gehabt?«

Laura Sick schüttelte den Kopf. Ihr Mann hingegen holte Luft, was wohl signalisierte, dass er Thorsten Bellroth näher kennen gelernt hatte.

»Während der festlichen Begrüßung am ersten Abend habe ich kurz mit ihm gesprochen. Er stammt aus Saarbrücken. Seine Frau leidet unter Angstzuständen auf dem Wasser, weshalb er die Reise alleine gemacht hat. Diese Flusskreuzfahrt hatte er schon seit geraumer Zeit geplant.«

»Und wie haben Sie ihn denn beim Empfang erlebt? War er locker und gelöst? Oder anders gesagt: Hatten Sie den Eindruck, er hat sich auf die Reise gefreut?«

»Sehr sogar, er war redselig und hat von den verschiedenen Stationen dieser Reise erzählt. Aber das war das einzige Mal, dass wir miteinander gesprochen haben«, stellte Günther Sick klar.

»Ist Ihnen vielleicht irgendetwas an ihm aufgefallen? Etwas, das Ihnen merkwürdig vorkam?«

»Nein, er war, wenn ich das mal so formulieren darf, völlig durchschnittlich, also, im positiven Sinn«, erklärte der Investmentbanker.

»So normal, dass man ihn kaum wahrnimmt?«

Sein Gegenüber schien ein wenig verblüfft wegen dieser Bemerkung.

»Darüber habe ich mir gar keine Gedanken gemacht, aber es stimmt wohl, man nimmt ihn kaum wahr.«

Erna beendete die Unterhaltung, indem sie sich bei dem Ehepaar für seine Mithilfe bedankte und vom Tisch aufstand, Bekker folgte. Die beiden verließen den vorderen Teil des Schiffes und gingen in Richtung Heck.

»Merkwürdig, oder, Ernie?«

»Du meinst, warum Sick so getan hat, als wüsste er nicht, dass man manche Menschen kaum registriert, weil sie so unscheinbar sind?«

»Genau, das macht ihn doch nur unglaubwürdig.«

»Vielleicht war er für einen Moment unachtsam. Oder er wollte vermeiden, uns auf eine Fährte zu bringen, die wir noch gar nicht im Visier haben«, folgerte Erna.

»Du denkst, dass Bellroth ihm etwas erzählt hat, von dem Sick glaubt, dass es möglicherweise mit seiner Ermordung zu tun hat?«

»Das wäre zumindest denkbar.«

Sie standen am Heck, blickten zur Theodor-Heuss-Brücke und weiter bis in den Rheingau. Bekker deutete in Richtung der berühmten Weinregion: »Ich glaube, in Geisenheim werden wir die Gründe für die beiden Morde finden.«

»Vielleicht solltest du jetzt den Werner anrufen und ihn bitten, Nimmers Firma einen Besuch abzustatten. Du hast ganz recht, er könnte als Fotograf auf Jobsuche dort vorstellig werden. Er hat doch mal diesen Preis gewonnen.«

»Stimmt, den Newton-Preis für Aktfotografie. Das ist aber schon Jahrzehnte her. Versuchen kann er es ja mal, unser Fotomännchen ist erstaunlich geschickt in solchen Dingen. Zumindest bekommt er einen Eindruck von dem Laden.«

»Gut. Da vorne sitzt Amelie Mehrbrand im Liegestuhl. Ich versuche ein bisschen was aus ihr rauszubekommen. Wenn nur die Krämpfe endlich aufhören würden«, bemerkte sie und ging zu ihrer Tischnachbarin. Bekker zog sein Handy aus der Jackentasche und wählte Niesbergs Nummer.

»Na, Schack, wie gehts dir?«, meldete sich der Fotograf, der Bekkers Namen auf seinem Display gesehen hatte.

»Grüß dich, Werner. Jetzt wieder ganz gut. Liest du keine Zeitung?«

»Doch, natürlich. Hat es dich auch erwischt?«

»Es ist so gut wie überstanden, aber darüber wollte ich nicht mit dir reden. Wir brauchen deine Hilfe«, kam er ohne Vorgeplänkel zum Punkt.

»Ihr braucht meine Hilfe? Wofür denn?«

»Werner, hier liegt so Einiges im Argen. Wir haben es mit zwei Mordopfern zu tun und es wütet ein Norovirus an Bord. Einer der Männer wurde im Maschinenraum des Schiffs niedergestochen. Viel schwieriger verhält es sich in dem anderen Fall …«, Bekker hatte seine Stimme gesenkt und sah sich um – es war niemand in seiner Nähe. Dann erläuterte er Niesberg haarklein die Umstände von Nimmers Tod sowie Walter Kurs positives Untersuchungsergebnis der Gewebeproben. Schließlich bat er ihn, »E.N.-Direkt« aufzusuchen.

»Du musst so viel wie möglich herausfinden, ohne Verdacht zu erregen. Wir brauchen nach Möglichkeit einen Blick hinter die Kulissen. Kannst du das hinbekommen?«

»Ich war ja mal ein recht renommierter Fotograf.«

»Genau, Werner. Was hältst du davon, dort zu präsentieren?«

Niesbergs Lachen schallte durchs Telefon.

»Für euch mache ich fast alles. Wo befindet sich denn die Agentur?«

»In Geisenheim. Du könntest mit ein paar deiner Arbeiten vorbeigehen.«

»Lass mich mal machen. Wie viel Uhr ist es denn? Zwanzig nach zwei. Ich schwinge mich ins Auto und fahre da jetzt noch vorbei. Bis später, Schack. Und, lass die Finger vom Virus.«

»Das hättest du mir ein klein bisschen früher sagen können.«

»So schlimm?«

»Ich wünschs dir nicht.«

»Bis nachher, ich geb mein Bestes.«

»Machs gut, Werner.«

Bekker setzte sich auf eine der Bänke am Heck und sah in Richtung Mainspitze. Die besetzten Gebiete, dachte er. Ausgerechnet mein Mainz ist die letzte geteilte Stadt Deutschlands. Nicht zu fassen. Wir waren einer der Grundpfeiler des Christentums nördlich der Alpen; und was entsteht hier? Der Buchdruck mit beweglichen Lettern, der wesentlich zum Zerfall der kirchlichen Allmacht beigetragen hat. Der Verlust der klerikalen Kontrolle über das Wissen beginnt in einem der Machtzentren des Kirchenreichs, nur ein paar hundert Meter vom Dom entfernt. Wahrscheinlich passt zu uns, dass wir als eine der bedeutendsten Städte des Mittelalters während der Stiftsfehde die Freiheitsprivilegien und damit den Status als Freie Stadt verloren haben. Was für eine sonderbare Mentalität muss wohl ein Völkchen besitzen, dass es zu solchen Extremen kommen kann, fragte er sich. Bekker wandte den Blick zu Erna und Amelie Mehrbrand, die in ein Gespräch vertieft waren.

»Hatten Sie eigentlich Kontakt zu Thorsten Bellroth?«, fragte seine Kollegin gerade und leitete damit ihre inoffizielle Befragung ein.

»Ist das nicht der Mann, der heute Morgen im Maschinenraum ermordet worden ist?«

Die Kommissarin bestätigte es und zeigte ihrer Gesprächspartnerin ein Foto von Bellroth, das am Abend der Begrüßungsfeier entstanden war. Ein Mitglied der Crew fotografierte dieses Event bei jeder Fahrt.

»Er saß nicht weit entfernt an einem der Nachbartische, wenn ich das richtig in Erinnerung habe«, bemerkte die schlanke, hochgewachsene Schwedin.

»Genau. Haben Sie sich mal mit ihm unterhalten?«

»Nein, leider nicht. Ich fand, dass er nett aussah.«

Amelie Mehrbrand warf erneut einen Blick auf Bellroths Foto.

»Seine Haare sahen heller aus als auf dem Foto. Trug immer Jeans und Shirts mit ungewöhnlichen Aufdrucken.«

»Das ist mir auch aufgefallen«, flunkerte Erna.

»Was hat er denn beruflich gemacht?«, wollte die Lehrerin wissen.

»Er war im Pflegedienstbereich tätig.«

»Kann ich Ihnen vielleicht noch in irgendeiner Weise weiterhelfen?«

Erna überlegte kurz. Bellroth war Amelie Mehrbrand wohl deshalb im Gedächtnis geblieben, weil er ihr gefiel.

»Eine Frage hätte ich noch: Hat er häufiger mit jemandem hier an Bord gesprochen? Keine Sorge, es bedeutet nicht, dass die Person gleich verdächtigt wird. Es würde uns jedoch helfen, sein Umfeld auf dem Schiff besser zu verstehen.«

»Also, ich weiß nicht recht … er hat sich öfters mit einem Mann auf dem Sonnendeck unterhalten. Ich kann mir aber beim besten Willen nicht vorstellen, dass er etwas mit diesem Mord zu tun hat.«

»Hat der Mann zufällig bei uns am Tisch gesessen?«

»Nein, aber ich glaube, er hat bei Thorsten Bellroth am Tisch gesessen.«

»Das wäre wirklich eine große Hilfe.«

Bekker saß nicht weit von den beiden Frauen entfernt und hörte zu. Es war sicherlich ein Glücksfall, dass der ermordete Bellroth Amelie Mehrbrand gefallen und sie ihn deshalb ein bisschen genauer beobachtet hatte. Er wartete, bis sich die schwedische Lehrerin verabschiedet hatte und ging dann zu seiner Kollegin.

»Wann zeigt sie ihn dir?«

»Am Nachmittag irgendwann. Und wenn er nicht an Deck ist, dann beim Abendessen. Sie weiß zwar nicht, wo er sitzt, doch das kann ja nicht sonderlich kompliziert sein.«

»Läuft hier noch jemand rum, den wir befragen könnten?«

»Nicht dass ich wüsste. Warte mal, da an der Reling steht dieser Installateur. Wie heißt der noch gleich?«

»Dirk Krude. Gehen wir kurz hin?«

»Unbedingt.«

Auf dem Weg über das Sonnendeck klärte Bekker Erna darüber auf, was er mit Niesberg ausgemacht hatte. Sie nickte anerkennend.

»Und der Werner hat nicht gemosert?«

»Nein, ich glaube, er ist so froh, dem Norovirus entkommen zu sein, der würde aus Dankbarkeit fast alles tun.«

»Das könnte uns ein ganzes Stück weiterbringen, wenn er es geschickt anstellt«, bemerkte die Hauptkommissarin.

»Du kennst doch den Werner; sollte ihm etwas auffallen und er eine Spur vermuten, kann unser eigentlich recht träger Gemütsmensch ziemlich hartnäckig sein.«

Sie stellten sich zu Krude, der die beiden kurz musterte und ohne Begrüßungsfloskel das Gespräch eröffnete.

»Was meinen Sie, wie lange wird das Theater noch dauern? Sie arbeiten doch gemeinsam an dem Fall?«

»Wo wir schon mal an Bord sind und niemand das Schiff verlassen kann, bleibt uns kaum etwas Anderes übrig. Wir würden Ihnen gerne ein paar Fragen zu Thorsten Bellroth stellen«, kam Erna Dunst auf das eigentliche Anliegen der Unterhaltung zu sprechen.

»Aber klar.«

»Kannten Sie ihn?«

»Ja, ich war mit ihm in der Gruppe, die den Ausflug nach Nimwegen gemacht hat. Wir haben uns gleich gut verstanden und waren dort gemeinsam unterwegs.«

»War er nervös, oder hat er sich bedroht gefühlt?«

»Nein, absolut nicht. Er schien mir völlig entspannt und gut gelaunt. Wissen Sie, er hatte viel Spaß an dieser Reise.«

»Und worüber haben Sie mit ihm gesprochen?«

»Ein bisschen über alles. Seine Arbeit in der Pflege, dann über die Familie und natürlich sein Hobby.«

»Was hatte er denn für eines?«

»Stadthistorie; er hat immer die Geschichte der Stadt studiert, die er gerade besuchte. Er wusste bestimmt so gut wie die Stadtführerin über Nimwegen Bescheid.«

»War er eher redselig oder schweigsam?«

»Also, wenn ich mich recht entsinne, habe ich mehr geredet als er. Der Thorsten war ein ruhiger, beobachtender Typ. Aber das war natürlich nur eine Momentaufnahme. Danach haben wir uns nur noch zwei, drei Mal kurz miteinander unterhalten. Richtig gut kannte ich ihn also nicht.«

Bekker wollte noch wissen, wann die beiden das letzte Mal miteinander gesprochen hatten.

»Mittags, am Tag, bevor er ermordet wurde.«

»Und war Bellroth da vielleicht anders? Abwesend, weniger aufmerksam?«

Plötzlich verharrte Krude mitten in der Bewegung; etwas schien ihm ins Gedächtnis gekommen zu sein: »Ja, Herr Kommissar! Es war hier oben auf dem Deck, wir standen auf der anderen Seite an der Reling und haben uns unterhalten. Der Thorsten hat mehrfach nachgefragt, als würde er nur mit halbem Ohr zuhören. Ich habe ihm noch auf die Schulter geklopft und gesagt, er solle sich ein bisschen ausruhen und die ganze Sache mit der Epidemie vergessen.«

»Aber gesagt, was ihn so beschäftigt, hat er nicht?«

»Nein.«

Bekker insistierte und machte Krude deutlich, dass auch ein scheinbar unbedeutendes Detail von großer Wichtigkeit sein könnte.

»Ich kann leider nicht mehr dazu sagen. Aber wenn

mir doch etwas einfallen sollte, kann ich Sie ja jederzeit erreichen.«

»Na klar. Sie haben uns sehr geholfen, Herr Krude«, schaltete sich Erna ein.

»Ich hoffe sehr, dass Sie den Kerl kriegen, der ihn auf dem Gewissen hat. Das war wirklich ein unheimlich netter Mensch«, bemerkte der Installateur mit Nachdruck und machte sich zur Treppe auf. Bekker und seine Kollegin standen noch einen Moment in der Nachmittagssonne und hingen ihren Gedanken nach. Dann bemerkte er unvermittelt: »Weshalb war Thorsten Bellroth im Gespräch mit Krude abwesend? Ein Zufall, so kurz vor seiner Ermordung? Das glaube ich einfach nicht. Vielleicht hat er etwas beobachtet, das nicht für seine Augen bestimmt war.«

»Aber was genau soll das gewesen sein? Wahrscheinlich schon etwas, das mit Nimmer oder der Epidemie in Verbindung gestanden hat. In jedem Fall hast du dahingehend recht, dass es sein Verhalten erklären würde.«

»Natürlich bleiben noch eine ganze Reihe offener Fragen. Aber was, in Gottes Namen, kann denn sonst der Grund dafür gewesen sein, dass man ihn im Maschinenraum niedergestochen hat?«

»Bislang ist es leider nur eine Spekulation, die den Fakten nicht widerspricht, Schack.«

»Wie viel Uhr ist es eigentlich mittlerweile?«

»Kurz vor fünf. Ich sollte mich mal ein bisschen hinlegen, es geht mir noch nicht so gut.«

»Der Werner wird sich irgendwann noch bei mir melden.«

»Hoffentlich mit guten Nachrichten.«

»Komm, ich bring dich in deine Kabine.«

»Und abgeholt werden möchte ich bitte auch. Um halb sieben zum Essen.«

Sie lächelte, es geht ihr also langsam besser, dachte Bekker. Sie hatten die Treppe zu Deck 2 genommen und betraten den Gang zu Ernas Kabine, als ihnen Thomas Droste entgegenkam. Er zögerte, grüßte kurz und war auch schon verschwunden. Erna zog den Kabinenschlüssel aus ihrer Hosentasche und öffnete die Tür. Bekker wartete, bis seine Kollegin in der Kabine war, eilte im Laufschritt zurück und erreichte den Eingangsbereich, von dem die Gänge abgingen. Dort stand Thomas Dorste und hantierte mit seinem Handy herum. Bekker sprach ihn direkt an.

»Herr Droste?«

Dieser schaute auf und war einigermaßen erstaunt, den Kommissar vor sich stehen zu sehen.

»Um was geht es denn?«

»Können wir kurz in meine Kabine gehen? Es ist wichtig.«

»Wichtig? Aber ja, natürlich.«

Dort angekommen, bot Bekker seinem Gegenüber nicht etwa einen Platz an, sondern kam gleich zur Sache.

»Es geht um Ihre nächtliche Beobachtung, von der Sie mir erzählt haben. Bitte kein Wort zu irgendjemandem darüber. Das ist außerordentlich wichtig, kein Wort, haben Sie mich verstanden? Ihr Leben könnte davon abhängen.«

Der Anwalt sah den Kommissar überrascht an und versprach ihm, unter welchen Umständen auch immer, den Mund zu halten.

»Gut, das wars auch schon. Vielen Dank, dann bis später«, sagte Bekker bestimmt und komplimentierte Droste aus der Kabine.

Der Kommissar war nach wie vor davon überzeugt, dass dieser Mann mehr wusste, als er sagte. Und das konnte tödlich enden, wie Thorsten Bellroths Ermordung gezeigt hatte.

Niesbergs Erzählungen

Bekker dachte zuerst daran, sich auch etwas hinzulegen, doch es gingen ihm zu viele Gedanken im Kopf herum. Einen Kaffee und ein schönes Stück Kuchen – oder vielleicht einen Gin Tonic? Der Kommissar schlenderte zurück an Deck und blickte zum Rathaus und den Turmspitzen des Doms. Die leichte Brise und die nachlassende Kraft der Sonnenstrahlen fühlten sich wunderbar auf der Haut an. »Gin Tonic«, sagte er laut, was eine kränklich aussehende Passagierin, die ganz offensichtlich noch unter den Nachwehen des Virus litt, mit einem Kopfschütteln quittierte, als sie ihn passierte. Er lehnte sich an das stählerne Geländer und genoss die Vorfreude auf das eisgekühlte Getränk. Sein Handy klingelte, es war Niesberg. Bevor er das Gespräch annahm, sah er sich noch einmal um. Es war niemand in seiner Nähe.

»Na, Werner, wie war es in Geisenheim?«

»Ich komme gerade zurück. Also, um drei Uhr war ich dort. Die Agentur hat vierzehn Mitarbeiter und erstreckt sich über das Erdgeschoss und den ersten Stock. Der zweite Stock ist an eine Kanzlei vermietet. Besitzer des Hauses ist oder besser gesagt war Egon

Nimmer. Ich hatte mehr Glück als Verstand, denn wie sich herausstellte, sucht die Agentur gerade nach einem weiteren Fotografen für ein Fotoshooting im Bereich Verpackung.«

»Verpackung? Von was denn?«

»Müsli-Riegel. Was man nicht alles für dich macht, Schack.« Niesberg lachte auf. »Der Verantwortliche für dieses Shooting heißt Tom Färber, ein Mittdreißiger. Typischer Art Director, einer dieser stylisch gekleideten Typen, die aussehen wie aus einem Modemagazin.«

»Das sind doch genau die Leute, mit denen du dich besonders gut verstehst, Werner«, sagte Bekker amüsiert.

»Dieser Färber ist schnell im Kopf und hat klare Vorstellungen, was er von einem will. Ist direkt zur Sache gekommen.«

»Hattest du den Eindruck, dass man dort vom Tod des Chefs wusste?«

»Das war nicht rauszubekommen.«

»Und wie viele Mitarbeiter hast du getroffen?«

»Außer Färber noch drei; einen Grafiker, einen, der die Internetauftritte betreut, und einen freien Fotografen, der häufig für die Agentur arbeitet.«

»Und mit dem bist du natürlich näher ins Gespräch gekommen.«

»Genau so ist es gelaufen. Er ist im Gegensatz zu den anderen im Team schon ein bisschen älter, ich würde ihn auf vierzig plus schätzen. Sein Name ist Andrew Schlemm, ein Deutschamerikaner, der in Wiesbaden wohnt und schon lange für die Agentur arbeitet.«

»Und er hat dir ein paar sehr interessante Dinge erzählt.«

»Du hast es erfasst, Schack.«

Eine Pause folgte, die Bekker dazu nutzte, Zigarette und Feuerzeug aus seiner Jacke zu fummeln. Dann hörte er, wie Niesberg am anderen Ende der Leitung inhalierte. Offensichtlich hatte sich auch sein Freund eine Zigarette angezündet.

»Wenn du dir eine Kippe ansteckst, bevor du weitererzählst, dann hast du interessante Neuigkeiten.« Er sah Niesberg in Gedanken vor sich, wie dieser genüsslich an seiner Zigarette zog und nickte. »Dann lass mal hören, hoffentlich bringt es uns weiter. Die Geschichte hier auf dem Schiff ist ziemlich verzwickt, und es könnte gut sein, dass die Agentur einer der Auslöser für die Ereignisse war.«

»Der Laden läuft augenblicklich nicht besonders gut, sagt Schlemm. Die Stimmung ist ganz schön im Keller, besonders bei den Führungskräften.«

»Hast du die Namen?«

»Na, klar. Der eine ist dieser Färber, dann gibt es den Grafiker Tim Loebig und noch Nathalie Gruling, die rechte Hand von Nimmer. Sie organisiert den ganzen Laden. Nichts läuft ohne ihr Einverständnis, es sei denn, Nimmer ist im Haus.«

»Ist er nicht oft da?«

»Mittlerweile gönnt er sich mehr Pausen. Früher war er der klassische Workaholic, der nur zum Schlafen nach Hause ging.«

»Und seine Frau?«

»Hatte mit der Agentur nichts am Hut, kam so gut wie nie vorbei. Wenn, dann hat sie ihren Mann mit dem Cabriolet zum Golfspielen abgeholt.«

»Du hast gesagt, dass die Firma in der letzten Zeit schlechter lief. War denn eine Wende zum Besseren in Sicht?«

»Nimmer hat wohl gute Kontakte gehabt, die ihm immer wieder Aufträge eingebracht haben. Nur klappte das eben nicht mehr so wie noch vor ein paar Jahren. Ein Teil seiner Kunden wurde im Laufe der Jahre pensioniert, Generationenwechsel – die Alten gingen, die Jungen kamen und machten alles anders. Es mussten anscheinend neue Agenturen sein, du weißt doch, kleine Häppchen und viel Schampus. Das passte nicht zu Nimmer.«

Bekker dachte kurz nach und fasste zusammen: »In einfachen Worten, der gute Mann hat den Zug verpasst, weil er davon ausging, dass ihm wegen der einstmals guten Kontakte und seiner Qualität nichts passieren konnte.«

»Genau, Schack. Aber jetzt kommts. Er hat wohl vor Kurzem einen Riesenauftrag an Land gezogen. Was genau, wusste der Schlemm aber auch nicht.«

Bekker wurde hellhörig. »Und das hätte der Agentur natürlich ordentlichen Auftrieb beschert.«

»Auf jeden Fall. Es dürfte für einige Zeit richtig viel Geld in die Kasse spülen. ›Good ol' times‹, wie Schlemm gemeint hat.«

»Aber du hast keine Ahnung, was das für ein Auftrag ist«, ließ Bekker in der Hoffnung fallen, dass Niesberg ihn überraschte.

»Das bekomme ich schon noch raus.«

»Es wäre unglaublich wichtig. Bist du denn als Fotograf für dieses Shooting engagiert worden?«

»Das entscheidet sich morgen früh. Frau Gruling ruft mich bis zehn Uhr an, wenn ich es denn werden sollte. Aber egal, wie die Sache ausgeht, ich krieg raus, was das für ein Auftrag ist. Dann ruf ich dich nochmal an.«

»Alles klar, Werner. Ich drück dir die Daumen für den neuen Zweitjob. Und danke für deine Mühe.«

»Quatsch nicht so geschwollen, du alter Esel. Bis morgen.«

Hatte Niesberg eben tatsächlich »alter Esel« zu ihm gesagt? Na ja, vielleicht lag er damit gar nicht so falsch. In jedem Fall hatte sein Freund hervorragende Arbeit geleistet. Dieser umsatzträchtige Auftrag spielte womöglich eine entscheidende Rolle in dem Mordfall. Hatte Nimmer ihn einem Konkurrenten vor der Nase weggeschnappt? Aber dass jemand deshalb einen Mord begehen würde, noch dazu einen so aufwendigen und genau ausgeklügelten, konnte er sich beim besten Willen nicht vorstellen. Also steckte wahrscheinlich etwas Anderes dahinter, nur was?

Endlich erwachte Bekker aus seinen Gedanken und ließ das Handy in seiner Hosentasche verschwinden. Noch eine Dreiviertelstunde dann würde er Erna zum Essen abholen. Vielleicht sollte er im Speisesaal vorbeischauen und diesen Kellner von Tisch vier befragen, ob ihm an Bellroths Verhalten am Vorabend vor dessen Ermordung etwas Ungewöhnliches aufgefallen war. Ja, das musste er unbedingt tun. Der Kommissar verließ das Sonnendeck, nahm die Treppe zu Deck 3 und betrat den unmittelbar dahinter liegenden Speisesaal. Mehrere Kellner, klassisch gekleidet in schwarze Hosen, weiße Hemden und schwarze Jacketts, trafen letzte Vorbereitungen für das Abendessen. Er hatte den für Tisch vier zuständigen Kellner bereits ausgemacht, ein fülliger, junger Mann mit fliehendem Kinn.

»Darf ich Sie kurz stören, Herr Kern? Ich bin Kommissar Bekker und würde Sie gerne zu Herrn Bellroth befragen. Es wird nicht lange dauern.«

»Ich, einen Moment, bitte …«, Kern blickte auf die Uhr über dem Eingang zur Küche. »Gleich kommen die Passagiere, also, wenn es schnell geht.«

»Es geht schnell. Mich interessiert der Abend vor seiner Ermordung. Können Sie sich daran erinnern?«

»Ja, das kann ich.«

»Wie war er so beim Essen?«

Lars Kern sprudelte regelrecht heraus, dass Thorsten Bellroth, der bis dahin immer sehr aufmerksam und freundlich gewesen war, an diesem Abend abwesend und angespannt gewirkt hatte.

»Würden Sie sagen, dass ihn etwas nachhaltig beschäftigt hat?«

»Auf jeden Fall.«

»Hat er sich konkret geäußert?«

»Nein, aber mir kam es vor, als würde er immer wieder in eine bestimmte Richtung schauen und etwas oder jemanden beobachten.«

»Würden Sie mir noch verraten, wohin Herr Bellroth geschaut hat?«

Kern lächelte wissend und deutete zum Eingang des Saals, wo sich auch Bekkers Tisch befand.

»Ausgezeichnet. Und zu welchem Tisch genau?«

»Also, ich kann es nicht mit Bestimmtheit sagen, aber wenn ich mich entscheiden müsste, dann für den Tisch, an dem Sie normalerweise sitzen, Herr Kommissar.«

Bekker versuchte sich seine Überraschung nicht anmerken zu lassen, bedankte sich bei dem Kellner und verließ, noch einmal die Tischordnung im Raum betrachtend, den Speisesaal. Er machte sich auf zur Bar und bestellte den Gin Tonic. Sein Magen war noch nicht wieder ganz in Ordnung, aber es würde schon gehen. Tonic Water hatten die Engländer während der Kolonialzeit zum Schutz vor Malaria getrunken. Der Gin hatte ursprünglich dazu gedient, den bitteren Geschmack des Chinins zu überdecken.

»An unserem Tisch? Das kann nicht sein, da irrt sich der Kern«, murmelte Bekker. Wer hatte an dem fraglichen Abend überhaupt dort gesessen? Erna lag flach, er ebenso. Wenn er sich recht entsann auch der Investmentbanker Sick. Blieben Amelie Mehrbrand, Laura Sick, der Installateur Krude, Corinne Nimmer und Thomas Droste. Bekker entschied, auch den Saalchef Dietmar Lang noch einmal wegen der beiden Tische zu befragen. Die Aussage von Lars Kern konnte man nicht einfach ignorieren, denn schon von Berufs wegen hatten Kellner für gewöhnlich eine gute Beobachtungsgabe und ein ausgezeichnetes Erinnerungsvermögen. Der Gin Tonic wurde serviert, den der Kommissar gleich bis zur Hälfte leerte. Nach der

Viruserkrankung war dies sein erster Schluck Alkohol – er genoss ihn in vollen Zügen. Der herbe Tonic-Geschmack, der durch den Gin verfeinert wurde, war der perfekte Einstieg in den Spätsommerabend. Diese beiden beschissenen ungelösten Todesfälle, dachte Bekker und war im nächsten Moment wieder auf dem harten Boden der Realität angelangt.

Was hatte Thorsten Bellroth so beschäftigt, dass Dirk Krude schon am Nachmittag, während des Gesprächs mit ihm, irritiert war? Sein abwesendes Verhalten hatte sich bis zum Abend nicht gebessert, was von Lars Kern, dem zuständigen Kellner für seinen Tisch, bestätigt worden war. Etwas Gravierendes musste ihm aufgefallen sein. Und sein Wissen darüber hatte er mit dem Tod bezahlt.

»Besser, du guckst weg, sonst hast du immer nur Ärger«, sagte Bekker vor sich hin, worauf ihn der Barkeeper fragend ansah. »Bin nur in Gedanken«, erklärte der Kommissar, was sein Gegenüber mit einem Nicken beantwortete.

Dann dämmerte ihm plötzlich, dass sie Bellroths Kabine noch nicht untersucht hatten. Es muss schleunigst erledigt werden, das ist fahrlässig, gestand er sich ein, aber dieses ganze Durcheinander an Bord, es war einfach zu viel gewesen. Sicherlich spielte auch eine Rolle, dass sowohl Erna als auch er noch nicht wieder ganz fit waren. Bekker trank den Rest seines Gin Tonic, ließ ihn auf die Zimmerrechnung schreiben, legte beim Verlassen der Bar ein großzügiges Trinkgeld auf den Tresen und machte sich auf die Suche nach Kapitän Semmen. Er fand ihn auf dem Sonnendeck. Bekker wurde von ihm mit dem Architekten Georg Simmt, der an Bellroths Tisch saß, bekannt gemacht. Außerdem erfuhr er, auch wenn ihn das nicht wirklich interessierte, dass dessen Frau gerade ein Nachmittagsschläfchen hielt.

»Eine Tragödie. Dass so etwas auf einer erholsamen Kreuzfahrt passiert, ist schier unvorstellbar«, meinte der Architekt und der Kapitän pflichtete ihm verhalten bei; wissend, dass man diese missliche Lage nicht noch größer reden durfte. Zustimmen und so wenig wie möglich dazu sagen, schien sein Motto zu sein, wie Bekker richtig vermutete. Semmen versuchte das Thema zu wechseln, doch Simmt hatte sich bereits dem Kommissar zugewandt und wollte wissen, ob der Täter denn bald gefasst werde.

»Wir sind dran und es gibt auch eine Spur. Aber mehr darf ich nicht sagen.« Dabei legte er theatralisch den Zeigefinger auf die Lippen und setzte eine bedeutungsvolle Miene auf.

»Ich verstehe«, versicherte der Architekt. Bekker und auch Semmen wussten, dass die Simmts zu den Leuten gehörten, die Spekulationen jeder Art anstellen und verbreiten würden. Der Kommissar hakte nach: »Ist Ihnen am Abend vor Herrn Bellroths Ermordung etwas an ihm aufgefallen?«

Georg Simmt sah überrascht aus. Bekker kannte die Antwort bereits, bevor sein Gegenüber ein Wort gesagt hatte.

»Ich habe nichts bemerkt. Er war wie immer, ruhig und besonnen. Hat nie viel gesprochen am Tisch.«

»Noch eine Sache: Hat er mal etwas Privates während des Essens erzählt, über sich oder seine Familie?«

Simmt antwortete direkt und ohne lange überlegen zu müssen. »Er war im Pflegebereich tätig und seine Frau wollte auf diese Reise nicht mit, weil sie längere Fahrten auf dem Wasser nicht gut verträgt. Er hat wohl eine Tochter, die Pharmazie studiert. Ich habe mich ein paar Mal mit ihm an Deck unterhalten, wir sind beide an Geschichte interessiert. Das ist meine wahre Leidenschaft, aber in meiner Familie sind wir schon seit vier Generationen Architekten. Da tanzt man nicht so einfach aus der Reihe, wissen Sie?«

»Natürlich, das war es dann schon, Herr Simmt.«

»Gern geschehen. Sie können mich jederzeit ansprechen, wenn Sie noch Fragen haben sollten.« Damit wandte sich der Architekt ab und ließ Semmen und den Kommissar stehen.

»Er versucht, sich ganz offensichtlich aus allem herauszuhalten. Wobei ich denke, dass er auch nichts Wesentliches beizusteuern hat«, bemerkte Bekker überzeugt.

»Sie sind der Experte. Warum haben Sie mich denn gesucht?«, wollte der Kapitän wissen.

»Bellroths Kabine, die hatte ich beinahe vergessen. Ich muss da unbedingt einen Blick reinwerfen.«

»Aber natürlich. Kommen Sie.«

Semmen informierte Silberstein per Handy, der nach wenigen Minuten auftauchte und dem Kapitän den Schlüssel übergab. Der bat den Kommissar mitzukommen, um ihm die Kabine des Mordopfers zu öffnen. »Sie können ihn mir wiedergeben, wenn Sie mit der Untersuchung fertig sind.«

Im nächsten Moment stand Bekker alleine in dem Raum. Alles schien außergewöhnlich gut aufgeräumt, nichts lag herum. Der Mord war am frühen Morgen passiert, und vom Reinigungspersonal war niemand nach Bellroths Tod in der Kabine gewesen. Und doch war hier alles so geordnet, dass es dem Kommissar merkwürdig vorkam. Selbst das Bettzeug war ordentlich zusammengelegt worden.

Er sah in die Schränke, auch hier herrschte beinahe militärische Ordnung. Jedes Kleidungsstück war entweder akkurat gefaltet darin zu finden oder hing auf einem der Kleiderbügel. Was war das für ein Mann gewesen, fragte sich Bekker. Methodisch, exakt, ordnungsliebend. Mit wem sollte sich der Pflegedienstleiter ausgerechnet im Maschinenraum getroffen haben? Diese Frage galt es zu beantworten. Er spürte deutlich, dass hier etwas im Argen lag. Bekker begann nach Unterlagen zu suchen. Besaß Bellroth nicht wenigstens ein kleines Notizbuch, in dem er seine Reiseerlebnisse notiert hatte? Nichts. Was war mit Reiseführern? Auch nichts. Das war doch nicht möglich – Krude hatte ihm erzählt, dass der Ermordete sich für Stadthistorie begeisterte und sich vorab ausführlich über die Geschichte der jeweils zu besuchenden Stadt informierte. War es da nicht mehr als wahrscheinlich, dass er Material zu den jeweiligen Stationen der Reise dabei hatte? Für den Kommissar bestand kein Zweifel: Jemand war nach Thorsten Bellroths Ermordung in dessen Kabine gewesen. Sehr wahrscheinlich, um mögliche Hinweise auf die eigene Person verschwinden zu lassen. Sein Mörder? Anzunehmen.

Er musste Erna abholen, es war Zeit fürs Abendessen. Anschließend sollten sie noch einmal gemeinsam das Zimmer durchsuchen. Vielleicht fiel seiner Kollegin etwas auf, das er übersehen hatte. Doch jetzt war erst einmal die Großwildfütterung angesagt.

Tausend Mal

Bekker klopfte an Ernas Tür, die sich beinahe im selben Moment öffnete.

»Wie gehts dir?«, wollte er wissen.

»Viel besser.«

Der Kommissar stellte erstaunt fest, dass seine Kollegin sich schick gemacht hatte. Natürlich musste er dazu seinen Kommentar abgeben.

»Du siehst … also, ich bin überrascht.«

Sie lächelte und schwieg.

»Komm, lass uns gehen. Ich habe endlich wieder ein bisschen Appetit.«

»Und das willst du in flotter Garderobe gebührend feiern?«

»Ich habe gedacht, es wäre nett, sich schön zu machen.«

Bekker sah an sich herunter. Vielleicht sollte er sich auch ein wenig zurechtmachen. Er begleitete Erna zum Speisesaal, entschuldigte sich, dass er etwas vergessen habe, und eilte zu seiner Kabine. Sie hatte nach den heftigen Virus-Attacken das Bedürfnis, sich wieder gut zu fühlen. Obwohl es eigentlich nicht zu ihm passte und ganz entfernt alle Alarmglocken in ihm schrillten, wollte er das auch.

Bekker erreichte seine Kabine und zog sich schnell um. Hellgraues Hemd, dunkelblaue Stoffhose und braune Wildlederschuhe. Passend dazu einen braunen Gürtel sowie ein dunkelblaues Jackett. Er blickte kurz in den Spiegel und nickte sich aufmunternd zu. Gleich darauf verschwand er ins Bad, tauschte den Kopfverband gegen ein großes Pflaster und drapierte sein Haar so gut es ging darum herum. Besser, dachte er, aber ein bisschen marode siehst du schon aus. Noch ein wenig Eau de Toilette aufgesprüht, die Hände desinfiziert und schon war der Kommissar wieder aus der Kabine heraus und auf dem Weg in den Speisesaal. Dietmar Lang hatte ihm beim Eintreffen nicht nur ein Kompliment zu seiner Garderobe gemacht, sondern auch einen Zettel mit den Worten »die Liste der Passagiere von Tisch vier« zugesteckt. Bellroths Tisch. Dort saßen neben den Simmts drei fein zurechtgemachte alte Damen, die wohl auf einer gemeinsamen Ausflugsreise unterwegs waren. Die Tischgesellschaft vervollständigten zwei Herren, die Bekker noch nicht kennen gelernt hatte, doch das würde er spätestens morgen früh nachholen, oder aber nachher an der Bar. Er fragte den Saalchef, ob ihm aufgefallen sei, dass Bellroth während seines letzten Abendessens wiederholt zu einem bestimmten Tisch gesehen habe, doch Dietmar Lang verneinte. »Ich muss die gesamten Abläufe im Auge behalten.«

Bekker bedankte sich und ging an seinen Tisch. Natürlich hatte er nicht bedacht, dass die anderen Tischnachbarn ihn in seinem neuen Outfit ein wenig verblüfft anstarren würden, doch das ignorierte er erfolgreich. Erna sah ihn von der Seite an und schmunzelte in einer Weise, die Bekker so nicht von ihr kannte.

Während des Essens hatte der Kommissar mit einem Auge den Tisch des verstorbenen Thorsten Bellroth im Visier. Als sein Blick auf das für Ernas Verhältnisse recht tiefe Dekolleté ihres Kleides fiel, war er nicht mehr so sicher, ob sein Kleiderwechsel das rechte Signal gewesen war. Unsinn, natürlich war es das. Die beiden Morde hatten die Reise ohnehin schon in ein ganz anderes Licht gesetzt. Erst jetzt bemerkte er, dass seine Kollegin auch einen sanft schimmernden Lipgloss aufgelegt hatte. Was war hier los? Ging da seine erotische Fantasie mit ihm durch? Er war kurz davor, sich zu kneifen, aber damit hätte er diesen wunderbaren Moment nur ins Lächerliche gezogen. Lieber würde er enttäuscht aufwachen.

Nach dem Kaffee tranken Erna und Bekker noch ein Glas Winzersekt, die anderen Tischnachbarn hatten sich bereits verabschiedet. Er berichtete ihr von Bellroths Zimmer, wie zu erwarten, wollte sie es sich ansehen. Sie stießen an, leerten ihre Gläser und verließen den Speisesaal. Im Zimmer des Ermordeten angelangt, setzte sich Bekker auf einen der Stühle und überließ seiner Kollegin das Terrain.

»Ich kann keine persönlichen Unterlagen finden. Er hat doch bestimmt ein Handy gehabt, einen Notizblock? Und zu seinem Hobby, der Stadthistorie, gibt es kein einziges Buch hier? Das kann ich nicht glauben.«

»Mir gings vorhin genauso. Ist doch ziemlich bemerkenswert«, bestätigte er ihre Beobachtungen, schwieg aber ansonsten beharrlich.

»Die Person, mit der sich Thorsten Bellroth ein paar Mal an Deck unterhalten hat, war übrigens Georg Simmt«, klärte ihn Erna auf.

»Ich habe kurz vor dem Essen mit ihm gesprochen, er hat das erwähnt. Sie haben sich über Bellroths Hobby unterhalten, denn Simmt hat ein Faible für Geschichte. Das wollte er eigentlich studieren und nicht Architektur. Hat er aber wegen der Familientradition nicht gemacht. Der Typ ist ein unglaublicher Spießer.«

Erna war im Bad verschwunden. Ihr Kollege hatte die Augen geschlossen und hörte, wie sie Gegenstände hin- und herschob, den kleinen Müllbehälter öffnete – das hatte er in der Eile vor dem Essen nicht getan – und den Toilettendeckel anhob. Sie redete leise vor sich hin; was sie sagte, war jedoch nicht zu verstehen. Erna blieb bestimmt fünf Minuten im Bad. Dann kam sie mit einem zerknüllten Zettel zurück, den sie wohl aus dem Müll gefischt hatte, das zumindest vermutete er, und hielt ihm diesen hin: »Das dürfte interessant sein, Schack. Hier steht: *5.30 Uhr Maschinenraum. Ich habe, was Sie suchen.*«

»Ich habe, was Sie suchen?« Bekker wusste nicht recht, was er von dieser Formulierung zu halten hatte. »Soll das heißen, Bellroth hat etwas gesucht? Das passt nicht zu meinen Spekulationen, ehrlich gesagt.«

Der Kommissar besah den Zettel genauer und hielt ihn ins Licht der Lampe. »Das ist in ziemlich schlecht lesbaren Druckbuchstaben geschrieben, wahrscheinlich wollte der Verfasser damit seine Handschrift verschleiern. Wir sollten davon ausgehen, dass die Zeilen von Bellroths Mörder stammen. Den Maschinenraum für das Treffen zu wählen, lässt vermuten, dass er zumindest in Betracht gezogen hatte, den Pflegedienstleiter zum Schweigen zu bringen. In jedem Fall sollte dieses Treffen ohne Zeugen ablaufen.«

»Was wollte Bellroth von seinem späteren Mörder?«, hakte Erna nach. »Ihn vielleicht zur Rede stellen?«

»Nicht ausgeschlossen, aber ist das wahrscheinlich? Wenn er wirklich etwas über den Tod Nimmers oder aber über das Einschleusen des Virus gewusst hat, dann wäre er doch am besten zu einem von uns oder zum Kapitän gegangen. Es könnte natürlich sein, dass jemand von der Besatzung mit in der Sache drinhängt. Das ist durchaus eine Möglichkeit«, stimmte Bekker zu.

»Und die andere, werter Kollege?«

»Das, was ich die ganze Zeit schon vermute, Bellroth wollte aus seinem Wissen Kapital schlagen.«

»Erpressung! Hört sich plausibel an, Schack. Damit hätten wir ein Mordmotiv. Und deine Vermutung würde Sinn machen, dass die beiden Taten in direktem Zusammenhang stehen.«

»Eine Sache verstehe ich nicht: Der Mörder ist hier nochmal rein und hat alles entfernt, was auf ihn verweisen könnte. Warum hat er dann den Zettel nicht aus dem Müll geholt?«

»Weil er da nicht lag. Bellroth hat das Stück Papier nebendran geworfen, es ist in den Klobürstenhalter gerutscht.«

»Dann hat er da ganz offensichtlich nicht gesucht.«

»Die Frage ist, ob wir das auf irgendeine Weise zu unserem Vorteil nutzen können. Der Mörder weiß, dass Bellroth diesen Zettel bekommen hat, aber er hat keine Ahnung, was damit passiert ist.«

»Daraus ließe sich tatsächlich eine erstklassige Finte konstruieren«, stimmte Bekker seiner Kollegin zu. »Dennoch steht und fällt unsere Ermittlung mit dem Fall Egon Nimmer. Für mich gibt es einen Aspekt, der mir wichtiger erscheint als jeder andere«, der Kommissar wollte eine kleine theatralische Pause einlegen, die Erna jedoch unterbrach. »Spielst du darauf an, dass bei ihm eine natürliche Todesursache vorgetäuscht werden sollte?«

»Wusst ichs doch, dass du nicht ohne Grund so schnell die Karriereleiter erklommen hast.«

»Ich hatte ja auch einen ausgezeichneten Lehrmeister. Du warst übrigens der einzige Kollege, der nicht mit seinem Wissen hinterm Berg gehalten hat. Das rechne ich dir hoch an, Schack.«

Bekker sah sie an und lächelte, nein, er strahlte eigentlich. Es war ihm deutlich anzumerken, dass diese Worte mehr bedeuteten als jede Beförderung oder Belobigung. »Ich bin sehr gespannt, ob der Werner noch mehr rausbekommt. Er hat wohl einen guten Draht zu einem Mitarbeiter aus Nimmers Werbeagentur. Morgen erfährt er, ob man ihn für dieses Fotoshooting engagieren wird.«

»Du hast doch gesagt, dass Nimmers Firma einen sehr großen Auftrag an Land gezogen hat. Da könnte ja vielleicht ein Zusammenhang zu seinem Tod bestehen.«

»Da sind wir uns ja wieder einmal einig, Frau Kollegin.«

Wieder schaute ihn Erna auf diese ungewohnte Weise an, dann machte sie plötzlich zwei Schritte auf Bekker zu. Der zuckte kurz, sein Puls schlug schneller. Was hatte sie vor? War es das, was er vermutete? Er spürte Verlangen in sich aufkommen. Sie sah ihn an und machte einen weiteren Schritt auf ihren Kollegen zu, dann strich sie sich mit der Hand über ihre Brüste. Bekker wusste nicht, ob er wachte oder träumte. Sie war vielleicht noch einen knappen Meter von ihm entfernt. Sollte er nicht aufstehen? Sie ging noch einen Schritt, beugte sich langsam zu ihm hinunter und küsste ihn. Das Blut schoss durch seinen Körper, er spürte, wie seine Kopfwunde pulsierte – entweder reagierte er jetzt oder Erna fühlte sich abgewiesen. Er erwiderte ihren Kuss, registrierte noch, wie sie den Gürtel und den Knopf seiner Hose öffnete … das Geräusch des Reißverschlusses war das Letzte, was er bewusst wahrnahm. Dann verschwamm alles in einem leidenschaftlichen Rausch.

Verhöre zum Ersten

Als Bekker erwachte, spürte er einen Kuss auf seinen Lippen – Ernas Kopf war über ihm und sie küsste ihn ein weiteres Mal. Er streckte sich, umfasste ihre Taille und zog sie näher zu sich.

»War es so, wie du es dir immer ausgemalt hast?«, flüsterte sie.

»Es war besser, sogar viel besser. Und in diesen Genuss ist dieser Hanswurst Büben gekommen? Das muss ich direkt aus meinen Gedächtnis streichen.«

Erna lachte, es war ein junges, fröhliches Lachen. Bekker fragte sich, warum er sich nicht schon viel früher getraut hatte – eigentlich hatte er sich auch vorhin nicht getraut, sie hatte die Initiative ergriffen. Er hätte diesen Schritt wohl nie gewagt. Sie lagen eng beieinander. Er überlegte, wie seine Kinder reagieren würden. Auch wenn die Beziehung zu seiner Ex-Frau schon seit Jahren beendet war, empfand er es immer wieder als heikel, mit einer neuen Freundin aufzutauchen. Klara hatte mittlerweile selbst eine Tochter, aber die Jungs waren eigen; man konnte im Voraus nie sagen, wen sie mochten und akzeptierten und wen nicht. Es war aber auch gut möglich, dass Erna überhaupt keine engere Beziehung mit ihm wollte, es war sogar wahrscheinlich. Bekker blickte durch die Fenstertüren hinaus in die Dunkelheit. Wie viel Uhr mochte es sein? Erna lag mit dem Kopf auf seiner Brust. Sie mussten unbedingt raus aus Bellroths Kabine, bevor sie jemand entdeckte. Der Wecker auf der Nachttischablage zeigte halb sechs. Er entschied, Erna vorsichtig zum Aufstehen zu bewegen. Erst umarmte er sie und küsste ihre Stirn. Im nächsten Moment war sie bereits auf den Beinen und brachte die Kabine in Ordnung. Bekker wollte helfen, doch bis er sich aufgerafft und angezogen hatte, stand seine Kollegin schon an der einen Spalt weit geöffneten Tür und horchte. Dann gab sie ihm ein Zeichen, dass der Weg frei war.

Die letzten beiden Stunden der Nacht verbrachten sie in Ernas Bett. Um kurz vor acht standen sie auf und machten sich fürs Frühstück fertig. Bekker nahm einen Umweg über seine Kabine, verarztete die Kopfwunde mit einem neuen Heftpflaster und zog frische Kleider an, obwohl die der letzten Nacht einen Ehrenplatz in seinem Kleiderschrank erhalten würden. Beschwingt machte er sich in den Speisesaal auf. Am Tisch war man wieder vollzählig. Erna saß bereits an ihrem Platz, als Bekker ankam. Mit einer gewissen Genugtuung sah er das Strahlen in ihrem Gesicht, das wohl ihm galt.

Während des Frühstücks warf er immer wieder einen Blick auf die Gäste von Tisch vier. Die drei alten Damen hießen Hermine Lingmann, Gundula Steinert und Anna

Neuss. Außerdem saßen dort noch Malermeister Alexander Schrandt und ein Apotheker namens Olaf Meier. War das nicht derjenige, den er bei der Suche nach möglichen Bezugspunkten zwischen den Passagieren mit Thorsten Bellroth in Verbindung gebracht hatte? Möglich. Die fünf mussten noch befragt werden, am besten, bevor sich Niesberg bei ihm meldete. Bekker hatte mit Erna nach dem Aufstehen verabredet, dass er die alten Damen und sie die beiden Herren ansprechen sollte. Wie an jedem Reisetag würde sich das Frauengrüppchen etwa eine Stunde nach dem Frühstück auf dem Sonnendeck zum Kartenspielen einfinden. Dies schien die beste Gelegenheit zu sein, um mit ihnen ins Gespräch zu kommen. Seiner Kollegin war es gelungen, mit dem Apotheker Meier einen Termin gleich im Anschluss an das Frühstück im Speisesaal zu verabreden. Zuerst redeten sie ein wenig über die Reise, bis die Kommissarin ihn konkret zu den Vorgängen an Deck befragte, vor allem aber zu dem Norovirus.

»Also, das mit dem Virus kann natürlich passieren. Kein Kreuzfahrtschiff ist dagegen gefeit. Mein Eindruck ist, dass von Seiten der Reederei alles Menschenmögliche getan worden ist, um in Sachen Hygiene und sonstigen Verordnungen jede Auflage zu erfüllen.«

»Und doch gab es diesen Ausbruch. Können Sie sich vorstellen, wie das hat passieren können?« Der Apotheker neigte den Kopf ein wenig zur Seite und zog die Stirn in Falten: »Wissen Sie, Frau Dunst, das ist eine schwierige Sache. Eintreten dürfte ein solcher Fall natürlich nie, und doch schleichen sich diese Viren immer wieder ein. Ich denke, die Reederei trifft keine Schuld. Häufig werden die Erreger von Landgängen mit an Bord gebracht. Der Norovirus verbreitet sich vornehmlich durch den Kontakt mit kontaminierten Gegenständen, über Speisen, Getränke und auch durch Tröpfcheninfektion.«

Olaf Meier schien in Sachen Epidemie nichts Ungewöhnliches bemerkt zu haben. Sie würde ihn jetzt zu Thorsten Bellroth befragen. Vielleicht war ihm als Tischnachbar etwas aufgefallen, doch auch hierzu hatte der schlaksige Apotheker nichts von Bedeutung beizusteuern. Seiner Aussage nach war er mit Bellroth nur einmal ein paar Minuten ins Gespräch gekommen. Thema sei die Medikamentenbelieferung von Apotheken gewesen.

»Ein leidiges Thema, wissen Sie. In den großen Städten gibt es zweifellos eine sehr hohe Dichte an Apotheken, aber wenn es weniger wären, sollten Sie mal den Aufschrei hören.«

Erna schwieg dazu, sie würde sich nicht in für die Ermittlung irrelevante Gespräche mit Meier verwickeln lassen. Die Kommissarin bat ihn um die Beschreibung des Krankheitsverlaufs beim Norovirus sowie um seine Einschätzung der gesundheitlichen Situation an Bord.

»Es ist ein humaner Norovirus, sehr unangenehm und schmerzhaft, aber nicht weiter problematisch. Keine bleibenden Schäden, nicht lebensbedrohlich, es sei denn bei Kleinkindern und geschwächten alten Menschen. Aber hier sind ja Ärzte an Bord, also besteht praktisch keine ernste Gefahr. Das Unangenehmste daran ist wohl, dass es keine medikamentöse Behandlung gibt, die eine sofortige Besserung mit sich bringt. Wenn man den Virus hat, muss die Sache durchgestanden werden.«

Meier schien mit keinem Wort an dem zu zweifeln, was er sagte. Erna registrierte, dass er sich ziemlich gut mit dem Virus auskannte, aber das war bei einem Apotheker nicht weiter verwunderlich. Sie kam noch einmal auf den Pflegedienstleiter zu sprechen: »Noch ein Wort zu Thorsten Bellroth. Ist Ihnen vielleicht aufgefallen, dass er mit jemandem gestritten hat während der letzten Tage? Oder hat er darüber gesprochen, dass er etwas Ungewöhnliches bemerkt hat? Jede Kleinigkeit könnte helfen, Herr Meier.«

Der Apotheker überlegte nicht lange und verneinte die Fragen. Bellroth sei ein ruhiger, eher unauffälliger Typ gewesen, der ihm eigentlich erst so richtig ins Bewusstsein gekommen sei, nachdem man ihn ermordet hatte.

»Wie soll ich das beschreiben«, versuchte Meier seine Aussage zu verdeutlichen, »er schien mir ein umgänglicher, netter Mensch zu sein, dem aber jegliche Präsenz fehlte. Sie wissen, was ich damit meine?«

»Ich denke schon. Das war es dann auch von meiner Seite. Vielen Dank für Ihre Geduld und noch einen recht angenehmen Tag.«

Erna stand auf und ging hinauf aufs Sonnendeck. Meier versuchte sich geflissentlich aus allem rauszuhalten. Das hatte Schack ihr auch von Georg Simmt berichtet. Seine Einschätzung von Bellroths Charakter stimmte mit der anderer Passagiere überein. Nur Amelie Mehrbrand hatte ihn anders wahrgenommen; aber wohl nur, weil sie Bellroth attraktiv gefunden hatte. Der Termin für die Unterredung mit Alexander Schrandt, dem Malermeister, musste noch ausgemacht werden. Er war ein groß gewachsener, hellhäutiger Mann, der einen Strohhut trug, wenn er sich an Deck befand. Erna entschied, erst einmal in ihre Kabine zu gehen und ein wenig auszuruhen.

Sie dachte an die Nacht in den Armen von Schack – wie hatte das passieren können? Seit Jahren arbeiteten sie zusammen. Interessant hatte sie ihn schon immer gefunden und auch durchaus anziehend, auf seine spezielle Weise. Aber ein Verhältnis oder gar eine Beziehung hatte sie vom ersten Tag an ausgeschlossen. Diese Schiffsreise, die langen gemeinsamen Stunden – irgendetwas hatte das in ihr ausgelöst und jede Hemmschwelle verschwinden lassen. Und dann diese zugegebenermaßen sehr erotische Nacht, die sie nicht so schnell vergessen würde.

Bekker hatte sich Block und Stift aus der Kabine geholt. Bei einem Gespräch mit drei alten Damen schadete es nichts, sich kurze Bemerkungen notieren zu können. Außerdem sah es offizieller aus. Dann ging er auf das Sonnendeck und entdeckte die drei an ihrem angestammten Platz am Bug des Schiffes. Mit Hüten ausgestattet, hatten es sich die Damen an einem der Tische mit großem Schirm bequem gemacht und spielten Karten. Bekker stellte amüsiert fest, dass die Runde Longdrinks in den Gläsern hatte, sicherlich alkoholfreie. Eine der Spielerinnen erkannte ihn.

»Guten Morgen, Herr Kommissar, ich bin Hermine Lingmann. Sie wollen zu uns?«

»Guten Morgen, die Damen. Ja, das stimmt. Mein Name ist Jacques Bekker, Kriminalpolizei Mainz. Wenn möglich, würde ich Ihnen gerne ein paar Fragen stellen.«

Er kam sich vor wie zu Besuch bei seiner Großmutter. Das herzliche, aber auch bestimmte Auftreten der Damen und dazu dieses Gefühl, dass man den Alters- und Reifeunterschied nie würde wettmachen können.

»Sie haben Fragen? Wie können wir Ihnen weiterhelfen?«

Bekker setzte sich zu der vergnügten Kartenrunde. Gerade endete die aktuelle Partie. Anna Neuss wurde aufgefordert, ihres Amtes zu walten, griff das altrosafarbene Notizheft mit der Aufschrift »Kreuzfahrt 2013« und vermerkte routiniert das Ergebnis. Alles wirkte bestens eingespielt und vertraut, dazu passte auch das extra für diese Reise vorgesehene Heft. Bekker war sich beinahe sicher, dass es nicht die erste gemeinsame Fahrt der Damen war. Hermine Lingmann hatte ihn angesprochen und Anna Neuss das Ergebnis der Partie notiert, also war es Gundula Steinert, die das letzte Spiel gewonnen hatte, folgerte der Kommissar. Ein Kellner kam vorbei, um seine Bestellung aufzunehmen.

»Ich trinke, was die Damen trinken.«

»Also einen Gin Tonic.«

Bekker konnte sich ein Grinsen nicht verkneifen.

»Genau, einen Gin Tonic.«

»Wissen Sie, die Engländer haben in Indien immer Tonic Water getrunken. Deshalb hieß es ursprünglich Indian Tonic Water«, erklärte Frau Lingmann, »es diente zum Schutz vor Malaria.«

»Wegen des Chinins«, konnte Bekker beisteuern.

»Und deshalb haben wir nach dem Ausbruch dieser Epidemie entschieden, uns sozusagen altenglisch dagegen zu wappnen. Gin wurde ja damals nur wegen des Geschmacks beigemischt, aber wir denken, dass er sicherlich hilfreich ist, um dem Virus die Stirn zu bieten.«

»War denn jemand von Ihnen bislang erkrankt?«

»Nein, wir sind noch ganz vergnügt, nur eben ein wenig betüddelt«, warf Anna Neuss ein, was ein dreifaches Kichern zur Folge hatte.

»Ich kann Ihnen aus eigener Erfahrung sagen, dass dies die wesentlich angenehmere Variante ist«, bemerkte Bekker, dem der Kellner gerade sein Getränk servierte. »Danke. Also, wie schon gesagt, hätte ich ein paar kurze Fragen. Vielleicht können Sie mir ja sogar helfen, denn keine von Ihnen hat während der letzten Tage krank in der Kabine gelegen. Sie sind bereit?«, fragte Bekker freundlich lächelnd. »Thorsten Bellroth hat bei Ihnen am Tisch gesessen. Was können Sie mir über ihn sagen?«

Frau Steinert, eine blasse Frau mit langen Gliedmaßen und einer dazu überhaupt nicht passenden Piepsstimme, ergriff das Wort: »Er war doch in der Pflege tätig und kam aus Saarbrücken, wenn ich mich recht entsinne? Ein netter Mann, zuvorkommend und höflich.«

»Ja, wenn sich alle Herren auf dem Schiff so benehmen würden«, stimmte Anna Neuss zu, die ganz im Gegensatz zu ihrer Vorrednerin klein und braun gebrannt war. Sie schien Bekker diejenige zu sein, die für gewöhnlich am meisten schwatzte und am ehesten anpacken konnte, wenn es denn nötig war.

»Also, mir kam er zurückhaltend und besonnen vor, mit einer freundlichen Art. Aber extrem unauffällig, würde ich sagen«, bemerkte Hermine Lingmann, die hingegen ruhig und bestimmt wirkte.

»Haben Sie womöglich mitbekommen, dass sich Thorsten Bellroth mit irgendjemandem gestritten hat? Oder war er vielleicht einmal in eine Diskussion verwickelt?«

Die Damen verneinten dies mehrfach und praktisch zeitgleich, was sich für den Kommissar wie »Terzett in Nein« anhörte. Es hatte vor dem tödlichen Zusammentreffen Bellroths mit seinem Mörder höchstwahrscheinlich keinen öffentlich ausgetragenen Zwist gegeben. Sein Gefühl sagte ihm, dass das Trio so ziemlich alles auf dem Schiff mitbekam; vielleicht wussten sie auch schon über Erna und ihn Bescheid. Aber das spielte jetzt keine Rolle, sagte er sich und verdrängte den Gedanken. Er musste versuchen, das Gespräch auf Egon Nimmer zu lenken. Gut möglich, dass sie in seinem Fall etwas Ungewöhnliches bemerkt, es aber wegen der bislang verbreiteten Version der natürlichen Todesursache nicht weiter beachtet hatten.

»Sie haben mir schon sehr geholfen. Ich hätte jetzt noch eine Frage zu Herrn Nimmer. Das ist der Herr, der kurz nach dem Ausbruch des Norovirus an Herzversagen gestorben ist.«

»Hat der Mann nicht an Ihrem Tisch gesessen?«, fragte Frau Steinert.

»Ganz genau.«

Sie hatte noch etwas hinzuzufügen: »Er war mit seiner Frau unterwegs, keine besonders angenehme Person. Ich habe mich während des Empfangs kurz mit ihr unterhalten. Sie tat fürchterlich affektiert und musste unbedingt loswerden, dass sie im kommenden Frühjahr mit ›ihrem‹ Egon, wie sie betonte, eine Kreuzfahrt auf dem Nil unternehmen werde.«

»Das haben wir übrigens auch vor; allerdings erst im Herbst nächstes Jahr«, warf Hermine Lingmann freudig ein.

»Ja, das ist wirklich etwas ganz Besonderes«, stimmte Bekker zu, der noch nie einen Fuß nach Nordafrika gesetzt hatte. »Hat sich denn eine von Ihnen mal mit Egon Nimmer unterhalten?«

»Wieso? Stimmt etwas nicht?«, wollte Anna Neuss wissen. Bekker hatte die Frage erwartet und beruhigte die Schriftführerin. Es gehöre zur Routine, er wolle auch bei einem natürlichen Todesfall die Passagiere befragen. Der Tod sei immer eine genau zu untersuchende Angelegenheit. Das dürfe man nicht unterschätzen.

»Gut, dass Sie so gewissenhaft sind, Herr Kommissar. Der Herr Nimmer war ein ausgewählt höflicher Mensch. Er hatte beste Manieren und war ein ausgesprochen netter Gesprächspartner. Was für ein Jammer, dass er so jung verstorben ist«, stellte Frau Steinert fest.

Die Bemerkung über den »jung« Verstorbenen ließ Bekker vermuten, dass die Damen die Achtzig sicherlich erreicht, vielleicht sogar schon überschritten hatten.

»Sie haben sich demnach ein wenig mit ihm unterhalten«, hakte Bekker nach.

»Leider nur ein paar Minuten. Es war beim Empfang zu Beginn der Reise.«

»Worüber haben Sie denn mit ihm gesprochen? Hat er sich über die Rheinkreuzfahrt gefreut?«

»Seine Frau wollte die Reise machen; sie haben sich erst ganz kurzfristig vor der Abfahrt dafür entschieden. Aber er war bester Dinge und genoss es, die Arbeit endlich mal ruhen zu lassen. Er habe sich diese Kreuzfahrt redlich verdient, so hat er sich mir gegenüber ausgedrückt.«

»Es ging ihm also richtig gut«, stellte Bekker noch einmal fest.

»Ich hatte den Eindruck, ja. Nur der Stress der letzten Wochen habe wohl seinen Magen angegriffen, das bekäme er ausgerechnet jetzt in der Entspannungsphase zu spüren. Er sagte, er fühle sich etwas flattrig, aber das würde sich im Laufe der Reise sicherlich legen.«

»Da hast du ja ganz schön lange mit ihm geredet«, stichelte Anna Neuss mit einem Augenzwinkern.

»Vielen Dank, Frau Steinert. Das war es auch schon. Sie können sich jetzt wieder ganz den Karten zuwenden. Wer gewinnt denn für gewöhnlich?«

Hermine Lingmann ergriff das Wort: »Ich würde mal so sagen, am Morgen gewinnt meist Frau Steinert, am Mittag Frau Neuss und am Abend meine Wenigkeit.«

»Das liegt wohl vor allem daran, wer wie viel Gin Tonic getrunken hat«, bemerkte Anna Neuss lachend und die beiden anderen Damen stimmten ein. »Wir hoffen natürlich, dass Sie den Mörder des armen Herrn Bellroth so schnell wie möglich finden. Ihnen bleibt vermutlich nicht mehr viel Zeit.«

Bekker sah die stämmige Frau Neuss an und schmunzelte: »Es würde die Ermittlung ohne Zweifel ungeheuer erschweren, wenn sich die Passagiere in alle Himmelsrichtungen davonmachten. Wahrscheinlich wäre der Fall dann kaum noch aufzuklären.«

»Dann müsste es doch viel öfter Morde auf Schiffen geben«, bemerkte Hermine Lingmann. »Aber das hier ist unser erster. Und wir sind schon seit Jahren auf Kreuzfahrten unterwegs.«

»Erzählen Sie es nicht weiter, sonst gibt es demnächst womöglich eine ganze Serie von Schiffsmorden«, warnte sie Bekker mit erhobenem Zeigefinger schelmisch grinsend, stand auf und ging davon.

Verhöre zum Zweiten

Als er am frühen Nachmittag das Sonnendeck entlangschlenderte, entdeckte er Erna am Heck stehend. Sie sah umwerfend aus, fand er. Bekker spürte diese leichte Aufregung, dieses wunderbare Gefühl des frisch Verliebtseins. Beschwingt eilte er über das Deck und blieb mit breitem Grinsen auf dem Gesicht vor ihr stehen.

»Magst du was trinken, …?«, er wusste nicht recht, ob es angebracht war, sie mit einem Kosenamen anzusprechen. Vielleicht nicht, wenn man sich zuvor mit schöner Regelmäßigkeit aufgezogen hatte.

»Die Damen haben dich zum Longdrink verführt. Hoffentlich haben sie nicht mehr über dich erfahren als du über sie.«

»Das ist natürlich möglich«, sagte der Kommissar und machte eine kleine Kunstpause »aber nicht unbedingt wahrscheinlich.«

»Alte Damen sind gerissen, und dann im Dreierpack. Bis du merkst, was los ist, haben diese drei Parzen schon herausbekommen, was sie wissen möchten.«

»Sie durften ja fast alles wissen, wenn sie mir die Wahrheit gesagt haben.«

»Du scheinst ganz zuversichtlich zu sein.«

»Ich denke schon.«

Er stellte sich nahe zu ihr. Sie berichteten sich gegenseitig von den Gesprächen – der Blick dabei hinaus auf den Rhein mit den goldfunkelnden Wellen war fast unwirklich schön. Als Bekker mit seiner Darstellung endete, schwiegen beide.

»Der Apotheker Meier hätte zumindest das Knowhow in Sachen Virus«, sagte er schließlich. »Und die alten Damen haben angedeutet, dass Frau Nimmer wohl der aktivere Part des Ehepaares war. Noch hat mich der Werner nicht angerufen, wie es in der Agentur gelaufen ist. Wenn sein Draht zu dem Fotografen tatsächlich so gut ist, wie er sagt, hat er vielleicht auch noch ein paar Einzelheiten über die Nimmers erfahren.«

»Das wäre wirklich wichtig. Wir müssen unbedingt noch Alexander Schrandt und natürlich Corinne Nimmer befragen«, drängte Erna.

»Lass uns mit dem Malermeister beginnen. Das Gespräch mit ihr dürfte eine ziemlich komplizierte Angelegenheit werden, denn ab einem gewissen Zeitpunkt können wir nicht mehr verschweigen, dass ihr Mann ermordet wurde. Allerdings haben wir einen ganz entscheidenden Trumpf in der Hand«, sagte Bekker. Erna wusste, worauf ihr Kollege hinauswollte: »Falls sie aus irgendeinem Grund von der Ermordung ihres Mannes gewusst haben sollte, würde sie nervös reagieren, da es für die Dame ein ziemlicher Schock sein dürfte, was wir bereits in Erfahrung gebracht haben. Alles, was wir brauchen, ist ein simples und einleuchtendes Manöver, das uns ein Gespräch mit ihr ermöglicht.«

»Was hältst du davon, sie auf die Kreuzfahrt auf dem Nil anzusprechen? Du hättest gehört, dass sie eine solche Reise geplant hätten«, schlug Erna vor.

»Dazu müssen wir sie nach dem Essen abfangen.«

»Sie geht danach normalerweise an die Bar und trinkt noch etwas«, wusste Erna.

»Du bist wie immer gut informiert. So machen wir es. Lass uns jetzt diesen Schrandt suchen.«

Sie fanden ihn schließlich auf dem Unterdeck, wo sich der Malermeister mit dem Mechaniker unterhielt; die beiden fachsimpelten über ein Ventil. Erna und Bekker warteten, bis die beiden Männer das Gespräch beendeten. Schließlich kam Schrandt auf sie zu und blieb fragenden Blicks vor ihnen stehen.

»Ja?«

»Herr Schrandt, wir sind die Kommissare Dunst und Bekker. Können wir Sie einen Moment stören? Es geht um den ermordeten Thorsten Bellroth.«

»Aber natürlich. Was kann ich für Sie tun?«

»Sie beide haben am selben Tisch gesessen. Hatten Sie näheren Kontakt zu ihm?«

»Also, wir haben uns ein paar Mal kurz unterhalten, aber mehr nicht. Wie Sie schon richtig sagten, saßen wir beim Essen nebeneinander.«

Erna übernahm. So hielten sie es normalerweise immer. Bekker hörte zu und seine Kollegin leitete das Gespräch. Er mischte sich nur dann ein, wenn sie längere Zeit schwieg oder ihm noch ein weiterer Aspekt auffiel.

»Ist Ihnen am Tag vor seiner Ermordung etwas merkwürdig vorgekommen?«

»Vielleicht schon, oder besser gesagt, ja. Er war nicht bei der Sache, schien abgelenkt, als würde ihn etwas beschäftigen.«

»Etwas beschäftigen? Und haben Sie auch eine Idee, was das gewesen sein könnte?«

»Das ist jetzt wichtig, stimmts?«

»Stimmt, aber es muss nichts bedeuten. Was ich damit sagen will: Sie liefern niemanden ans Messer, nur weil Ihnen vielleicht etwas aufgefallen ist. Es könnte aber ein wichtiger Hinweis sein, um dem Motiv für Bellroths Ermordung auf die Spur zu kommen.«

»Es war früh am Morgen. Ich wollte mich ein bisschen aufs Sonnendeck setzen, um die Stille und die gute Luft zu genießen.«

»Um wie viel Uhr war das?«

»Na, so um sieben. Da hab ich Thorsten Bellroth gesehen, wie er mit einem Mann diskutiert hat, oben auf dem Deck. Ich wollte aber meine Ruhe und habe mich auf die andere Seite gesetzt.«

»Mit wem hat er gesprochen?«

Man merkte Schrandt deutlich an, dass es ihm unangenehm war, den Namen der Person zu nennen. Erna sah ihm in die Augen und nickte ihm aufmunternd zu.

»O.K., also das war dieser Olaf Meier, der Apotheker. Er sitzt ja auch bei uns am Tisch.«

»Und Sie sind sich ganz sicher?«

»Absolut sicher.«

»Haben Sie zufällig mitbekommen, worüber sich die beiden unterhalten haben?«

»Es waren nur ein paar Sätze, die ich aufgeschnappt habe, als ich aufs Sonnendeck kam. Sie haben über den Virus an Bord gesprochen.«

»Und worum ging es konkret?«

»Das war wirklich das Einzige, was ich gehört habe. Und ich bin mir auch nicht sicher, ob das überhaupt eine Rolle spielt.«

»Machen Sie sich deswegen keine Sorgen, Herr Schrandt. Wir werden definitiv keine übereilten Schlüsse ziehen. Wie verlief das Gespräch?«

»Es schien mir kein Streit zu sein, aber einig waren sich die beiden auch nicht. Ich habe mich schon ein wenig gewundert, dass Bellroth und Meier um diese Uhrzeit so engagiert über die Epidemie auf dem Schiff diskutiert haben.«

Erna schwieg, weshalb Bekker die nächste Frage stellte: »Sie haben doch Thorsten Bellroth an diesem Tag bestimmt noch mehrfach gesehen, wie hat er sich denn da verhalten?«

»Ich habe ihn erst beim Abendessen wieder getroffen, da wirkte er abwesend auf mich. Auf die Begegnung am Morgen habe ich ihn nicht angesprochen.«

»Können Sie sich vielleicht daran erinnern, wie Bellroths Stimmung am Tag zuvor gewesen war?«

»Also, da ist mir nichts aufgefallen. Wir haben uns am Tisch über alles Mögliche unterhalten. Er schien guter Laune zu sein, obwohl ihm die Enttäuschung anzumerken war, dass nach dem Ausbruch der Epidemie keines der vorgesehenen Reiseziele mehr angesteuert werden konnte und wir direkt nach Mainz gefahren sind. Wissen Sie, er war sehr an Stadthistorie interessiert.«

Bellroth hatte sich auch mit Schrandt über sein Hobby unterhalten, registrierte der Kommissar.

»Demnach gab es eine Veränderung in seinem Verhalten an dem Tag, bevor er umkam.«

»Keine Frage.«

»Vielen Dank für Ihre Mithilfe, Herr Schrandt.«

»Kann ich jetzt gehen?«

»Ja, natürlich.«

Der Malermeister wünschte einen schönen Tag und ging in Richtung Treppe davon. Bekker und Erna blieben noch einen Moment auf dem Unterdeck. Die Kommissarin fasste ihr ungutes Gefühl in Worte: »Warum unterhielt sich der Pflegedienstleiter mit Olaf Meier über den Virus? Und weshalb um diese Uhrzeit? Wir wissen, dass Bellroth danach verändert war. Das haben mehrere der Zeugen unabhängig voneinander ausgesagt.«

»Uns bleibt nicht viel Anderes übrig, als nochmal mit dem Apotheker zu sprechen und ihn damit zu konfrontieren.«

»Dann lass uns das jetzt gleich angehen. Das sollte Einiges an Klarheit bringen.«

Sie stiegen die Treppe zu Deck 3 nach oben und sahen sich um. Meier war weder im Barbereich noch auf den Gängen zu den Kabinen zu finden. Als sie auf dem Weg zum Sonnendeck waren, kam er ihnen entgegen. Erna ergriff die Gelegenheit beim Schopf.

»Herr Meier, wir hätten doch noch eine letzte Frage. Könnten wir uns einen Moment an die Bar setzen?«

»Muss das denn sein? Ich wollte mich gerade ein wenig hinlegen.«

»Es dauert nicht lange«, sagte sie und lächelte so unschuldig, dass der Apotheker nicht ahnen konnte, was auf ihn zukam.

»Na gut, ein paar Minuten entbehre ich gerne für Herrn Bellroth.«

Sie stiegen die Treppe wieder nach unten und setzten sich in den Loungebereich. Der Apotheker hatte es offenbar eilig, denn er fragte noch beim Platznehmen, womit er behilflich sein könne.

»Am Tag vor Bellroths Ermordung, wann haben Sie ihn da zum ersten Mal gesehen?«

Meier zögerte und schätzte ab, was die beiden Kommissare vorhatten. Sie würden ihn wohl kaum noch einmal befragen, wenn sein morgendliches Gespräch mit Bellroth unentdeckt geblieben wäre. Aber das war ohnehin nicht zu erwarten gewesen. Er würde erst einmal versuchen, auf Zeit zu spielen.

»Also, wie jeden Morgen, beim Frühstück.«

Erna verzog keine Miene.

»Und Sie sind sich ganz sicher? Lassen Sie sich Zeit und denken Sie bitte nach. Es ist für uns von größter Wichtigkeit, dass Sie sich genau erinnern.«

Meier spürte, dass die beiden von diesem unsinnigen Gespräch mit Bellroth wussten, den er zufällig auf dem Sonnendeck getroffen hatte, weil er nicht schlafen konnte und früh aufgestanden war. Der Pflegedienstleiter hatte ihn mit einer Unmenge von Fragen gelöchert, und jede Antwort, die er gab, schien ihm nicht erschöpfend genug gewesen zu sein. Wäre er damals doch nur im Bett geblieben, sagte er sich und atmete tief ein, bevor er zur Antwort ansetzte. Er hatte nichts getan, deshalb würde er auch nichts zu befürchten haben.

»Nein, warten Sie«, begann er und versuchte, so gut er konnte, einen Geistesblitz vorzutäuschen, »an dem besagten Morgen konnte ich nicht mehr schlafen, weshalb ich aufs Sonnendeck bin, um die frische Luft zu genießen.«

»Und«, schaltete sich Bekker ein, um den Druck auf Meier zu erhöhen. Der kratzte sich am Hals und setzte ein versöhnliches Lächeln auf.

»Da habe ich Thorsten Bellroth getroffen. Er saß am Bug und rauchte. Aufgebracht war er, aber nicht auf mich, wenn Sie das denken.«

»Worüber haben Sie sich denn unterhalten? Ich meine, Sie haben sich doch unterhalten?«, bemerkte Erna mit leicht sarkastischem Unterton. Der Apotheker blickte auf, als er die Veränderung in der Stimme der Kommissarin bemerkte.

»Ich, ja schon.« Meier bereitete es offenkundig Sorge, dass er dabei war zuzugeben, mit dem Ermordeten über den Virus gesprochen zu haben. Bekker half ihm, denn das war nicht die Information, auf die Erna und er aus waren.

»Sie haben sich mit ihm über die Epidemie, also den Virus unterhalten.«

»Ja, das ist richtig. Aber es war nicht so, wie Sie vielleicht denken.«

»Ich bin mir ziemlich sicher, dass Sie nicht wissen, was wir denken«, warf Erna ein. »Ich würde vorschlagen, Sie erzählen uns jetzt einfach das, was an jenem Morgen passiert ist. Oder nicht passiert ist, wenn Ihnen das lieber ist.«

Bekker registrierte zufrieden, dass seine Kollegin ihre Befragung klug aufbaute. Ein bisschen stolz war er schon darauf, auch nachdem, was sie gestern über ihn gesagt hatte. Olaf Meier begann zu erklären: »Ich habe Thorsten Bellroth gefragt, ob alles in Ordnung sei. So kamen wir ins Gespräch. Da wir an einem Tisch im Speisesaal sitzen, wusste er natürlich, dass ich Apotheker bin. Deshalb begann er, mich über den Virus auszufragen und wollte wissen, ob ich mir vorstellen könnte, dass jemand damit ein ganzes Schiff gezielt infiziert. Das hielt ich für ausgeschlossen. Er hat mir vorgeworfen, engstirnig zu sein und nicht sehen zu wollen, was sich hier abspiele. Die Diskussion dauerte ein paar Minuten, dann hat er wohl eingesehen, dass ich mich nicht überzeugen lassen würde, und ist gegangen.«

»Er muss Ihnen doch mehr gesagt haben. Schon, um Sie zu überzeugen.«

»Was sollte er mir denn noch sagen? Nein, wirklich nicht. Er hatte diese fixe Idee, dass jemand den Virus bewusst in Umlauf gebracht hatte. Zu was das denn gut sein solle, habe ich ihn gefragt. Der Norovirus bereite starke Unterleibsschmerzen sowie Übelkeit mit Erbrechen, habe aber sonst keine Nebenwirkungen. Warum also sollte man so etwas tun und sich zu allem Übel sehr wahrscheinlich auch noch selbst anstecken?«

Bekker nickte, die Überlegung des Apothekers war absolut schlüssig. Wenn Bellroth mehr gewusst hatte, hätte er es spätestens nach diesem Argument Meiers anbringen müssen. Der Kommissar testete sein Gegenüber: »Vielleicht war es eine Attacke gegen die Schifffahrtslinie.«

»Das wäre möglich. Aber ich denke nicht, dass sich so etwas unbedingt negativ auf die Linie auswirken muss, denn jede kann es erwischen. Wie ich Ihnen ja schon gesagt habe, steht ein solcher Ausbruch nicht unbedingt mit der Hygiene an Bord in Zusammenhang.«

Erna entschied, Olaf Meier härter anzugehen. »Diese Überlegung dürfte auch der Pflegedienstleiter angestellt haben, also muss er etwas Anderem auf der Spur gewesen sein. Ich werde den Eindruck nicht los, dass Sie mehr wissen. Entweder Sie verraten uns jetzt, was Ihnen Bellroth noch gesagt hat, oder Sie kommen nach der Aufhebung der Quarantäne mit ins Präsidium.«

Ihre Stimme klang hart und durchdringend – der Apotheker starrte auf den Boden.

»Wie soll ich Ihnen nur begreiflich machen, dass er mir nichts weiter gesagt hat«, beschwor Meier die beiden. »Und wenn er tatsächlich eine weitere Andeutung gemacht haben sollte, habe ich es vielleicht einfach nicht mitbekommen. Schon deshalb, weil ich sein Gerede für ein Hirngespinst hielt.«

»Dann tun Sie uns einen Gefallen. Legen Sie sich ein bisschen hin und entspannen Sie sich. Wer weiß, ob Ihnen nicht doch noch eine Kleinigkeit einfällt, die uns weiterhelfen könnte«, griff Bekker ein und erlöste den

Apotheker aus seiner Not. Der stand wortlos auf, würdigte die beiden keines Blicks und verschwand.

»Es kann gut sein, dass er wirklich nicht mehr weiß. Selbst wenn Bellroth ihm mehr angedeutet hat, war Meier wahrscheinlich so von seiner Meinung überzeugt, dass er gar nicht richtig zugehört hat.«

Erna hatte ihre Zweifel. »Eine Sache scheint festzustehen: Bellroth hatte begriffen, dass die Epidemie bewusst und von Menschenhand auf dem Schiff verbreitet worden ist.«

»Die Frage ist, ob man ihn deshalb getötet hat? Es handelt sich natürlich um eine schwere Straftat, aber deswegen jemanden umzubringen? Das glaube ich einfach nicht. Oder hatte der Pflegedienstleiter den wahren Grund für die Epidemie rausgefunden, nämlich Egon Nimmer so zu beseitigen, dass kein Mordverdacht aufkommt?«

»Das hört sich für mich plausibler an. Ich denke, wir liegen mit unserer Überlegung genau richtig, doch gibt es nach wie vor keinen handfesten Beweis dafür. Es ist noch immer nicht klar, wer hinter dieser ganzen Sache steckt. Wir müssen noch einmal alle Fakten durchgehen und die Beweisstücke unter die Lupe nehmen, womöglich haben wir etwas übersehen«, resümierte Erna.

»Außerdem steht der Anruf vom Werner noch aus.«

»Stimmt, der dürfte sich demnächst melden. Anschließend können wir Corinne Nimmer befragen. Oder wir machen das jetzt und setzen ganz bewusst darauf, sie damit zu konfrontieren, dass ihr Mann ermordet wurde.«

Bekker überlegte kurz. Nein, er wollte in jedem Fall vorher mit Niesberg sprechen, da dessen Informationen zumindest indirekt auch Corinne Nimmer betreffen konnten. Eigentlich stimmte es ihn zuversichtlich, dass der Polizeifotograf noch nicht angerufen hatte. Hoffentlich war es ihm gelungen, an weitere Informationen heranzukommen.

»Lass uns auf Werners Anruf warten. Etwas sagt mir, dass er uns etwas Wichtiges mitzuteilen hat«, entschied Bekker.

»Gut, aber wir müssen das auf jeden Fall heute Abend hinter uns bringen. Ich habe vorhin mit Dr. Mederlich gesprochen; er meinte, die Situation habe sich so positiv entwickelt in den letzten Stunden, dass die Quarantäne morgen gegen Mittag aufgehoben werden könnte. Das hätte ich dir etwas früher sagen sollen. Tja, seit heute Nacht bin ich ein bisschen verzaubert und nicht so hundertprozentig bei der Sache.«

Bekker spürte, dass er rot wurde, was ihm höchst selten passierte. Er versuchte, es sich nicht anmerken zu lassen. »Dann müssen wir uns umso mehr ranhalten. Wenn die beiden Morde nicht bis zum Frühstück aufgeklärt sind, dann sehe ich schwarz für die Lösung der Fälle.«

»Es würde in jedem Fall erheblich komplizierter werden. Lass uns in deine Kabine gehen, da können wir alle Hinweise sowie die wichtigsten Aussagen der Passagiere nochmal durchsprechen.«

Sie machten sich auf den Weg. Als Bekker gerade die Kabinentür öffnen wollte, klingelte sein Handy.

Eine unerhörte Wendung

»Das muss der Werner sein.« Sie betraten das Zimmer. »Na, wie ist es dir heute ergangen?«

»Bis jetzt habe ich mich mit dieser Agentur beschäftigt«, Niesbergs Gähnen war unschwer zu hören, auch wenn er sich wohl die Hand vor den Mund hielt. »Also, eins nach dem anderen. Ich fange am besten vorne an. Den Job für das Fotoshooting habe ich nicht bekommen. Außer mir war noch ein junger Fotograf zum entscheidenden Gespräch eingeladen, da bin ich dann gescheitert. Weiß nicht, woran es lag, ob am Honorar, oder ob ihnen meine Nase nicht gepasst hat. Die Einzelheiten erzähl ich dir in der Kneipe bei einem Bier, auf das du mich demnächst einlädst, Schack. Anschließend war ich mit dem Fotografen Schlemm essen. Er hat rausbekommen, um was es sich bei diesem Riesenauftrag handelt.«

Niesberg machte es sichtlich Freude, seinen Freund ein wenig auf die Folter zu spannen. Immerhin hatte er diese offensichtlich elementare Information seinem Berufskollegen mit Geschick und Geduld entlockt.

»Ich höre, Werner.« Bekker bekam jedoch nur ein meckerndes Lachen zu hören. »Du, wir haben wirklich nicht mehr viel Zeit. Die Quarantäne wird voraussichtlich morgen aufgehoben, und dann verschwinden die Passagiere auf Nimmerwiedersehen.«

»Ich wollte nur meinen kleinen Triumph ein bisschen auskosten. Du kennst doch ›Nedenkopharm‹?«

»Das Pharmaunternehmen?«

»Genau das.«

»Willst du mir etwa sagen, dass Nimmer einen so großen Kunden an Land gezogen hat?

»Das hat er. Es geht wohl um einen Agenturvertrag für die nächsten drei Jahre.«

»Kaum zu glauben. Ich kenne mich in der Werbebranche nicht aus, aber was sagt denn dein Kollege dazu? Ist das nicht eine Nummer zu groß für Nimmers Agentur?«

»Er war ziemlich überrascht. Irgendwann während unseres Gesprächs meinte er sogar, dass das eigentlich nicht mit rechten Dingen zugegangen sein kann.«

Der Kommissar ließ das Wort »Erpressung« fallen und Niesberg schwieg, was Bekker als Zustimmung deutete.

»Aber jetzt kommt erst der eigentliche Hammer, Schack«, kündigte der Polizeifotograf groß an. Sein Kollege sah ihn in Gedanken mit dem breitest denkbaren Grinsen auf seinem leicht aufgedunsenen Gesicht, wahrscheinlich mit einem Bierchen in der Hand: »Egon Nimmer kannte Dr. Nedenkopf persönlich, das ist der Besitzer des Pharmaunternehmens. Von früher. Der Fotograf hat es mir erzählt, denn er hat mehrfach bei Nedenkopf privat Bilder gemacht. Es waren wohl immer kleine Freundschaftsdienste im Gegenzug für erhaltene Aufträge.«

»Und dieses Mal bekommt Nimmer die gesamte Vermarktung von ›Nedenkopharm‹ zugesprochen? Das geschieht zu einem Zeitpunkt, als die Agentur nicht sonderlich gut läuft. Da muss man sich doch fragen, was Egon Nimmer gegen Nedenkopf in der Hand hatte.«

Niesberg gab seinem Kollegen noch etwas zu bedenken: »Auf eurer Konservenbüchse wütet dieser Virus, und außerdem wurde vom Walter die Verabreichung von Arsen nachgewiesen. Da ist nicht leicht dranzukommen. Für wen ist so ein Gift zugänglich? Da gibt es nicht allzu viele Möglichkeiten.«

»Jemand aus einem Pharmaunternehmen … oder ein Apotheker«, sagte Bekker langsam und schüttelte den Kopf. »So undurchsichtig das alles vorher ausgesehen hat, so klar liegt es jetzt vor einem.«

»Vollkommen richtig. Nur, wer ist Nedenkopfs Verbindungsperson auf dem Schiff?«

»Da kommen einige infrage. Der Apotheker Meier, irgendein anderer Passagier oder ein Mitglied der Besatzung. Vielleicht kannte Bellroth die Person aus seinem beruflichen Umfeld und hat deswegen Verdacht geschöpft. Es gibt ja die merkwürdigsten Zufälle. Werner, ich schicke dir die Passagier- und Besatzungslisten. Lass sie durch unsere Datenbank laufen. Irgendwo muss es Verbindungen geben.«

»Dann fahre ich jetzt nochmal ins Präsidium. Was meinst du, wie lange es dauert, bis ich was von dir bekomme?«

»Nicht länger als eine knappe Stunde. Ist das in Ordnung?«

»Das passt.«

»Ich ruf bei uns an, damit dir jemand hilft. Das ist nun nicht wirklich dein Spezialgebiet.«

»So machen wirs. Bis später, Schack. Und grüß die Erna von mir.«

»O.K., Werner. Bis später.«

Er steckte sein Handy ein und sah seine Kollegin an, die schon an der Tür stand: »Ich kümmere mich um die Listen und schick sie dem Werner zu.«

»In der Zwischenzeit strenge ich mal mein Köpfchen an und versuche herauszufinden, wo der Bezug zwischen ›Nedenkopharm‹ und dem Täter sein könnte.«

Nachdem Erna gegangen war, entschied Bekker, erst noch zu duschen und sich dann einen Moment aufs Bett zu legen. Vielleicht würde er so auf einen guten Gedanken kommen. Einer der Befragten hatte entweder gelogen oder einen Teil der Wahrheit verschwiegen. Nur wer? Der Kommissar ging ins Bad, zog sich aus und stellte sich unter die Dusche. Er sah an sich hinunter: Je älter man wurde, desto mehr musste der körperliche Verfall ausgeblendet werden. Das bestmögliche Resultat beim Altern ist die knappe Niederlage, dachte er und drehte das Wasser kälter.

Bekker lag auf dem Bett; der kleine Wecker tickte leise und zeigte viertel vor fünf. Noch blieb Zeit, den Fall zu lösen, aber das Fenster wurde von Minute zu Minute kleiner. Er begann, die Passagiere an seinem Tisch im Speisesaal durchzugehen. Amelie Mehrbrand war die einzige gewesen, der Thorsten Bellroth aufgefallen war. Alle anderen hatten ihn als unscheinbar bezeichnet. Installateur Krude hatte ihn bei einem der Ausflüge etwas besser kennen gelernt. Dann gab es noch diesen Investmentbanker Günther Sick und seine Frau Laura. Sick hatte nach seiner Aussage nur einmal kurz mit Bellroth während des Begrüßungsabends gesprochen. Wer gehörte noch zur Tischgesellschaft? Thomas Droste, dieser kontrollierte und aufmerksam beobachtende Rechtsanwalt und Cousin Egon Nimmers, der von dem ominösen nächtlichen Gespräch berichtet hatte, dann aber nichts mehr von seiner Aussage wissen wollte. Hatte er sich wichtig machen wollen, oder hatte er womöglich sehr viel mehr mitbekommen? Droste war ihm während des Gesprächs verängstigt vorgekommen. Er wollte gehört haben, wie jemand davon sprach, dass alles vorbereitet sei und nicht mehr gestoppt werden könne. Diese Aussage passte fast zu gut zu dem künstlich herbeigeführten Norovirus-Ausbruch.

Wer saß an Bellroths Tisch? Der Architekt Simmt mit Ehefrau, die nur gewusst haben wollten, dass er Pflegedienstleiter war und seine Frau keine Schiffsreisen mochte. Malermeister Schrandt, der neben Bellroth gesessen und ihn als angenehm und zurückhaltend beschrieben hatte. Außerdem das Canasta-Trio, das den Verstorbenen als höflich und zuvorkommend bezeichnet hatte, aber auch als unauffällig.

Wie hatte Bellroth etwas von der mutmaßlichen Virus-Attacke mitbekommen? Wahrscheinlich völlig unerwartet und zufällig. Womöglich hatte seine Unscheinbarkeit diesen Umstand begünstigt. Der Kommissar glaubte nicht, dass sie diese Frage in der Kürze der Zeit würden beantworten können. Blieb Olaf Meier, der am Tag vor Bellroths Tod morgens auf dem Sonnendeck mit diesem gesprochen hatte. Nach dessen Aussage war der Pflegedienstleiter verärgert gewesen. Meier hatte die Behauptung, der Virus sei gezielt auf dem Schiff verbreitet worden, als unsinnig zurückgewiesen. Dann hatte er noch etwas Merkwürdiges gesagt, erinnerte sich Bekker. Was genau war das gewesen? Weil der Apotheker seinem Gesprächspartner nicht glaubte, habe er nicht mehr richtig zugehört und womöglich weitere Hinweise ignoriert. Es seien aus seiner Sicht ohnehin Hirngespinste gewesen – mit einem Mal traf den Kommissar die Erkenntnis wie ein Schlag. Wieso war ihm bei dem Gespräch in der Bar bei Meiers Bemerkung, er habe nicht mehr richtig zugehört, kein Licht aufgegangen?

Bekker sprang vom Bett hoch, zog seine Hosen an, warf sich einen Pullover über und war auch schon aus der Tür. Er ging erst schnell, dann rannte er, passierte den Flur, nahm die Treppe zu Deck 3 und erreichte kurz darauf die Kabine des Apothekers. Er klopfte mehrfach – er drängte Meier, er solle aufmachen, es sei wichtig. Dieser öffnete die Tür erst einen Spalt und dann ganz.

»Gott sei Dank, es geht Ihnen gut«, atmete Bekker auf und ließ sich auf einen Stuhl, der an der Wand neben der Tür stand, fallen.

»Was ist denn mit Ihnen los? Sie sind ja völlig fertig.«

Der Kommissar musste einige Male tief ein- und ausatmen, bis er wieder zu Luft kam.

»Setzen Sie sich hin«, Bekkers Ton war nicht unbedingt freundlich. »Ich denke, Sie sollten die Karten auf den Tisch legen, bevor es zu spät ist. Und zwar alle.«

»Was erlauben Sie sich?«, beschwerte sich der Apotheker und wollte noch etwas hinzusetzen, doch sein Gegenüber unterbrach ihn: »Sie haben meiner Kollegin und mir beim Gespräch heute Mittag wesentliche Informationen vorenthalten. Ich verstehe zwar nicht ganz warum, aber das werden Sie mir jetzt sagen. Sonst nehme ich Sie morgen Mittag mit ins Präsidium.«

Bekker war aufgebracht; er warf Meier vor, die Ermittlungen zu behindern und durch sein Schweigen den Täter zu decken. Der Protest des Apothekers wurde immer schwächer, bis er zusammengesunken dasaß.

»Gut, es stimmt, ich habe Ihnen nicht alles erzählt. Bellroth behauptete, mehr zu wissen. Um mich zu überzeugen, hat er mir zuerst gesagt, wie die Sache mit dem Virus vonstattengegangen ist.

»Und?«

»Mithilfe eines Zerstäubers wurde der Virus auf dem Schiff verbreitet. Als ich weiterhin gezögert habe, hat er mir den Namen der verantwortlichen Person verraten.«

»Nun sagen Sie schon.«

»Sie werden es kaum glauben …« In diesem Augenblick ging die Kabinentür auf und ein schallgedämpfter Schuss fiel. Bekker saß wie angewurzelt da und musste mit ansehen, wie Olaf Meier, in die Stirn getroffen, vom Stuhl rutschte. Als der Kommissar aus seiner Schockstarre erwachte, rannte er auf den Gang hinaus, doch da war niemand. Auch auf dem Flur im Eingang war keine Menschenseele. Er rang nach Atem und musste sich an die Wand lehnen, um nicht zu fallen. Am liebsten hätte er laut geschrien. Im nächsten Moment stand Erna neben ihm.

»Was ist denn los, Schack? Ich war gerade unterwegs aufs Sonnendeck, um ein bisschen frische Luft zu schnappen, da hab ich dich laut ›Scheiße‹ brüllen hören. Was ist passiert?«

»Der Meier, ich bin zu ihm in die Kabine und habe ihn zur Rede gestellt. Mit einem Mal war ich absolut sicher, dass er mehr weiß. Und als er mir den Namen des Täters sagen wollte, ist die Kabinentür aufgeflogen und jemand hat ihn erschossen.« Eine beinahe schmerzhaft lange Pause folgte. »Ich muss wohl in meiner Rage vergessen haben, die Tür richtig zu schließen.«

»Selbst dann hätte der Täter einen Weg gefunden, in die Kabine zu kommen. Das willst du dir doch bitte nicht zum Vorwurf machen?«

»Ehrlich gesagt, weiß ich nicht mehr, was ich noch denken soll. Ich bin am Ende.«

Erna zog den Kommissar von der Wand weg. »Komm, zeig mir, wo er ist.«

In der Kabine lag Olaf Meier mit aufgerissenen Augen auf dem Boden. Bekker ließ Erna bei dem Toten zurück, suchte Dr. Mederlich im Krankenzimmer auf und informierte ihn über die Vorkommnisse.

»Nicht zu fassen, erschossen sagen Sie? Das kann

doch einfach nicht wahr sein«, bemerkte der Schiffsarzt, als sie auf Meiers Kabine zusteuerten.

»Und doch ist es so. Er wollte mir etwas Wichtiges sagen.«

»Wie ist der Mörder denn in die Kabine hineingekommen?«

»Ich hatte die Tür nicht geschlossen. Sie war wohl nur angelehnt.«

Dr. Mederlich betrat Meiers Kabine und grüßte die Kommissarin. Dann sah er sich um, zog Handschuhe an und betrachtete die Einschusswunde auf der Stirn des toten Apothekers.

»Er ist mit einer kleinkalibrigen Waffe getötet worden. Ein präziser Schuss, direkt zwischen die Augen. So schnell, wie die Sache abgelaufen ist, muss der Mörder ein ausgezeichneter Schütze sein. Können Sie sich erklären, wieso er gleich zur Stelle war, als Herr Meier mit Ihnen reden wollte? Das ist doch bemerkenswert.«

»Ich habe wohl ziemlich laut gesprochen. Vielleicht ist mir der Täter gefolgt und hat vor der Tür gewartet. Oder … einen Moment, bitte.« Bekker war mit drei schnellen Schritten auf dem Gang. Er klopfte an die benachbarte Tür; die Stimme einer älteren Frau bat um einen Moment Geduld. Kurz darauf öffnete Hermine Lingmann.

»Herr Kommissar! Ich wollte gerade zum Sonnendeck gehen. Was kann ich für Sie tun?«

»Entschuldigen Sie die Störung, Frau Lingmann, aber haben Sie in der letzten halben Stunde vielleicht

Stimmen gehört oder Schritte, die den Korridor entlang gerannt sind?«

»Nein. Warten Sie, ich hatte mir die Haare gewaschen und war wohl am Fönen. Das dauert bei mir immer eine ganze Weile.«

»Würden Sie meine Kollegin mal kurz in Ihre Kabine lassen? Wir müssten einen Test machen.«

»Aber natürlich. Kommen Sie bitte herein, Frau Kommissarin.«

Bekker schloss die Tür hinter den beiden Frauen und ging zurück in die angrenzende Kabine von Olaf Meier. Er ließ die Tür angelehnt und begann in derselben Lautstärke zu sprechen wie ein paar Minuten zuvor mit dem Apotheker. Kurz darauf kam Erna zurück und berichtete, dass man bis auf wenige Wortfetzen nichts habe hören können. Erst auf dem Gang habe sie verstehen können, was Bekker sagte. Der Kommissar bat Dr. Mederlich, den Kapitän zu holen; er solle einen Generalschlüssel für die Kabinen mitbringen.

»Also war der Täter aller Wahrscheinlichkeit nach auf dem Gang und hat gehört, was in der Kabine gesprochen wurde. Als ich vorher angeklopft und Meier aufgefordert habe, die Tür zu öffnen, scheint der Mörder aufmerksam geworden zu sein.«

»Schack, mach dir keine Vorwürfe. Du kannst nichts für seinen Tod. Es gibt nur zwei Möglichkeiten: Entweder ist dir der Mörder tatsächlich gefolgt, als du von deiner Kabine aus zu Meier gegangen bist, oder er ist aus einer der umliegenden Kabinen gekommen. Das scheint mir um Einiges wahrscheinlicher.«

»Ja, so muss es wohl gewesen sein. Trotzdem ist das kaum zu schaffen – mich an der Kabinentür des Apothekers klöpfen hören, unser Gespräch belauschen, seine Pistole ziehen und blitzschnell handeln. Der Täter hat die Tür aufgestoßen, Meier in die Stirn geschossen und war praktisch im gleichen Moment wieder verschwunden. Er muss über den Stand unserer Ermittlungen genau informiert gewesen sein. Wir sollten unbedingt die umliegenden Kabinen durchsuchen.«

»Da wird sich der Täter wohl nicht mehr aufhalten. Alles spricht dafür, dass er ein paar Meter durch den Gang gerannt und verschwunden ist.«

Bekker stimmte Erna zu. Es stellte sich heraus, dass neben Hermine Lingmann ihre Reisegefährtinnen Gundula Steinert sowie Anna Neuss logierten.

»Was ist mit den Kabinen in der unmittelbaren Nähe zu der des Apothekers auf der anderen Seite des Korridors?«, wollte Erna wissen.

»In der gegenüber von Olaf Meier war Thorsten Bellroth einquartiert, daneben bewohnt Corinne Nimmer eine Suite.«

»Woher weißt du das?«

»Ich wurde doch nach Egon Nimmers Tod dorthin gerufen. Außerdem hat mich Kapitän Semmen nach der Ermordung von Bellroth hier herumgeführt und mir die Belegung der Kabinen erläutert. Die des Pflegedienstleiters haben wir ja schon mal durchsucht, aber manchmal übersieht man das Offensichtliche«, bemerkte er.

»Dr. Mederlich müsste jetzt gleich mit Semmen zurückkommen«, stellte Erna fest.

Im Gang standen noch die drei alten Damen, die aufgeregt über den Vorfall diskutierten. Just in diesem Moment tauchten Dr. Mederlich, Kapitän Semmen und der 1. Offizier Silberstein auf. Isidor Semmen war sichtlich erschüttert. »Hier ist der Generalschlüssel für die Kabinen, Herr Kommissar.«

»Danke, ich werde gut darauf aufpassen.« Dann wandte sich Bekker den übrigen Anwesenden zu: »Ich möchte Sie bitten, uns jetzt alleine zu lassen. Wir haben hier eine Weile zu tun.«

Die Bemerkung galt Frau Lingmann und ihren Canasta-Freundinnen. Semmen und Silberstein schien es ohnehin angenehmer, den Tatort verlassen zu können. Dr. Mederlich würde noch einen Moment mit der Leiche beschäftigt sein; er besprach gerade mit dem 1. Offizier, wann der Abtransport des toten Olaf Meier erfolgen könne. Die Gruppe löste sich auf und der Kommissar öffnete Bellroths Kabine. Er ließ Erna den Vortritt. Für einen kurzen Augenblick dachten wohl beide über das nach, was sie hier vor ein paar Stunden miteinander geteilt hatten. Würde ihre berufliche Zusammenarbeit darunter leiden? War es mehr als der Auftakt einer kurzen Affäre? Bekker fand zuerst ins Jetzt zurück und versuchte so normal wie möglich zu klingen.

»Wie sollen wir vorgehen? Zuerst Bellroths und dann nochmal Meiers Kabine untersuchen?«

Erna griff nach seiner Hand. »Das sollten wir wohl schon, auch wenn es wahrscheinlich nichts bringen wird. Und anschließend gehen wir zu Corinne Nimmer und präsentieren ihr die Fakten des Falls. Ich bin wirklich gespannt, wie sie reagieren wird. Was du über diese Dame gesagt hast, lässt darauf schließen, dass sie generell nicht leicht aus der Fassung zu bringen ist.«

»Wollen wir das denn unbedingt? Wenn sie etwas mit den Vorkommnissen zu tun haben sollte, würden wir sie besser weiterhin in Sicherheit wiegen.«

Erna überlegte kurz. »Das sollten wir tatsächlich, Herr Kollege.«

Sie begannen mit der Durchsuchung von Bellroths Kabine. Wie schon beim ersten Mal waren keinerlei Schreibunterlagen oder Bücher zu finden. Es sah nicht nur aufgeräumt aus, sondern es wirkte geradewegs so, als habe der Täter jeden erdenklichen Hinweis beseitigt, der zu ihm hätte führen können.

»Ich kann einfach nicht glauben, dass der Täter keinerlei Spuren hinterlassen hat«, stellte Erna fest. Bekker setzte sich auf den Bettrand und sah durch das Kabinenfenster hinaus aufs Wasser. »Ist das nicht der Hinweis? Also, dass wir keinen finden können?«

Erna sah ihn so an, wie sie ihn schon seit Jahren ansah, wenn ihr Kollege sich in Rätseln ausdrückte und nichts Konkretes verlauten ließ. Sie zog die linke Augenbraue hoch und legte die Stirn in Falten, fragte aber nicht nach. Was meinte er damit, der eigentliche Hinweis sei möglicherweise der, dass es keinen gebe? Kannte der Mörder Bellroth so gut, dass er versteckte Einträge in den Büchern zur Stadthistorik oder anderen Unterlagen vermutet hatte? Es war eine Möglichkeit, aber die Erfahrung sagte ihr, dass Schack sich meist auf die konkrete Situation bezog.

Sie verließen die Kabine ohne ein handfestes Indiz und gingen zurück zu Dr. Mederlich, der gerade mit Silberstein und einem weiteren Crewmitglied die Kabine von Olaf Meier verließ. Der Tote wurde auf einer Trage weggebracht, den Körper hatte man mit einem Leinentuch abgedeckt. Nun kümmerte sich Erna um das Bad, Bekker begann mit dem Kleiderschrank. Es war für ihn jedes Mal aufs Neue ein sonderbares Gefühl, wenn er die persönlichen Gegenstände einer soeben erst verstorbenen Person durchsah. Noch waren diese eng mit dem Toten verbunden – doch mit jedem Tag, der während einer Ermittlung verstrich, lösten sich diese Bande mehr und mehr auf. Bekker untersuchte den Koffer des toten Olaf Meier, wobei ihm ein schmales Notizbuch in die Hände fiel, das in einer der Seitentaschen steckte. Der Kommissar begann zu blättern; der Apotheker hatte entgegen seiner Beteuerung die Ereignisse der letzten Tage akribisch genau festgehalten. Das erste Auftreten des Virus, die Anzahl der erkrankten Personen pro Tag, allerdings geschätzt, und die Namen der beiden Toten hatte er aufgeschrieben. Bei dem Eintrag über die Ermordung von Thorsten Bellroth stand eine kurze Bemerkung, die den Kommissar stocken ließ. »Zum falschen Zeitpunkt am falschen Ort. Vorsicht vor dem Wolf im Schafspelz.«

Warum war dieser Dummbeutel nicht zu ihnen gekommen und hatte gesagt, was er wusste? Der Wolf im Schafspelz bezog sich ohne jeden Zweifel auf den

Mörder. Hatte Meier, wie zuvor Bellroth, mit dem Gedanken gespielt, diesen zu erpressen? Womöglich hätte es in seinem Fall sogar funktioniert, denn der Mord an ihm geschah ja erst, als Meier dem Kommissar seine Einblicke verraten wollte. »Der Täter wollte einen weiteren Mord unbedingt vermeiden, weil das Risiko seiner Entdeckung dadurch erheblich größer wird«, grummelte Bekker und nahm das Büchlein an sich.

»Ich hab was Interessantes gefunden, Ernie«, sagte er leise. Ein zweites Mal würde ihm ein solcher Fehler wie bei Olaf Meier nicht passieren, denn eines schien klar zu sein: Der Mörder hatte sich ganz in der Nähe dieser Kabine aufgehalten und war offensichtlich über die Fortschritte informiert gewesen, die die beiden Ermittler gemacht hatten. Bekker ging ins Bad und zeigte Erna den Eintrag.

»Aber warum hat er das so kryptisch formuliert?«, fragte sie.

»Vielleicht ist es ein klarer Hinweis, nur wissen wir ihn nicht zu deuten«, gab Bekker zu bedenken.

»Da könntest du natürlich recht haben. In jedem Fall ist es jemand, der vorgibt, etwas Anderes zu sein, als er tatsächlich ist. Das Schaf ist ein ungefährliches Tier, der Wolf hingegen ein Jäger, der seine Beute reißt. Und dieser Jäger hat sich unter die Schafe gemischt.«

»Im ersten Moment kommen einem die alten Damen in den Sinn, aber das scheint ja schon rein körperlich unmöglich. Es hat einiges an Kraft gebraucht, um Bellroth zu erstechen. Außerdem war der Täter schnell auf den Beinen, sonst wäre es ihm sicherlich nicht gelungen, plötzlich hinter mir im Maschinenraum aufzutauchen und mich niederzuschlagen.«

»Das stimmt.«

»Ich bin sehr gespannt, was der Werner beim Computerabgleich der Daten herausfindet. Eigentlich muss da etwas Interessantes dabei sein. Es gibt Verbindungen zwischen den einzelnen Personen, die man uns verschwiegen hat. Mittlerweile kennen wir den mutmaßlichen Stein des Anstoßes, nämlich den Großauftrag für die Agentur von ›Nedenkopharm‹. Wenn Egon Nimmer Nedenkopf erpresst hat, dann musste der Tod des Werbers unter allen Umständen nach einem natürlichen Tod aussehen, um Nachforschungen zu vermeiden.

Willst du dich einen Moment aufs Sonnendeck setzen? Ist mir eh ein Rätsel, wie du es schaffst, dich noch auf den Beinen zu halten. Dir ging es vor ein paar Stunden noch richtig bescheiden.«

»Frauen, Schack. Der kleine, aber feine Unterschied.«

»Ich bin ganz froh, dass ich nicht aus Krupp-Stahl bin.«

»Das ist angenehm, aber es muss auch kein Pappdeckel sein. Keine Angst, du bist nicht gemeint, Herr Bekker«, fügte sie schnell hinzu und umarmte ihn mit einem Überschwang, den er vor wenigen Tagen nicht für möglich gehalten hätte. Sie verließen das Bad und sahen sich noch einmal in Meiers Zimmer um. Hier hatte niemand etwas entfernen können, denn sie oder Dr. Mederlich waren nach der Ermordung des Apothekers die ganze Zeit vor Ort gewesen. Die Tatsache, dass der Täter ohne Zweifel einen Schlüssel zu Bellroths Kabine besaß, bedeutete, dass man die

Besatzung als potenziell verdächtig einstufen musste. Endlich klingelte Bekkers Telefon. Es war Niesberg, der aus dem Präsidium anrief.

»Schack, alles in Ordnung bei euch?«

»Soweit, erzähl erst mal, Werner.«

»Es gibt gleich mehrere persönliche Beziehungen unter den Passagieren, sogar eine verwandtschaftliche. Fast könnte man den Eindruck gewinnen, ein Teil von denen sei hier auf einer gemeinsamen Schiffstour.«

»Da sieh mal einer an.«

»Also pass auf, die Sache ist die: Von ganz früher her kennen sich Thorsten Bellroth und Dirk Krude, denn die beiden waren im selben Abiturjahrgang. Das könnte durchaus ein Zufall sein; ich würde es zumindest nicht ausschließen. Außerdem kennen sich Amelie Mehrbrand und dieser Apotheker Meier; sie haben zur gleichen Zeit an der Uni Mainz angefangen, Pharmazie zu studieren. Allerdings hat diese Mehrbrand nach drei Semestern den Studiengang abgebrochen und das Fach gewechselt.«

»Sie kannten sich, Werner. Olaf Meier wurde vor einer guten Stunde ermordet.«

»Ach, du Scheiße, das geht ja zu bei euch wie beim Taubenschießen. Dann wird sicherlich der Walter in Kürze auftauchen. Ich meine jetzt, wo die Quarantäne aufgehoben werden soll, wird die Leiche wahrscheinlich der Rechtsmedizin überstellt werden. Aber der Knüller kommt noch: Dieser Thomas Droste ist ein Cousin von Egon Nimmer.«

»Das hat er erzählt, als er mir diese Geschichte von

dem nächtlichen Gespräch aufgetischt hat. Schon irgendwie merkwürdig, oder?« Bekker schoss sein Gespräch mit dem Anwalt durch den Kopf und dessen Aussage über die nicht aufzuhaltende Katastrophe. Hatte er womöglich vermutet, dass etwas mit Nimmers Tod nicht stimmte? Bezog sich seine Bemerkung tatsächlich nur auf die Epidemie? Oder war er sogar in die Epidemie oder die Morde involviert und hatte dieses Manöver nur gestartet, um von sich abzulenken? An diesem Punkt der Ermittlungen war alles möglich. Sie mussten Droste noch einmal befragen.

»Hilft euch das weiter?«

»Ich denke schon. Hör mal, wenn es morgen früh so aussehen sollte, dass wir mehr Zeit brauchen, rufe ich dich an und wir hecken etwas aus, um die Aufhebung der Quarantäne zu verzögern. Auch wenn es nur ein paar Stunden sein sollten.«

»Kein Problem, Schack. Ich drück euch die Daumen, dass alles klappt. Und seid vorsichtig, dieser Irre ist noch an Bord.«

»Mach dir keine Sorgen.«

»Dir Holzkopf passiert schon nichts, aber pass bloß auf die Erna auf. Dann bis morgen.«

Den Kommissar überraschten Niesbergs Informationen. Er hatte damit gerechnet, dass sich zwei, im besten Fall drei der Passagiere bereits vor dieser Reise gekannt hatten. Aber doppelt so viele innerhalb dieser recht kleinen Gruppe? Das war doch mehr als ungewöhnlich.

»Was ist los, Schack?«

Er umriss in wenigen Sätzen, was ihm der Polizeifotograf mitgeteilt hatte. Erna war nicht minder erstaunt. Sie überlegten, wann und wo der günstigste Zeitpunkt wäre, um Corinne Nimmer mit den gewonnenen Fakten zu konfrontieren. Es gab keine Alternative, als es ihr sofort in ihrer Kabine mitzuteilen. Sie hatten nach der Ermordung Meiers mehrfach an ihre Tür geklopft, aber sie war allem Anschein nach nicht da gewesen. Sie mussten nachsehen, ob Corinne Nimmer womöglich einfach nur die Tür nicht geöffnet hatte. Zudem war nicht ganz auszuschließen, dass ihr etwas zugestoßen war. Kapitän Semmen hatte ihnen den Generalschlüssel übergeben, was man als eine Art Autorisierung betrachten konnte. Eine recht schwache Rechtfertigung, um einfach in Corinne Nimmers Kabine einzudringen, aber vertretbar. Sie gingen auf den Korridor hinaus und klopften lautstark an – keine Reaktion. Als Bekker gerade den Schlüssel aus seiner Hosentasche ziehen wollte, kam jemand den Gang herunter auf sie zu.

Corinne Nimmer

»Suchen Sie etwa mich?«, fragte die schlanke, elegant gekleidete Corinne Nimmer in freundlichem, aber leicht herablassendem Ton. Bekker ignorierte ihre Bemerkung und war froh, den Schlüssel nicht bereits in das Kabinenschloss gesteckt zu haben. Es genügte ihm ein Blick, um zu wissen, dass diese Frau einen Gutteil ihrer Zeit weiße Bälle über grüne Wiesen schlug und den Rest des Tages ansprechende Kleidung für ihr gesellschaftliches Auftreten erwarb. Eine Luxuskröte, dachte er und war dankbar dafür, dass Erna das Gespräch mit der Witwe des Werbeagenturbesitzers suchte.

»Wir kennen uns vom Speisesaal her. Hauptkommissarin Dunst, und das ist mein Kollege Hauptkommissar Bekker. Dürfen wir Sie einen Moment stören? Ich fürchte, es ist unvermeidlich.«

Corinne Nimmer verzichtete darauf, sich ihre Ausweise zeigen zu lassen. Nachdem sie die Kabinentür geöffnet hatte, bat sie die beiden, einzutreten.

»Es ist zwanzig nach sechs. Ich möchte Sie bitten, sich kurz zu fassen. Essenszeit«, war ihre knappe abweisende Einleitung. Sie weiß, wie man sich unbeliebt macht, dachte Bekker.

»Frau Nimmer, könnten wir uns vielleicht einen Moment setzen?«

»Was kann ich also für Sie tun, Frau Kommissarin?«

»Es geht um Ihren verstorbenen Mann«, begann Erna und wartete erst einen Augenblick, obwohl dies kaum nötig gewesen wäre, denn ihre Gastgeberin schien keinesfalls überrascht.

»Um was hätte es sich auch sonst handeln können«, war ihre spitze Antwort.

»Es ist nie leicht so etwas zu sagen, Frau Nimmer, aber ich fürchte, wir haben Beweise dafür, dass Ihr Mann ermordet wurde.«

Der schrille Aufschrei der Frau irritierte Bekker. Sie schien kurz unter Schock zu stehen, doch fing sie sich gleich darauf wieder.

»Wie in aller Welt soll das passiert sein? Ich war doch die ganze Zeit über bei ihm; er ist an Herzversagen gestorben, ausgelöst durch diesen schlimmen Virus. Entschuldigung, dass ich das so deutlich sagen muss, aber Sie reden Unsinn, Frau Kommissarin. Fragen Sie Dr. Mederlich, er hat ja die Todesursache festgestellt.«

»Es steht zweifelsfrei fest, dass Ihr Mann vergiftet wurde«, insistierte Erna freundlich, aber bestimmt.

»Vergiftet? Hier an Bord? Von wem denn, in Gottes Namen? Wollen Sie etwa die Küche beschuldigen?«

»Nein, das will ich nicht. Wir mussten routinemäßig ein paar Gewebeproben untersuchen lassen und da sind wir darauf gestoßen«, log Erna meisterlich. Sie klang absolut überzeugend, fand ihr Kollege.

»Ach, du meine Güte«, waren Corinne Nimmers letzte vernehmbare Worte, dann brach sie in Tränen aus und war über Minuten hin nicht mehr zu beruhigen. Schlimmer noch, sie steigerte sich in einen regelrechten Weinkrampf hinein. Bekker ging los, um Dr. Mederlich zu holen. Der saß schon bei Tisch, was bedeutete, dass der Kommissar ihm die Bitte um Hilfe ins Ohr flüstern musste. Der Schiffsarzt entschuldigte sich bei seinen Tischnachbarn und verließ mit Bekker zusammen den Speisesaal.

»Doktor, wir hatten ja schon mal darüber gesprochen: Es wäre für unsere Nachforschungen von großer Wichtigkeit, dass Sie, sollte Frau Nimmer nachfragen, nichts zu den Untersuchungen an Egon Nimmer wissen. Ich übernehme die Verantwortung, sollte es zu Komplikationen kommen.«

Dr. Mederlich machte einen ausgesprochen besonnenen Eindruck auf den Kommissar und versicherte ihm, dass er mitspielen und seinem Wunsch entsprechen werde. Der Schiffsarzt war bereits zu einem früheren Zeitpunkt von Bekker darüber informiert worden, dass sich der Verdacht auf eine Arsenvergiftung als richtig erwiesen hatte. Sie erreichten Nimmers Kabine und klopften. Erna öffnete ihnen. Beim Eintreten sahen sie Corinne Nimmer, die ihre Hände vors Gesicht gelegt hatte und noch immer weinte. Dr. Mederlich ging zu ihr und sprach auf sie ein. Nach ein paar Minuten hatte sich die Dame einigermaßen gefangen und schien wieder in der Lage zu einem Gespräch.

»Fühlen Sie sich jetzt stark genug, mir ein paar Fragen

zu beantworten?«, nahm Erna das Gespräch wieder auf. Ihre Gastgeberin antwortete mit einem Nicken.

»Danke, Frau Nimmer. Hatte Ihr Mann in der letzten Zeit vor irgendetwas Angst?«

Die Witwe verneinte und berichtete davon, dass sie eine gemeinsame Luxuskreuzfahrt auf dem Nil gebucht hatten. Auch sonst hätten keinerlei Probleme bestanden. Erna entschied, einen versöhnlichen Ton anzuschlagen; damit würde sie am meisten herauskitzeln können. Corinne Nimmer wusste deutlich mehr, als sie vorgab, das spürte die Kommissarin. Dr. Mederlich brachte ihr einen Tee.

»Hatte Ihr Mann Feinde, oder etwas weniger dramatisch ausgedrückt, Konkurrenten, die ihn unter Druck setzten?«

»Also, Sie meinen geschäftlich? Nein, aber ich habe mich auch nie um die Agentur meines Mannes gekümmert. Das war nicht meine Welt.«

Bekker hätte sie gerne gefragt, was denn ihre Welt gewesen war, verkniff sich aber die Bemerkung.

»Man hat Ihren Mann mit Arsen vergiftet, Frau Nimmer. Das Ganze wurde dadurch getarnt, dass die Vergiftung dieselben Symptome aufwies wie eine Erkrankung durch den Norovirus. Ihr Mann wurde vorsätzlich geschwächt, damit er die Viruserkrankung nicht übersteht. Und es wurde alles daran gesetzt, es nach einem natürlichen Tod aussehen zu lassen. Hat er wirklich nie ein Wort darüber gesagt, dass man ihn bedroht oder Druck ihm gegenüber ausgeübt hat? Etwas Anderes, Sie mögen mir es verzeihen, kann ich kaum glauben angesichts der aufwendigen und hinterlistigen Vorgehensweise bei der Tat.«

Corinne Nimmer begann erneut zu schluchzen, doch Dr. Mederlich war gleich zur Stelle und beruhigte sie. Bekker war überzeugt davon, dass diese Frau ihre Emotionen zumindest teilweise spielte und nicht wirklich so erschüttert war, wie sie vorgab. Es kam ihm wie eine perfekte Inszenierung vor. Welche Strategie verfolgte Erna? Sie hatte bislang noch keine unangenehmen Fragen gestellt, schien auf den rechten Moment zu warten. Bekker stand auf und bat Dr. Mederlich, mit ihm nach draußen zu kommen, er müsse ihm etwas zeigen. Die Tür fiel hinter den beiden Männern ins Schloss. Erna Dunst sah Corinne Nimmer an, dass diese Bekkers Absicht verstanden hatte.

»War es das jetzt endlich?«, trat sie die Flucht nach vorne ein.

»Noch nicht ganz. Ich versuche mich kurz zu fassen«, antwortete die Kommissarin und entschied in diesem Moment, mit der Tür ins Haus zu fallen. »Kennen Sie Dr. Nedenkopf, den Chef von ›Nedenkopharm‹? Er ist einer der größten Auftraggeber Ihres Mannes.«

Einen Wimpernschlag lang schien Corinne Nimmer zu erstarren, ließ sich aber nichts anmerken. Sie überlegte ausgedehnt lange.

»Dr. Nedenkopf, sagen Sie. Also, wenn ich mich nicht täusche, sind wir im gleichen Golfclub. Egon kannte ihn wohl recht gut.«

»Sie hatten aber keinen persönlichen Kontakt zu ihm.«

»Ach, wissen Sie, das kann schon sein. Sie machen sich keine Vorstellung davon, wie oft gesellschaftliche Anlässe wahrgenommen werden mussten, und da war unter Garantie auch Dr. Nedenkopf dabei. Aber ich kann Ihnen beileibe nichts Näheres über ihn sagen.«

Natürlich hätte sie das gekonnt, doch das war nicht nötig. Immerhin gab sie zu, ihn zu kennen, auch wenn sie die Bekanntschaft jetzt noch als eine weitläufige abzutun versuchte.

»War Ihnen bekannt, dass es Ihrem Mann gerade erst vor ein paar Tagen gelungen war, sich als Fullservice-Agentur für ›Nedenkopharm‹, das ist das Pharmaunternehmen von Herrn Nedenkopf, gegen die Konkurrenz durchzusetzen? Es existierte bereits eine mündliche Zusage für einen Dreijahresvertrag, der nach der Reise unterschrieben werden sollte.«

»Nein, so etwas interessierte mich nicht.«

Sie lügt, dachte Erna und bohrte weiter. »Aber dass es der Firma Ihres Mannes nicht allzu gut ging die letzte Zeit, das wussten Sie schon?«

»Er hat mir nur gesagt, dass es in der Vergangenheit schon besser gelaufen ist, aber alles kein Problem sei.«

»Kennen Sie übrigens andere Passagiere an Bord?«, wechselte die Kommissarin plötzlich das Thema.

»Entfernt, so wie Sie auch, nehme ich an. Man lernt sich bei einem der Ausflüge, einem Drink an der Bar oder eben am Tisch im Speisesaal kennen.«

Die Kommissarin machte eine Pause, um ihrem Gegenüber die Möglichkeit einzuräumen, sich der verwandtschaftlichen Beziehung zu Thomas Droste zu erinnern, aber Corinne Nimmer schwieg beharrlich.

»Ich bin ein wenig verwundert«, fuhr Erna fort und wartete erneut ab, »dass Sie die familiären Bande zu dem Cousin Ihres Mannes vergessen haben. Er sitzt mit Ihnen am Tisch.«

Die Witwe blieb erstaunlich gelassen, es schien sie nicht im Geringsten zu belasten, dass sie die Unwahrheit gesagt hatte.

»Das ist eine rein private Sache, da sehe ich keinen Zusammenhang zum Tod meines Mannes. Thomas hat sich nach Egons Tod ein wenig um mich gekümmert. Das ist auch einer der Gründe, warum ich noch an Bord bin – geteilter Schmerz ist halber Schmerz, wissen Sie? Und unter Menschen zu sein, kann in einem solchen Moment nur hilfreich sein.«

Erna wurde erstmals ein wenig lauter und kam ein Stück von der Couch hoch: »Das verstehe ich zwar sehr gut, aber Sie sollten sich besser an die Wahrheit halten. Es ist nach wie vor jemand unter uns, der bereits drei Menschen auf dem Gewissen hat. Nach unseren Erkenntnissen hatte der Mörder speziell Ihren Mann im Visier. Ich sage Ihnen das in vollem Ernst: Vielleicht sind Sie die nächste.«

Die Tirade zeigte Wirkung. Corinne Nimmers Fassade war mit einem Mal dahin; die vormals selbstbewusste, fast schon herrisch wirkende Frau wirkte angeschlagen und unsicher. Da wüten mehr als zwei Seelen in der Brust, dachte Erna.

»Morgen wird die Quarantäne aufgehoben, und der

Mörder verlässt dieses Schiff aller Voraussicht nach unbehelligt. Reden Sie endlich: Was wissen Sie über den Tod Ihres Mannes?«

Corinne Nimmer zögerte und knetete nervös ihre Hände, dann gab sie sich einen Ruck. »Egon schien mir tatsächlich etwas verängstigt. Kurz nachdem er die Vereinbarung für diesen lukrativen Vertrag abgeschlossen hatte, war er mit einem Mal verändert. Erst schien alles wunderbar – wir haben diese Kreuzfahrt auf dem Nil gebucht, das wollten wir schon immer einmal machen. Und dann, von einem auf den anderen Tag, war nichts mehr so wie zuvor.«

»Wissen Sie noch, wann das war?«

»Nein, aber ich glaube, er kam gerade von einer Geschäftsreise zurück.«

»Ist es möglich, dass er währenddessen Dr. Nedenkopf getroffen hat?«

»Ich weiß es wirklich nicht.«

»Hatte er Angst vor dieser Schiffsreise?«

»Vordergründig nicht. Der Vorschlag für die Reise kam von mir, damit er auf andere Gedanken kommt. Egon hatte die Idee, seinen Cousin zu fragen, ob er uns begleiten würde. Der Zufall wollte es, dass dieser Zeit hatte und mitkommen konnte. Meinem Mann war so bedeutend wohler zumute.«

Droste hatte Schack wahrscheinlich angelogen mit dieser Geschichte über die nächtlichen Stimmen, dachte Erna. Vielleicht hatte er einen Verdacht in Bezug auf den Tod seines Cousins gehabt und wollte so die Aufmerksamkeit auf die Vorgänge an Bord lenken. Das war aber erst einmal reine Spekulation und später zu klären. Ganz allmählich kommt die Wahrheit ans Licht. Ich muss nur beharrlich sein, entschied sie.

»Sie vertrauen Herrn Droste?«

»Absolut, ohne Wenn und Aber.«

Erna überlegte nur kurz und entschied dann, die Sache zuzuspitzen. »Glauben Sie, dass Dr. Nedenkopf an der Ermordung Ihres Mannes beteiligt gewesen sein könnte?«

Corinne Nimmer wirkte erst verblüfft und dann schockiert, als würde ihr dieser Gedanke zum ersten Mal durch den Kopf gehen und könne durchaus seine Richtigkeit haben.

»Also, ich weiß nicht. Die beiden waren alte Studienkollegen und wir haben uns ab und an privat getroffen.«

»Sie waren demnach doch etwas näher befreundet?«

»Ja, das waren wir«, räumte die Witwe ein.

Sie hat sich mit eingeschlossen, fiel Erna auf. Die alte Frage stellte sich hier wieder einmal: Konnte man zusammen Geschäfte machen und miteinander befreundet sein? Die Kommissarin hatte ihre Zweifel. Was war das für ein Verhältnis zwischen Nedenkopf und den Nimmers? Und wem diente es mehr? Heute wohl eher den Nimmers, aber war das immer so gewesen? Wenn Schacks Folgerung stimmte und Erpressung das Mordmotiv war, dann musste der Werber etwas gegen seinen Freund aus Studientagen in der Hand gehabt haben. Was aber konnte das sein? Darüber zu spekulieren, war müßig, sie mussten dafür die Vergangenheit der beiden unter die Lupe nehmen. Diese Frau wusste ganz sicher etwas darüber, auch wenn sie vielleicht keine Einzelheiten kannte. In jedem Fall ergaben die unterschiedlichen Mosaiksteine mit einem Mal ein recht schlüssiges Bild.

Und doch war es fast zum Verrücktwerden, denn sie kannten zwar die Gründe für und die Abläufe der Morde, doch den oder die Täter hatten sie bislang nicht ermitteln können. Es klopfte. Corinne Nimmer stand auf und öffnete die Tür, Bekker betrat wieder das Zimmer.

»Dr. Mederlich musste zurück zum Krankenzimmer, er lässt sich entschuldigen. Was halten die Damen davon, wenn wir essen gehen? Es ist schon Viertel vor sieben.«

Erna sah ihn entgeistert an, doch ihr Kollege hatte diesen überzeugten Blick, das Richtige zu tun, weshalb sie einlenkte.

»Guter Vorschlag. Ich denke, wir sollten das Gespräch erst einmal beenden. Vielen Dank.«

»Ich würde mich gerne noch umziehen und frisch machen«, bemerkte Corinne Nimmer und verschwand umgehend im Bad, ohne die beiden Ermittler zur Tür zu begleiten, was ihren offenkundigen Ärger über die Befragung demonstrierte. Als Erna zusammen mit Bekker ihre Kabine erreicht und die Tür hinter ihnen geschlossen hatte, sagte sie nur: »Ich höre, Schack?«

»Es gibt nur eine Möglichkeit herauszufinden, was sie wirklich weiß, und dazu muss ich während des Essens ihr Zimmer durchsuchen.«

»Sie hängt mit drin und das, was Droste dir da aufgetischt hat, ist ohne jeden Zweifel gelogen.« Erna berichtete in kurzen Worten über das Gespräch. »Ich bin nach dieser Befragung ziemlich sicher, dass sich die Tatbeteiligten immer stärker in Widersprüche verwickeln werden. Die Frage ist, ob uns genug Zeit bleibt. Wir sollten es so versuchen, wie du vorgeschlagen hast.«

»Nachdem wir die Informationen über Egon Nimmers Ermordung zurückgehalten haben, wäre das dann unser zweites Kavaliersdelikt in weniger als 72 Stunden«, sagte Bekker und lachte. »Am besten gehst du vor in den Speisesaal und gibst mir ein Zeichen, wenn sie schon da sein sollte.«

»Bin gleich soweit«, mit diesen Worten war Erna ins Bad geschlüpft und kam wenig später wieder ins Zimmer zurück.

»Du siehst scharf aus«, sagte Bekker und korrigierte sich »nein, ich meine natürlich hinreißend.«

»Mir gefällt scharf, Schack. Komm, lass uns dieses aufgetakelte Huhn rupfen.«

Sie verließen die Kabine und gingen in Richtung Speisesaal. Bekker blieb im Vorraum stehen, damit man ihn von drinnen nicht entdecken konnte und sah Erna nach, die auf dem Weg zu ihrem Tisch nicht stehenblieb, was bedeutete, dass Corinne Nimmer bereits Platz genommen hatte. Er eilte zurück zur Kabine der Nimmers und schloss auf. Nicht länger als fünf Minuten, sagte er sich. Da er seit Jahren keine Uhr trug, verfügte er über ein hervorragendes Zeitgefühl. Schon beim Eintreten hatte er sich Handschuhe übergestreift und begann mit der Suche. Zuerst inspizierte er Bad und Sitzgruppenbereich, dann die Schlafecke mit den Einbauschränken. Die Kontrolle der Schubladen blieb ergebnislos. Auch im Schrank selbst war nichts von Interesse. Er zog die beiden Koffer hervor, öffnete sie und überprüfte jede Innen- und Außentasche, doch auch hier fand er nichts Auffälliges. Er räumte die Koffer zurück in den Schrank. Die eingeplante Zeit war so gut wie abgelaufen und ihm war nicht das kleinste Indiz aufgefallen.

Der Kommissar hielt inne und versuchte, sich zu konzentrieren. Was genau suchte er eigentlich? Er musste besonnener vorgehen, klarer denken, um den einen Hinweis zu finden, der ihre Recherchen den entscheidenden Schritt voranbringen würde. Bekker sah sich um, sein Blick blieb an Nimmers Nachttischschublade hängen. Im nächsten Moment stand er davor und zog sie auf. Die fünf Minuten waren verstrichen. Na gut, dann werde ich eben strafversetzt, Landkommissar Bekker. Er musste trotz der Zeitnot grinsen. Ein paar Briefe und Notizen fielen ihm auf. Er griff die Bögen und fing an, sie zu überfliegen. Nichts, nichts, da auch nichts. Und was war das? Ein abgerissenes Blatt Papier. Er warf einen schnellen Blick darauf, wollte es schon zurück in die Schublade legen, als ihm etwas ins Auge fiel. Der Kommissar überlegte nicht lange und steckte das Papier ein. Er sah in Windeseile die restlichen Blätter durch und schloss die Schublade. Er war auf dem Weg zur Tür, als jemand den Schlüssel ins Schloss steckte. Bekker blieb wie angewurzelt stehen, überwand seine Panik und kalkulierte in einer Geschwindigkeit, die ihn selbst überraschte, seine Optionen. Im nächsten Moment war er hinter einem der Vorhänge verschwunden und hörte, wie die Tür aufschwang und wieder geschlossen wurde. Bekkers Blut pulsierte in seinem Kopf. Die unbekannte Person ließ den Schlüssel auf den Tisch fallen und ging in den Schlafbereich. Wenn jetzt entdeckt wurde, dass der Zettel fehlte, würde die Sache heikel werden. Du Schwachkopf hättest ihn lesen und wieder zurücklegen sollen, sagte er sich.

Bekker hörte, wie Schubladen und Schränke geöffnet wurden; offensichtlich suchte jemand etwas. Handelte es sich um den Mörder? Wahrscheinlich. Der oder die Unbekannte war weiterhin in der Schlafnische zugange. Bekker hörte, wie Blätter durchgesehen wurden – jetzt bot sich womöglich die einzige Gelegenheit, um zu verschwinden. Er glitt hinter dem Vorhang hervor, erreichte die Tür, die er mit einer schnellen Bewegung öffnete und wieder schloss. Der Kommissar hastete den Gang entlang und erreichte kurz darauf seine Kabine, wo er das Blatt hervorkramte, auf dem nur wenige, in Druckbuchstaben geschriebene Worte standen. Beim Lesen brummte er »Ach, du Scheiße«. Es war eine Drohung, wahrscheinlich an Egon Nimmer gerichtet: »Wer mit dem Feuer spielt, kann sich verbrennen. Vorsicht vor dem Wolf.« Der Wolf war ohne Zweifel der von Meier in dessen Notizbuch beschriebene Wolf im Schafspelz. Er steckte das Blatt ein, öffnete die Tür erst nur einen Spalt und war im nächsten Augenblick wieder auf dem Gang.

Der Kommissar entschuldigte sich wortgewandt, als er endlich am Tisch im Speisesaal Platz nahm. Der bohrende Blick von Corinne Nimmer entging ihm natürlich nicht, doch er ließ sich nichts anmerken.

Das Gespräch kreiste um das Gerücht, dass am morgigen Tag endlich die Quarantäne aufgehoben würde. Erna bestätigte, dass es dahingehende Überlegungen gäbe, doch sei noch nichts abschließend entschieden. Bekker signalisierte, froh zu sein, endlich von dieser Konservenbüchse herunterzukommen – mit seinen Gedanken war er jedoch ganz woanders. Die schriftliche Drohung war ein klarer Hinweis darauf, dass seine Erpressungstheorie stimmte. Es schien ihm eindeutig, dass nur Nedenkopf der Auftraggeber sein konnte, doch ob man dem Chef von »Nedenkopharm« dies würde nachweisen können, bezweifelte er. Allerdings war der Einsatz des Virus und des Arsens ein deutliches Indiz für die Verwicklung des Pharmaunternehmens in den Fall. Nur, wer war die Kontaktperson auf dem Schiff?

»Herr Kommissar, wie schätzen Sie die Chance ein, die Morde bis zum Ende der Quarantäne aufzuklären? Diese Frage beschäftigte Laura Sick offensichtlich sehr. Sie besaß den typischen Tonfall von selbstgefälliger Zufriedenheit eines saturierten Geldmenschen, fand Bekker. Ihre Sorge galt scheinbar der öffentlichen, eigentlich jedoch nur ihrer privaten Ordnung und Sicherheit. Bekker hätte die Steuerfachgehilfin am liebsten angeschnauzt, sie solle ihm einfach nur verraten, wer der Wolf im Schafspelz sei, dann würde er die Frage beantworten. Womöglich war es ihr Mann, dachte er und musste unwillkürlich grinsen, als er sich Günther Sick, den schlaksigen, kalkulierten Kopfmenschen, als Wolf vorstellte. Ein Wolf mit Rechenschieber und Dreiteiler, warum eigentlich nicht?

»Ist meine Frage etwa unpassend?«, wollte Laura Sick wissen, da sie den Ausdruck in Bekkers Gesicht nicht einzuordnen verstand.

»Nein, überhaupt nicht«, beeilte sich dieser zu sagen und fügte hinzu: »Ich denke nicht, dass wir die Fälle bis morgen Mittag aufgeklärt haben.«

Wenn Corinne Nimmer in den Fall verwickelt sein sollte, würde sie diese Bemerkung erst einmal in Sicherheit wiegen. Amelie Mehrbrand schaltete sich ein: »Diese Morde sind kaum zu fassen. Gibt es denn wenigstens einen Hinweis, warum die beiden Männer ermordet wurden?«

»Wir tappen leider immer noch im Dunkeln«, ließ Erna sie wissen. Die Kommissarin hatte Schacks Winkelzug verstanden und spielte mit. Wenn Corinne Nimmer jetzt nicht einwarf, dass ihr Mann ebenfalls getötet worden war, würde sie auch weiterhin nichts darüber verlauten lassen. Obwohl sich jeder wieder seinem Teller widmete, herrschte mit einem Mal eine ungeheure Spannung. Etwas stand wie unausgesprochen im Raum und war nicht recht zu greifen, doch war Erna jetzt überzeugt davon, dass nicht nur Corinne Nimmer von der Ermordung ihres Mannes wusste. Auch Bekker spürte die Spannung, die ihn zu einer außergewöhnlichen Entscheidung anstachelte. Einen Moment wollte er noch warten, die Anwesenden im Unklaren lassen – dann jedoch sollte die Bombe platzen und er würde auf den

Wolf im Schafspelz und ihren eigentlichen Trumpf, das Notizbuch, zu sprechen kommen. Der Kommissar beobachtete scheinbar desinteressiert die Tischgesellschaft, war aber ganz im Gegenteil völlig darauf konzentriert, dass niemand etwas vor ihm in die Runde warf und so die zum Zerreißen gespannte Atmosphäre zerstörte. Er sah im Augenwinkel, dass Laura Sick ihre Gabel zur Seite legte und zum Sprechen ansetzte.

»Da gibt es noch etwas, das ich vergessen habe, Ihnen mitzuteilen …«, kam er ihr zuvor. Er ließ sich Zeit mit dem Weitersprechen, dehnte die Pause so lange wie möglich und schloss schließlich an: »Der Mörder von Thorsten Bellroth und Olaf Meier ist der Wolf im Schafspelz. Wir haben ein Notizbuch in den Unterlagen von Herrn Meier gefunden, in dem das und noch einiges Andere steht.«

Damit signalisierte der Kommissar dem Täter oder möglichen Komplizen, dass seine Kollegin und er mehr über die Vorgänge an Bord wussten, als sie bis dato preisgegeben hatten. Mit einem Mal stand die Frage im Raum, ob nicht schon ein konkreter Verdacht gegen jemanden bestand. Bekker war überzeugt davon, dass eine Reaktion ihrer Gegenspieler nicht mehr lange auf sich warten lassen würde. Dass sie dramatischer ausfallen sollte als alles, was er sich gerade vorstellte, konnte er in diesem Augenblick noch nicht ahnen.

Auf seine Bemerkung hin sprach erst einmal niemand ein Wort. Als die Teller abgeräumt wurden, sah der Kellner erstaunt in die Runde, enthielt sich aber eines Kommentars. Schließlich war es Amelie Mehrbrand, die die Stimmung ein wenig aufzulockern versuchte: »Versuchen wir es doch ein wenig positiv zu betrachten, die Reise endet morgen endlich. Ob ich dann noch einmal eine Kreuzfahrt machen werde, wage ich zu bezweifeln.« Der Investmentbanker Sick schaltete sich ins Gespräch ein. »Das hier ist doch eine einmalige Sache gewesen. So etwas gibt es sonst nur in Romanen.«

Die Stimmung der Tischgesellschaft begann sich ganz allmählich zu heben. Beim abschließenden Kaffee war die Atmosphäre fast wieder normal, ein Außenstehender hätte kaum angenommen, dass kurz zuvor noch betretenes Schweigen geherrscht hatte. Weitere zehn Minuten später begann sich die Gruppe aufzulösen. Die Sicks wollten noch aufs Sonnendeck und Thomas Droste hatte vor, an der Bar einen Drink zu nehmen. Amelie Mehrbrand entschied, sich ein paar Minuten hinzulegen, sie habe zwar Kopfschmerzen, wolle aber unbedingt später auf ein Getränk an die Bar kommen. Corinne Nimmer bestellte einen weiteren Kaffee und saß mit versteinerter Miene da. Erna und Bekker verabschiedeten sich von ihr, bekamen aber nur ein kurzes Nicken als Antwort. Bekkers Frage, ob während seiner Abwesenheit jemand den Speisesaal verlassen oder betreten hatte, konnte seine Kollegin nicht beantworten. Sie zogen sich in Ernas Kabine zurück und beratschlagten, wie weiter vorzugehen war.

»Wir können unmöglich alle Passagiere im Auge behalten, aber es gibt eine Person an Bord, von der wir wissen, dass sie mehr Informationen hat, als sie offenlegt«, umriss Erna die Situation.

»Du meinst Corinne Nimmer. Dann sollten wir auf jeden Fall in ihrer Nähe bleiben. Wir können ja die Unterlagen mitnehmen und in Olaf Meiers Kabine Quartier beziehen. Also zumindest du. Ich laufe nochmal die Decks ab und habe ein Auge auf die Bar. Da wollten der Droste und später die Mehrbrand noch hin.«

»Hört sich gut an, Schack. Lass uns gehen. Wir müssen nur aufpassen, dass uns niemand sieht, wenn ich in Meiers Kabine verschwinde.«

»Das klappt schon«, bestärkte sie ihr Kollege.

Es ging auf Viertel vor zehn zu, als sich Erna in der Kabine des Apothekers verschanzt hatte und Bekker auf dem Sonnendeck angelangt war. Der Kommissar setzte sich auf eine der Bänke am Heck des Schiffs und beobachtete die Szene vor sich. Wie jeden Abend spielten die drei alten Damen Canasta. Handelte es sich bei ihnen um die drei Grazien oder die drei Parzen – Anmut oder Schicksal?, fragte sich Bekker und musste bei ihrem Anblick schmunzeln. »Schicksal«, murmelte er, denn Gundula Steinert hatte ihm in einem Nebensatz den vielleicht entscheidenden Hinweis geliefert. Außerdem saß ganz in der Nähe noch das Ehepaar Simmt bei einem Glas Rotwein. Eine Gruppe von Passagieren, die Bekker nur vom Sehen kannte, stand Backbord an der Reling und unterhielt sich angeregt. Er erhob sich und spazierte zu Deck 3, wo er erst noch einmal einen Blick in den Speisesaal warf und feststellte, dass auch Corinne Nimmer inzwischen gegangen war. Die Kaffeetasse stand noch an ihrem Platz, vermutlich war sie noch nicht lange weg. Dann ging Bekker zur Bar. Einige Passagiere nahmen dort einen Absacker; sicherlich auch deswegen, weil sich am morgigen Tag die Wege vieler Fahrgäste trennen würden. Der Kommissar bestellte einen Gin Tonic und setzte sich an einen der freien Tische im hinteren Teil des Raums. Er hielt Ausschau nach bekannten Gesichtern und erkannte Thomas Droste in der Nähe des Tresens mit einem Weizenbier in der Hand.

Er stand auf und ging zu ihm.

»Herr Droste, kommen Sie bitte mit. Wir müssen uns nochmal unterhalten.«

Der wenig freundliche Tonfall des Kommissars signalisierte dem Anwalt deutlich, dass dieses Gespräch nicht so angenehm verlaufen würde wie beim letzten Zusammentreffen. Sein Versuch, die Stimmung etwas aufzulockern, beendete sein Gegenüber mit einem unmissverständlichen »Nicht jetzt«. Sie setzten sich an einen Tisch; es war kein anderer Passagier in der

Nähe. Bekker verzichtete auf jegliches Vorgeplänkel und kam direkt zur Sache.

»Haben Sie etwas mit der Ermordung Ihres Cousins zu tun?«

Dem Anwalt stand das pure Entsetzen ins Gesicht geschrieben: »Gott bewahre, nein!«

»Warum haben Sie mich dann belogen?«, fragte der Kommissar eindringlich.

»Ich, es, … ich wusste mir nicht anders zu helfen, um Ihre Aufmerksamkeit zu wecken. Etwas an Bord stimmte nicht, konnte einfach nicht stimmen. Dieser Virus-Ausbruch und dann der völlig unerwartete Tod von Egon, und beides so schnell hintereinander. Also, das passte einfach nicht. Sie müssen mir glauben, ich weiß wirklich nicht mehr als das, was ich Ihnen jetzt sage.«

Etwas irritierte Bekker – Droste mochte ein gewiefter Anwalt sein, aber seine Augen verrieten Unsicherheit.

»Und Sie verschweigen mir nichts? Ich rate Ihnen, keine Spielchen zu treiben. An Bord ist ein Killer unterwegs, und wenn der herausbekommen sollte, was Sie wissen, sind Sie sein nächstes Opfer.«

»Ich schwöre Ihnen, dass ich nicht mehr weiß.«

Bekker sah Droste erneut in die Augen. Dieser Mann war aufgewühlt und ängstlich; nein, der hatte mit der Sache nichts zu tun. Sie würden ihn natürlich weiter beobachten, aber damit hatte es sich dann auch.

»Ist in Ordnung, Sie können gehen, Herr Droste.«

Der Anwalt stand auf und nickte Bekker noch einmal zu, als würde er ihm versichern wollen, dass er die

Wahrheit gesagt habe. Der Kommissar nickte ebenfalls kurz und Droste ging zurück an die Bar.

Was hatte der Täter vor? Er musste befürchten, dass sein Kopf in der Schlinge steckte, da Meier ihn in seinem Notizbuch erwähnt hatte. Er konnte ja nicht wissen, dass Erna und er die Bezeichnung »Wolf im Schafspelz« noch nicht entschlüsselt hatten. Bald würde etwas passieren, darüber konnte kein Zweifel bestehen. Nur, was? Auf diese Frage hatte Bekker keine Antwort. Der Gin Tonic wurde serviert, er unterschrieb die Rechnung und beobachtete weiter den Raum vor sich. War Droste mit jemandem verabredet? Der Anwalt saß einfach nur da und trank sein Weizen. Es wirkte geradezu unnatürlich normal. Der Kommissar wartete darauf, dass Amelie Mehrbrand auftauchte. Die Schwedin hatte sich ja erst ein wenig ausruhen wollen, bevor sie die Bar aufsuchte; immerhin hatte sie mit Olaf Meier eine Zeitlang studiert. War dies womöglich eine tödliche Verbindung gewesen?

Niemand hatte Erna in Meiers Kabine verschwinden sehen. Sie hatten ausgemacht, sich per Kurznachricht zu verständigen, wenn etwas passieren würde. Die Kommissarin hatte sich neben der Tür platziert und diese angelehnt. Bislang war es ruhig, niemand war im Gang aufgetaucht. Da die Kabinen am Ende des Korridors lagen, war dies auch nicht verwunderlich. Schacks Finte mit dem Notizbuch war brillant gewesen; und selbst wenn der Täter am Tisch von Bellroth und den drei alten Damen gesessen hatte, war er sicherlich schon über die aktuelle Situation unterrichtet worden, denn dass er einen Komplizen hatte, schien sicher. Wer nur war dieser Wolf im Schafspelz? Es musste jemand sein, der vollkommen anders wirkte, als er wirklich war. Die Kommissarin drückte die Tür ein kleines Stück weiter auf und spähte hinaus. Es war niemand zu sehen. Doch der Unbekannte, der den Flur entlang schlich, kam immer näher.

Wohl war ihm nicht, seine Kollegin alleine zu lassen, aber sie mussten versuchen, an allen Fronten Informationen zu sammeln. Bekkers Telefon klingelte, es war Niesberg.

»Grüß dich, Schack. Wie läufts denn bei euch? Kriegt ihr ihn dran?«

»Kann ich noch nicht sagen, Werner. Wir liegen auf der Lauer und warten ab. Das Problem ist, dass wir nicht wissen, was er vorhat.«

»Soll ich vorbeikommen? Mir wird zwar schlecht bei dem Gedanken, aber ich könnte mit dem Ruderboot von meinem Schwager anrücken, so sieht mich niemand. Es liegt im Winterhafen. Vom Anlegemanöver her wäre es keine allzu große Sache, denn es geht ja stromabwärts.«

»Das ist 'ne richtig gute Idee, Werner. Am besten landest du in der Nähe des Bugs auf der Backbord-Seite an, also weg vom Ufer. Ich helfe dir dann aufs Schiff. Und Werner, vergiss deine Pistole nicht.«

Niesberg pfiff durch die Zähne, darum hatte Schack ihn noch nie gebeten. Dass er überhaupt eine Waffe besaß, war ohnehin nur einem besonderen Umstand aus früheren Zeiten geschuldet. Er überlegte kurz, wo er sie hatte – im Nachtschränkchen neben dem Bett, unter den Büchern.

»Ich rufe dich an, wenn ich im Winterhafen bin. Dann brauche ich vielleicht noch 15 Minuten. Rechne mal von jetzt ab mit einer guten halben Stunde, bis ich die Büchse der Pandora erreicht habe.«

»Zu deiner Beruhigung, der Rhein liegt ganz ruhig da. Und danke, dass du kommst.«

Sie beendeten das Gespräch. Bekker sah Dirk Krude in die Bar kommen. Der Installateur holte sich an der Theke einen Kaffee und setzte sich zum Erstaunen des Kommissars neben Thomas Droste. Die beiden redeten angeregt und vertraulich miteinander, denn sie hatten die Köpfe zusammengesteckt. Amelie Mehrbrand war noch immer nicht da, mittlerweile war es kurz vor halb elf. Aber vielleicht geschah jetzt auch gar nichts und der Täter verhielt sich still, um morgen um die Mittagszeit mit den anderen Passagieren unbehelligt das Schiff zu verlassen. Nein, das entsprach nicht seinem bisherigen Verhaltensmuster. Meiers Notizbuch war die unbekannte Größe in diesem Nervenkrieg. Bekker sah auf sein Handy, noch immer gab es keine Neuigkeiten von Erna. Was führte der Täter im Schilde? »Nichts Gutes«, sagte er leise vor sich hin, »nichts Gutes.«

Erna öffnete die Kabinentür noch einen Spalt weiter, denn sie glaubte ein Rascheln gehört zu haben. Plötzlich wurde die Tür mit enormer Wucht nach innen gestoßen und traf die Kommissarin mit der Türkante an der Schläfe. Einen hellen Blitz und Sterne nahm sie noch wahr, dann fiel sie in eine tiefe Dunkelheit.

Bekker wusste einfach nicht weiter. Dass nichts geschah und auch Amelie Mehrbrand nicht auftauchte, verwunderte ihn. Er war fest davon ausgegangen, dass sie noch vorbeikommen würde; auch nach dem, wie Erna sie beschrieben hatte. Etwas stimmte nicht; was es war, konnte er nicht sagen, aber sein Instinkt hatte ihn noch selten getäuscht. Das Telefon klingelte. Es war Niesberg, der ankündigte, in zehn Minuten das Schiff zu erreichen. »Ich bin dann da, Werner«, versprach Bekker und legte auf.

Es war stockdunkel, ihre Beine und Arme waren gefesselt; außerdem hatte sie einen Knebel im Mund. Ihr Kopf dröhnte und sie schmeckte Blut im Rachen. Wie hatte das nur passieren können? Erna überlegte, ob sie vielleicht einen Fehler gemacht, sich ungeschickt verhalten hatte. Die Kommissarin konnte sich zwar nicht bewegen, war aber immerhin noch am Leben. Sie hatte nicht gesehen, wer ihr die Tür ins Gesicht geschlagen und sie ausgeknockt hatte. Vor Wut und Scham hätte sie am liebsten losgeheult. Eines war klar: Wenn es ihr nicht gelang, sich zu befreien oder sie gefunden wurde, war es ihr Ende. Schack hatte die Finte mit Meiers Notizen etwas zu überzeugend präsentiert. Eine Sache wollte Erna nicht einleuchten: Woher hatte der Täter gewusst, dass sie sich in ebendieser Kabine aufhielt?

Wieder überkam sie eine ungeheure Wut, auf sich, den Unbekannten, auf die ganze Situation. Sie versuchte, ihre Fesseln zu lockern, sich zu bewegen, aber es war hoffnungslos. Die Schnüre schnitten noch tiefer ins Fleisch, der Schmerz war kaum zu ertragen. Erschöpft blieb sie liegen.

Bekker trank den letzten Schluck Gin Tonic und machte sich auf, um Niesberg zu treffen. Als er den Tisch von Droste und Krude passierte, grüßte er kurz. An der Bugspitze angekommen, kontrollierte der Kommissar erneut sein Handy, wieder ohne Erfolg. Mit einem Mal hörte er, wie jemand mit gesenkter Stimme »Schack« rief. Dann noch einmal. Das musste Niesberg sein. Er blickte hinaus aufs Wasser und sah den Polizeifotografen in einem kleinen Boot, das einer Nussschale glich, auf die »Pandora« zusteuern. Wäre die Situation nicht so angespannt gewesen, hätte Bekker von Herzen lachen müssen. Es gelang ihnen mit Hilfe eines Seils, das der Kommissar Niesberg zuwarf, das Boot auf der Backbordseite festzumachen und den Fotograf mit einiger Mühe an Bord zu hieven. Schack umarmte seinen Freund, was diesem deutlich signalisierte, wie ernst die Lage war.

»Wir sollten erst einmal zu Erna gehen und unser weiteres Vorgehen mit ihr abstimmen«, schlug Bekker vor. Niesberg nickte und folgte ihm kommentarlos. Schon auf der Treppe befiel den Kommissar dieses ungute Gefühl, doch konnte er sich beim besten Willen nicht vorstellen, was passiert sein sollte. Schnellen Schritts eilten die beiden den Gang zu Olaf Meiers

Kabine entlang. Bekker bemerkte die verriegelte Tür und rüttelte daran. Etwas lief schrecklich falsch. Der Polizeifotograf drängte ihn zur Seite und warf sich dagegen. Sein Freund wollte ihn aufhalten, ihm signalisieren, dass er einen Schlüssel habe, doch Niesberg stürmte erneut gegen die Tür, die beim zweitem Mal aufbrach. Der Fotograf stürzte in die Kabine. Bekker versuchte das Licht einzuschalten, doch es funktionierte nicht. Jemand stieß ihn von hinten in die Dunkelheit – dann fiel etwas auf den Kabinenboden, rollte ein Stück und die Tür wurde zugezogen.

Bekker versuchte sich zu orientieren, kam auf die Knie, doch just in diesem Moment zuckte ein greller Blitz durch den Raum. Der Kommissar musste sich des hellen Lichts wegen die Hand vor Augen halten. In der Kabine begann es zu brennen; das Feuer breitete sich schnell aus und es wurde immer wärmer. Bekker war wie erstarrt, doch Niesberg bewegte sich erstaunlich flink auf den Brandherd zu und versuchte, die Flammen mit der Bettdecke zu ersticken. Endlich löste sich auch der Kommissar aus seiner Starre und kam dem Fotografen zu Hilfe. Wenig später hatte der Schrecken ein Ende. Wo war Erna? Er fing an zu husten, hielt sich den Arm vor Mund und Nase; die zunehmende Rauchentwicklung trübte sein Bewusstsein. Warum ging dieser verdammte Rauchmelder nicht an? Wieder war es Niesberg, der gedankenschnell reagierte, die Tür zum Gang aufriss und nach Luft schnappend in sich zusammensackte. In diesem Moment ertönte der Rauchmelder im Flur.

Bekker öffnete mit letzter Kraft die Fenstertür; kurze Zeit später war der Alptraum vorüber, mehrere Passagiere, wie auch Kapitän Semmen sowie der 1. Offizier Silberstein waren zu Hilfe geeilt. Der Alarm des Rauchmelders im Flur wurde abgeschaltet, doch all dies kümmerte den Kommissar in keiner Weise. Wo war Erna? Der Schrank! Dort lag seine Kollegin, verschnürt wie ein Paket, mit einem Knebel im Mund. Bekker zerrte den Stoff heraus und rief Semmen zu, er solle sofort Dr. Mederlich holen lassen. Mit Silbersteins Hilfe gelang es ihnen, die bewusstlose Kommissarin zu befreien, aus der Kabine herauszuschaffen und im Gang auf den Boden zu legen. Die umstehenden Passagiere wie auch die Bewohner der benachbarten Kabinen wurden gebeten, den Korridor zu verlassen. Bekker beatmete Erna Mund zu Mund, dann war der Arzt zur Stelle und kümmerte sich um alles Weitere. Niesberg saß inzwischen mit dem Rücken an die Wand gelehnt da. Ein Mitglied der Besatzung hatte ihm zwei Kühlpads gegeben, um sein Gesicht und die rechte Schulter zu kühlen.

»Das kann doch alles nicht wahr sein, Schack. Jemand hatte sogar den Rauchmelder in der Kabine ausgeschaltet«, ächzte er. Bekker setzte sich neben ihn und flüsterte: »Das ist ganz wesentlich, Werner. Ein absoluter Profi. Ich weiß jetzt endlich, was ich die ganze Zeit übersehen habe. Es dauert nicht mehr lange, dann schnappen wir uns dieses Arschloch.«

»Du bist dir sicher?«

Der Kommissar nickte entschlossen. Kapitän Semmen hielt den beiden Wasserflaschen hin.

»Hoffentlich bekomme ich den Mund weit genug auf«, stöhnte Niesberg mit gequältem Lächeln.

Die beiden saßen da und beobachteten, wie Dr. Mederlich ihre Kollegin versorgte. Sie war wieder bei Bewusstsein, doch ihre Augen waren noch recht schmal. Bekker hätte sich am liebsten geohrfeigt. Seine Gedanken kreisten um den Täter, dieses Mal bestimmte er die Spielregeln. Niesberg trank einen großen Schluck, Bekker tat es ihm nach. Es würde nicht einfach werden, diesen Mann zu überführen – ein schneller, kühl rechnender Profi. Er fragte Semmen nach einem Computer. Dieses Mal würde er vorbereitet sein.

Das Endspiel

Bekker hatte intensiv recherchiert. Gemeinsam mit dem Kollegen Denne, der ihn vom Präsidium aus unterstützt hatte, war es ihm gelungen, an wesentliche Informationen heranzukommen. Mittlerweile war es zwanzig Minuten vor Mitternacht. Der anfängliche Aufruhr wich immer mehr einem kollektiven Aufatmen, denn ein Schiffsbrand hätte zu einer Katastrophe führen können. Erna lag im Krankenzimmer des Schiffes, beaufsichtigt von Dr. Mederlich und einem Besatzungsmitglied. Der Raum war verriegelt worden und durfte nur im Notfall und nach vorheriger Absprache mit dem Kommissar geöffnet werden. Diese Instruktion war unter allen Umständen einzuhalten.

Auch Niesberg hatte seine Kollegin begleitet und sich dann an die Bar gesetzt, Bekker war einige Zeit später gefolgt. Für die Außenstehenden sollte es so aussehen, als sei der Polizeieinsatz für diese Nacht beendet.

»Du weißt also, was zu tun ist, Schack?«, fragte Niesberg seinen Freund leise.

»Ja, ich weiß es.«

»Gut, dann lass uns jetzt nicht länger warten und zuschlagen.«

Bekker sah auf die Uhr. »Noch nicht. Die Sache ist nicht ganz so einfach. Um halb eins ist der richtige Zeitpunkt. Vertrau mir.«

»Kannst du mir nicht mehr verraten?«

»Es würde nichts helfen, ganz im Gegenteil. Du wirst schon sehen, was ich meine. Du hast deine Pistole?«

»Hatten wir doch so ausgemacht.«

Bekker sah seinen Freund und Kollegen lange an und klopfte ihm auf die Schulter: »Danke, Werner. Das war wirklich fabelhaft von dir, also, wie du uns da rausgehauen hast.«

»Ich hätte vielleicht nicht gleich die Tür einrennen müssen«, bemerkte der Fotograf lachend, was ihm sichtlich Schmerzen bereitete wegen des Hämatoms im Gesicht. Er hatte ein weiteres Kühlpad abgelehnt, sein Gesicht würde in ein paar Tagen ohnehin wie ein Regenbogen aussehen. »Ich hoffe nur, dass Erna keine größeren Blessuren davongetragen hat, Schack.«

»Es ging ihr zum Glück schon wieder erstaunlich gut, als ich mich von ihr im Krankenzimmer verabschiedet habe.«

»Du denkst, dass der Täter noch eine Attacke wagen wird?«, wechselte der Fotograf das Thema.

»Er hat nur noch heute Nacht. Ich weiß aber eins, Werner. Dieses Mal bin ich schneller. Der Wolf im Schafspelz, was bin ich so blind gewesen, ach, Scheiße.«

Niesberg kannte seinen Freund, was bedeutete, dass er ihm jetzt keine Fragen mehr stellte. Sie würden noch ein Weilchen herumsitzen und ein weiteres

Bierchen trinken. Irgendwann würden sie dann zum Angriff übergehen. Der Wolf im Schafspelz, woran erinnerte ihn das? Der Polizeifotograf war sich sicher, dass er selbst bei seinen Nachforschungen eine ähnliche Assoziation gehabt hatte. Nur wann und vor allem warum? Wenn ihm doch nur der Grund dafür wieder einfallen würde.

Bekker sah zu Niesberg und deutete auf sein Bierglas. Sie bestellten noch eine Runde und schwiegen weiterhin beharrlich. Das beinahe tödliche Szenario vorhin war dem Kommissar noch deutlich vor Augen. Dazu die Sache mit Erna; erst war es nach all den Jahren zu dieser Explosion an Gefühlen zwischen ihnen gekommen, und jetzt war sie nur dank Niesbergs entschlossenem Handeln dem Tod entronnen. Wieder legte er seinem Freund die Hand auf die Schulter. Der sah ihn an und nickte kurz, dann huschte ein leichtes Lächeln über sein Gesicht. Die Uhr über der Theke zeigte zehn Minuten nach Mitternacht. Bekker ging noch einmal den Stand der Ermittlung durch: Nedenkopf war von Nimmer erpresst worden, alles deutete darauf hin. Vermutlich hatte der Werber das Unternehmen über Jahre hinweg unter Druck gesetzt; »Nedenkopharm« hatte nach der Aussage von Schlemm schon des Öfteren mit der Agentur kleinere Projekte realisiert. Nur dieses Mal schien Nimmers Forderung jedes vertretbare Maß überschritten zu haben. Die Vermarktung des Pharmaunternehmens durch die Werbeagentur war eine Sache, aber hatte sich Nimmer damit begnügt? Wenn man den Bogen einmal richtig überspannt, dann reißt er, dachte Bekker. Nedenkopf schien nach Jahren der Erpressung durch Nimmer die Konsequenz gezogen und entschieden zu haben, dass es langte und sein ehemaliger Studienfreund aus dem Weg geräumt werden musste. Und zwar so, dass es nach einem natürlichen Tod aussah. Dazu brauchte es einen Verbündeten an Bord, um diesen komplizierten, aber wenn erfolgreich durchgeführt, genialen Plan in die Tat umzusetzen; nämlich Nimmer zu töten, indem man die Wirkung des Norovirus mit der von Arsen kombinierte. Niesberg unterbrach Bekkers Gedanken: »Schack, bedeutet warten jetzt nicht ein zu hohes Risiko? Wenn du doch die Person kennst, die die Fäden in der Hand hält, sollten wir sie umgehend festnehmen.«

»Glaub mir, Werner, die Angelegenheit wird sich noch weiter zuspitzen. Erst wenn alle Passagiere im Bett sind, wird die Sache richtig ernst. Wir müssen uns auf die Lauer legen und warten. Der Täter wird einen weiteren Mordversuch unternehmen, und Erna ist unser Köder.«

»Das kannst du doch nicht machen, das ist der reine Wahnsinn! Du bist übrigens nicht weniger Zielscheibe.«

»Wir beide werden erst einmal verschwinden. Damit bleibt dem Täter nur Erna als erstes Opfer.«

»Habt ihr darüber gesprochen?«

»Du kennst sie doch. Sie hatte meine Scharade trotz ihres Zustandes bereits durchschaut.«

»Aber dieser Typ ist hoch gefährlich«, bemerkte Niesberg. Es war deutlich herauszuhören, dass er sich um seine Kollegin sorgte.

»Vertrau mir, Erna ist in Sicherheit.«

Bekker erläuterte weiter die Zusammenhänge: »Übrigens arbeitet jemand auf diesem Schiff für ›Nedenkopharm‹; und zwar ganz offiziell mit seiner Firma und auf Rechnung. Allerdings ist die Verbindung nicht ganz so offensichtlich, denn Firmen- und Familienname sind nicht identisch.«

»Und wie habt Ihr das rausgekriegt?«

»Erna hat mit einem ihr gut bekannten Kollegen aus Groß-Gerau telefoniert.«

»Der Sitz dieser Firma«, mutmaßte Niesberg.

»So ist es.«

»Und die arbeitet mit ›Nedenkopharm‹ zusammen?«

»Das sind noch inoffizielle Informationen, die, wenn das hier vorbei ist, nochmals offiziell angefragt werden müssen. Aber es deutet alles sehr stark auf eine Verquickung hin.«

»Polizeiarbeit vom Feinsten, Schack.«

»Er hat übrigens auch erst zwei Tage vor der Reise gebucht.«

»Das heißt, er konnte eigentlich nicht wissen, dass Egon Nimmer diese Flusskreuzfahrt machen würde, es sei denn ...«

»... es war alles von langer Hand geplant und er wurde informiert. Genau, Werner, jemand aus dem direkten Umfeld des Ermordeten hat dafür gesorgt, dass der Werber auf jeden Fall mit an Bord geht. Und eine der Canasta spielenden Damen hat mir den entscheidenden Hinweis gegeben.«

»Dann lass uns dieses Sackgesicht verhaften.«

»Diese Person wird uns kaum attackieren. Es ist der Mörder, der uns gefährlich werden kann.«

Damit stand der Kommissar auf. Sie verließen die Bar und Bekker führte seinen Freund zum Speisesaal, den er aufschloss.

»Den Schlüssel habe ich vom Kapitän bekommen«, erklärte er.

»Und was willst du da drin?«

»Hier sind wir erst einmal nicht mehr zu finden. Außerdem tötet ein Jäger immer zuerst das verletzte Tier. Wir haben einen sehr guten Beobachtungsposten, denn unser eigentliches Ziel liegt auf diesem Deck. Pass auf: Mit Mederlich habe ich vorhin ausgemacht, dass er um Punkt halb eins, also in zehn Minuten, Erna zu ihrer Kabine auf Deck 2 bringen soll. Ich habe nach dem Angriff auf uns darauf geachtet, dass das eine ganz bestimmte Person in unserer Nähe auf jedem Fall mitbekommt. Zu deiner Beruhigung, Werner, unsere Kollegin ist schon lange nicht mehr im Krankenzimmer und natürlich auch nicht in ihrer Kabine.«

»Und du meinst, dass der Mörder in die Falle läuft?«

»In diese wohl kaum. Aber eine Falle wäre ja keine Falle, wenn man den Zeitpunkt wüsste, wann man in sie hineingerät.«

Die Rochade

Bekker zog Niesberg tiefer in den Speisesaal hinein, denn ein paar Passagiere, die er nicht kannte, standen vor den gläsernen Türen und unterhielten sich; kurze Zeit später verabschiedeten sie sich in ihre Kabinen. Als sie wieder verschwunden waren, kontrollierte er seine Uhr und flüsterte Niesberg zu: »In etwa fünf Minuten wird es ernst, Werner.« Bekker hatte den Polizeifotografen auf die Steuerbordseite neben die Flügeltüren gelotst, wo sie warteten. Auf einmal huschte eine groß gewachsene Person schnellen Schritts an der Backbordseite an ihnen vorbei.

»Der ist wohl in Richtung von Ernas Kabine unterwegs«, flüsterte Niesberg.

»Komm, schnell«, zischte Bekker, drückte die Türen des Speisesaals auf und war in den gegenüberliegenden Gang verschwunden. Niesberg verstand nicht, was sein Kollege da trieb, eilte jedoch hinterher und sah, wie dieser eine Kabine aufsperrte. Der Kommissar zog ihn hinein und verriegelte die Tür. Bekker knipste das Licht an, schaute sich in Windeseile um und beorderte den Polizeifotografen hinter den Vorhang des Verandafensters der Kabine.

»Keinen Ton, Werner, hörst du. Was auch passiert, du bleibst in deinem Versteck. Du solltest die Waffe bereit haben, wenn ich das Wort ›Lamm‹ fallen lasse.«

Niesberg nickte nur und verschwand endgültig hinter dem Vorhang. »Lamm« hatte Schlemm im Gespräch mit ihm erwähnt, weshalb er diese Assoziation zum »Wolf im Schafspelz« gehabt hatte. Jetzt erinnerte sich er und begann, die Zusammenhänge zu begreifen. Scheiße, dachte er. Und wo sind wir nun? Bekker eilte zur Nachttischlampe und lockerte die Birne. Das Gleiche machte er mit der Deckenbeleuchtung in Zimmer und Bad. Dann zog er einen Stuhl in eine dunkle Nische und setzte sich. Niesberg war erstaunt darüber, wie behände sein Kollege die Vorbereitungen getroffen hatte. Der Polizeifotograf stand hinter dem graugrünen Staubfang, knapp zwei Meter von seinem Freund entfernt. Es dauerte eine Weile, bis jemand den Schlüssel ins Schloss manövrierte und die Tür aufsperrte. Der Schalter der Deckenbeleuchtung klickte, doch es fiel weiterhin nur ein schmaler Lichtstrahl vom Gang aus ins Zimmer. Die unbekannte Person zögerte und schien in den Raum hineinzuhorchen. Niesberg hielt den Atem an; entweder misstraute der Unbekannte der Situation und verließ die Kabine, oder er versuchte, ein anderes Licht einzuschalten. Es waren nur wenige Sekunden des Innehaltens, doch sie kamen dem Polizeifotograf wie die oft zitierte halbe Ewigkeit vor. Noch immer geschah nichts. Dann blitzte das Licht eines Handydisplays auf, mit dem sich der Unbekannte zum Bad bewegte. Wieder war das Klicken eines Schalters und ein deutliches Murren zu hören.

Dann fragte eine Frauenstimme vom Gang aus leise »Wolfgang?«. Fast im gleichen Moment kam jemand durch die Tür – in dieser Sekunde schaltete Bekker die Stehlampe neben sich ein. Dem kurzen Aufschrei von Corinne Nimmer folgte gleich darauf die schneidende Frage von Alexander Schrandt, was dieses Theater zu bedeuten habe.

Bekker war überrascht, wie unaufgeregt und sicher sein Gegenüber reagierte. »Soweit ich das beurteilen kann, erfüllt das hier wenigstens den Tatbestand des Einbruchs«, sagte er kalt. »Was haben Sie hier zu suchen? Verschwinden Sie, sonst lasse ich den Kapitän kommen, Herr Bekker.«

»Sie lassen gar nichts. Schrauben Sie die Birne der Deckenbeleuchtung ein, dann haben wir mehr Licht.«

»Ich mache gar nichts. Sie sind in meine Kabine eingebrochen, das ist absolut inakzeptabel. Nochmal: Verschwinden Sie augenblicklich.«

»Ihre Kaltschnäuzigkeit ist bewundernswert, Herr Schrandt? Der Name ist erfunden und der Beruf, den Sie ausüben, ist lediglich Maskerade. Ich weiß inzwischen, wie es sich tatsächlich damit verhält. Setzen Sie sich hin, es dauerte nicht lange.«

»Glauben Sie mir, Sie wissen gar nichts, Bekker. Sie können froh sein, dass Sie noch leben. Zumindest von dem ausgehend, was man mir berichtet hat.«

»Lassen wir meine Verletzung mal beiseite. Es sind die kaltblütigen Morde, die mich interessieren. Mit einer solchen Präzision ausgeführt, dass man den Eindruck gewinnen muss, Sie sind ein dafür ausgebildeter Agent.«

»Ein Agent?«, fragte Schrandt in sarkastischem Ton. »Ich glaube, Sie sollten dringend einen Arzt aufsuchen. Ihre Kopfverletzung scheint gravierender zu sein als ursprünglich angenommen.«

»Sie wollen es wohl nicht begreifen. Ich weiß, wer Sie sind und was Sie getan haben. Olaf Meier hat es in seinen Notizen festgehalten. Sie und Frau Nimmer sind verantwortlich für die drei Toten an Bord dieses Schiffes. Die Ermordung Egon Nimmers war von langer Hand geplant; seine Frau hatte vermutlich seit Beginn der Reise seine langsame Vergiftung betrieben und der Virus, den Sie an Bord gebracht und gestreut haben, hat ihm dann den Rest gegeben.«

»Woher sollte ich solch einen Virus haben? Außerdem habe ich nicht die geringsten Kenntnisse auf diesem Gebiet. Oder meinen Sie, ich habe während der Nacht die Wände des Schiffs damit angestrichen?«

»Keine schlechte Idee, aber so kann dieser Erreger natürlich nicht übertragen werden. Das brauche ich Ihnen ja wohl nicht zu sagen. Diese ganze Operation hatte System und war zudem zwingend notwendig geworden. Oder, Frau Nimmer?«

»Bitte? Ich habe keine Ahnung, wovon Sie sprechen.«

»Sie haben keine Ahnung? Sie wussten doch, dass Ihr Mann Dr. Nedenkopf erpresste; spätestens seitdem Sie ein Verhältnis mit ihm haben. Diese ganze Geschichte hat ihren Ursprung in der gemeinsamen Studienzeit der beiden, wie ich mittlerweile weiß.«

»Lächerlich, was Sie da behaupten«, schaltete sich Schrandt ein, der versuchte, Corinne Nimmer aus dem

Gespräch herauszuhalten. Bekker ging nicht auf den angeblichen Malermeister ein, sondern sprach sie erneut an. »Frau Nimmer, wir wissen, dass Sie Ihren Mann dazu überredet haben, die Reise auf diesem Kreuzfahrtschiff zu machen. Und zwar sehr kurzfristig, genau genommen erst zwei Tage vor dem Beginn der Reise. Ist das nicht ein wenig ungewöhnlich, wenn man ansonsten seine Unternehmungen immer frühzeitig plant? Ich darf Sie daran erinnern, dass die gemeinsame Flussfahrt auf dem Nil gut ein halbes Jahr im Voraus gebucht wurde.«

»Das war eine Laune, nichts weiter. Außerdem ist das allein meine Sache, Sie ungehobelter Flegel«, ereiferte sie sich.

»Da mögen Sie vollkommen recht haben; aber es gibt da ein nicht ganz unwesentliches Detail: Herr Schrandt hat ebenfalls erst zwei Tage vor Abreise gebucht, und zwar nur kurz nach Ihnen. Dazu arbeitet seine Firma für Dr. Nedenkopf, den ehemaligen Studienkollegen Ihres Mannes. Dann stirbt Ihr Mann an der Wechselwirkung dieses humanen Norovirus mit einer, für sich genommen, nicht tödlichen Dosis Arsen, die ihn über Tage geschwächt hat. Nur auf diese Weise konnte der Virus so gravierende Folgen haben. Egon Nimmer ist offiziell an Herzversagen gestorben, an einer natürlichen Todesursache, bei der normalerweise auch keine Autopsie durchgeführt wird. Es ist ausgesprochen schwierig, dafür die tatsächliche Ursache zu finden, also der perfekte Mord. Wer, das frage ich Sie, hätte Egon Nimmer das Gift regelmäßig und in kleinen, abgestimmten Dosen verabreichen können?«

»Sie haben nichts, aber auch gar nichts in der Hand«, mischte sich Schrandt mit harter Stimme ein und war im Begriff aufzustehen.

»Bleiben Sie sitzen. Und zwar so lange, bis ich sage, dass die Befragung beendet ist«, erwiderte Bekker energisch.

»Und dann verschwinden Sie«, entgegnete Schrandt.

Niesberg lugte hinter dem Vorhang hervor und sah, dass Corinne Nimmer nervöser zu werden schien. Schack hatte diese Frau als gefasst und kalkuliert beschrieben, als eine Person, die sich nicht aus der Ruhe bringen ließ. Sein Freund forderte sie auf, sich neben Alexander Schrandt auf einen der Stühle zu setzen. Erst wollte Corinne Nimmer protestieren, doch dann hatte sie sich wieder im Griff. Diesen minimalen Moment ihrer wachsenden Panik hat sie geradezu brillant überspielt, fiel Niesberg auf. Schrandt kannte diese Frau sehr gut, er musste ihre zunehmende Nervosität bemerkt haben, was sicherlich auch seine Selbstsicherheit beeinträchtigte.

Und was war mit Erna? Bekkers fingierte Anweisung, sie, wenn Ruhe auf dem Schiff herrschte, zurück in ihre Kabine zu bringen, hatte Schack und ihm die notwendige Zeit gegeben, um in Schrandts Kabine einzudringen, während ebendieser Erna auflauerte. Ein genialer Kniff, auch wenn sein Kollege natürlich nicht hatte sicher sein können, dass Corinne Nimmer tatsächlich zu ihrem Komplizen in die Kabine kommen würde. Die gescheiterte Attacke auf Erna hatte jedoch die Wahrscheinlichkeit erhöht, dass Schrandt sich erst einmal zurückziehen und infolgedessen Corinne Nimmer bei ihm auftauchen würde. In jedem Fall hätten sie zumindest Schrandt in dessen Kabine überrascht. Schack war sich offenkundig sicher, dass er genug gegen ihn in der Hand hatte.

Aber die Königin hatte ja ihre Festung verlassen, und die Rochade war vollzogen. Damit konnte Ernas Suche nach möglichen Beweisen in Corinne Nimmers Suite beginnen. Es war durchaus anzunehmen, dass Bekker noch den guten Walter Kur zur Unterstützung aufs Schiff gelotst hatte. Doch der würde nie im Leben wie er mit einer Nussschale am Bug anlanden. Kur hatte als Leiter des rechtsmedizinischen Instituts ohnehin Zutritt zum Schiff. Die einzige Frage war, wann Corinne Nimmer und Alexander Schrandt bemerkten, welches Spiel Bekker trieb. Wie lange würde dieser die beiden noch festhalten können? Schrandt hätte ja einfach auf die Beendigung der Befragung drängen können, doch das tat er nicht, noch nicht. Und wenn er sie einfach von sich aus beenden wollte, käme der Moment, an dem er, Niesberg, ihn mit Waffengewalt daran hindern musste. Bis sichergestellt war, dass Erna und wer sich möglicherweise noch dort aufhielt, die Kabine der Nimmers verlassen hatten. Bekker hatte wieder das Wort ergriffen und versuchte, seinen Gegenspieler unter Druck zu setzen.

»Herr Schrandt, Sie reisen unter falschem Namen? Frau Nimmer hat Sie eben Wolfgang genannt.«

»Frau Nimmer kann mich nennen, wie sie will, würde ich sagen. Wollen Sie mich deshalb anklagen? Ein bisschen dünn, meinen Sie nicht auch?«, bemerkte er und lachte spöttisch.

Niesberg hatte Bekker bei seiner Ankunft auf dem Schiff die vom Kommissar erbetene Liste der Mitarbeiter des Malereibetriebs Schrandt übergeben. Diese beinhaltete auch ein zusätzlich angefordertes Foto, das er jetzt aus der Hosentasche zog.

»Ich habe bei meiner Recherche eine hoch interessante Entdeckung gemacht. Glücklicherweise konnten mir die Kollegen sehr schnell helfen. Es gibt eine erstaunliche Ähnlichkeit zwischen Alexander Schrandt, dem Malermeister, und Wolfgang Morfmann, einem in Afghanistan verschollenen Bundeswehrsoldaten mit Einzelkämpferausbildung. Finden Sie das nicht auch? Wissen Sie, der Mord an Olaf Meier hat eine Sache sehr klar gezeigt: Der Täter musste eine Spezialausbildung haben. Das hat die Suche erheblich vereinfacht und vor allem beschleunigt«, Bekkers sarkastischer Unterton ließ keinen Zweifel an der Genugtuung, seinen Gegner entlarvt zu haben. Der reagierte nicht, doch schien die Luft wie elektrisiert.

»Wagen Sie nicht aufzustehen«, herrschte Bekker ihn an. »Wir sind noch nicht ganz …«, doch weiter kam er nicht, denn Wolfgang Morfmann sprang plötzlich wie ein Raubtier auf den Kommissar. Niesberg war so überrascht, dass er einen Moment brauchte, bis er die Situation erfasst hatte. Die Stehlampe war durch das Zimmer geflogen und unter dem Tisch gelandet. Der langgliedrige Morfmann war über Bekker hergefallen, der sich die Arme schützend vor das Gesicht hielt, und hieb auf ihn ein. Niesberg sprang hinter dem Vorhang hervor und warf sich mit seinem massigen Körper auf den Angreifer, der mit dem Kopf gegen den Bettrahmen krachte und bewusstlos liegenblieb.

»Danke, Werner«, ächzte Bekker schwer angeschlagen und sah sich um, »das war haarscharf. Wo ist denn diese Nimmer? Scheiße, du musst hinter ihr her und sie finden. Ich ruf Erna an, um sie zu warnen.«

Mit Mühe kam Niesberg auf die Beine. »Und du musst den Halbstarken da fesseln, der ist wirklich gemeingefährlich. So oft wie heute Abend bin ich noch nie in meinem ganzen Leben auf irgendwas oder jemanden losgegangen.«

Erst rief Bekker Erna auf ihrem Handy an und warnte sie. Mit seinem Gürtel und zwei Kordeln, die er vom Vorhang abriss, fertigte der Kommissar den falschen Alexander Schrandt ab. Schließlich benachrichtigte er die Brücke, Silberstein hatte Dienst. Der Kommissar bat den 1. Offizier sofort zu Schrandts Kabine zu kommen, was innerhalb von wenigen Minuten geschah. Er klärte Silberstein in knappen Worten über die Geschehnisse auf und instruierte ihn, die Kabine von innen zu verschließen und niemanden hineinzulassen.

»Keine Sorge, Herr Kommissar. Ich halte mich an Weisungen.«

Bekker dankte ihm für seine Hilfe und trat hinaus auf den Gang. Erst überprüfte er die Kabine von Corinne Nimmer, doch dort war niemand. Wohin konnte sie verschwunden sein? Hatte Niesberg sie schon ausfindig gemacht? Dann schwante ihm plötzlich etwas, das sie zwar angenommen, aber wegen der Komplexität der Ereignisse immer wieder verdrängt hatten: Es musste noch einen weiteren Komplizen an Bord geben. Warum war ihm das nicht früher klar geworden? Um diesen Virus zu verbreiten – dazu brauchte es jemanden von der Besatzung. Die Schlüssel zu den Kabinen, zur Küche, die Attacke auf ihn im Maschinenraum, das konnte Morfmann nicht alles alleine bewerkstelligt haben – Bekker fiel es mit einem Mal wie Schuppen von den Augen.

»Du Schwachkopf!«, rief er aus. Er hatte gerade das Sonnendeck erreicht und drehte auf dem Absatz um; er musste Niesberg und Erna finden. Oder sollte er doch erst Kapitän Semmen verständigen? Er, Schack Bekker, hatte den Bock zum Gärtner gemacht.

Der Wolf im Schafspelz

Bekker rannte zurück zu seiner Kabine, bekam den Kapitän an den Hörer und drängte ihn, sofort in den Speisesaal zu gehen. Wenn ihm zufällig seine Kollegin und Niesberg über den Weg laufen sollten, waren die beiden unbedingt mit in den Speisesaal zu bringen.

»Herr Kommissar, ich komme gleich hin, aber Sie müssen sich unbedingt beruhigen, Sie sind ja ganz außer sich.«

»Und sagen Sie niemandem, ich wiederhole, niemandem, wohin Sie gehen«, drängte Bekker und legte auf. Sie mussten sich organisieren, es gab noch einen Täter auf dem Schiff. Der Kommissar öffnete die Kabinentür einen Spalt und horchte. Dann schlüpfte er hinaus und ging schnellen Schritts den Gang hinunter. Er nahm die Treppe auf Deck 3, wollte schon in den Speisesaal gehen, stoppte jedoch unvermittelt und klopfte an die Tür von Gundula Steinert. Es dauerte einen Moment, bis die ältere Dame in Nachthemd und Bademantel öffnete.

»Junger Mann, was gibt es denn nun schon wieder?«

»Frau Steinert, kann ich kurz reinkommen? Ich bräuchte Ihre Hilfe.«

Die ältere Dame drehte den Kopf etwas zur Seite und sah ihn fragend an: »Ich wüsste nicht, was Sie sich um diese Uhrzeit von einer über Achtzigjährigen, mit Ausnahme von Gin Tonic vielleicht, wünschen könnten«, sagte sie ernst, doch ihre Augen funkelten schelmisch. Dann ließ sie Bekker ein.

»Ich brauche Sie gleich im Speisesaal. Es ist sehr wichtig, dass Sie mir helfen. Kann ich auf Sie zählen?«

»Aber natürlich, Herr Kommissar. Ich ziehe mich schnell um und komme dann.«

»Könnte ich währenddessen bei Ihnen bleiben – also, es ist nur zur Ihrer eigenen Sicherheit.«

»Zu meiner eigenen Sicherheit? Sie belieben zu scherzen.« Die in Falten gezogene Stirn und das fragende Gesicht, das sich zu einem liebenswerten Lächeln wandelte, genügten Bekker als Antwort. Fünf Minuten später verließen die beiden die Kabine und gingen zum Speisesaal. Sie erreichten ihr Ziel ohne Zwischenfall. Bekker war einerseits erleichtert, aber besorgt zugleich, denn er sah dort Erna, Walter Kur, Amelie Mehrbrand, Thomas Droste und Kapitän Semmen, doch es fehlte Werner Niesberg. Sie begrüßten sich kurz, dann wollte Bekker wissen, ob jemand wisse, wo sich der Polizeifotograf aufhielt. Dazu konnte niemand etwas sagen. Hatte er ein ungutes Gefühl? Ohne jeden Zweifel. Wo war sein Kollege abgeblieben?

»Kapitän, würden Sie bitte in der Kabine von Alexander Schrandt anrufen und Ihren 1. Offizier Silberstein verständigen? Er müsste sich gerade dort aufhalten.«

Semmen wählte die Nummer von Schrandts Apparat;

es begann zu läuten, doch niemand nahm ab. Dann wählte er die Nummer von Silbersteins mobilem Telefon, aber auch da reagierte dieser nicht.

»Das ist sehr ungewöhnlich. Der 1. Offizier muss während des Dienstes jederzeit erreichbar bleiben. Ich verstehe das einfach nicht.«

Bekker hatte es geahnt, schon auf dem Sonnendeck war ihm sein kolossaler Fehler klar geworden. Deshalb waren Corinne Nimmer und Wolfgang Morfmann über alle Vorgänge an Bord informiert gewesen. Er hielt sich nicht lange mit seiner Fehleinschätzung auf, sondern gab dem Kapitän Instruktionen: »Wir suchen drei Personen: Alexander Schrandt, der eigentlich Wolfgang Morfmann heißt, Ludwig Silberstein und Corinne Nimmer. Ich vermute, dass sie versuchen werden, von Bord zu kommen.«

Der Kapitän sah Bekker erst ungläubig an, fasste sich jedoch im nächsten Moment und informierte das Personal am Landungssteg.

Dann beorderte er weitere Besatzungsmitglieder, die Decks abzusuchen.

»Und rufen Sie die Wasserschutzpolizei, die müssen so schnell wie möglich herkommen und aufpassen, dass niemand von Bord springt.«

Bekker machte sich mit Erna auf, um die Decks zu kontrollieren. Der Rest der Gruppe sollte den Speisesaal nicht verlassen. Semmen würde am Telefon erreichbar bleiben. Der Kommissar war müde und erschöpft. Die Schläge des durchtrainierten Morfmann spürte er noch deutlich auf Armen und Brustkorb. Aber jetzt gab es kein

Zurück. Erst gingen sie zum Bug und Bekker stellte beruhigt fest, dass Niesbergs Boot noch da war. Vielleicht sollte er es losmachen; schon, um zu verhindern, dass es womöglich zur Flucht genutzt werden würde. Er griff die Leine und öffnete den Knoten.

»Der Werner bringt dich um, wenn er das mitbekommt«, gab seine Kollegin zu bedenken.

»Es muss sein, der kriegt sein Schiffschebootsche schon wieder.« Langsam löste sich die Nussschale vom Bauch des Schiffs und glitt erst gemächlich, dann schneller werdend am Rumpf entlang in Richtung Theodor-Heuss-Brücke. »Komm, wir müssen weiter.«

Sie sahen, dass sich am Landungssteg mittlerweile vier Personen postiert hatten. Erna rief auf der Dienststelle an und orderte einen Streifenwagen, der allerdings vom Schiff aus nicht gesehen werden sollte, ans Rheinufer. Verdammt, wo ist der Werner?, fragte sich Bekker. Und was war der Plan von Morfmann, Silberstein und Corinne Nimmer? Der Kommissar blieb stehen – die Attacke gegen ihn im Maschinenraum kam ihm in den Sinn. Er hatte das Manöver nicht verstanden, mehr noch, er hatte die Situation völlig falsch gedeutet. Der Mörder war während seiner Untersuchung des Tatorts nicht mehr im Raum gewesen, es musste Silberstein gewesen sein, der zurückgekommen war und ihn angegriffen hatte. Aber warum? Weil dort etwas …

»Der Maschinenraum, Ernie«, platzte Bekker heraus, »aber der hat zwei Eingänge.«

»Ich gehe zum oberen Zugang, such du auf dem Unterdeck.«

»In Ordnung, aber pass auf dich auf.«

Als Bekker sich dem Maschinenraum näherte, packte ihn plötzlich eine Hand am Arm. Der Kommissar wollte sich losreißen, als er Niesberg flüstern hörte: »Halt, Schack, die Nimmer ist da drin, sie hat einen Schlüssel. Aber nun kann sie uns nicht mehr entkommen.«

»Es gibt noch einen zweiten Zugang, aber den kontrolliert die Erna. Jetzt, wo ich dich gefunden habe, gehe ich hoch zu ihr. Dann kann sie die Verstärkung organisieren.« Darauf einigten sich die beiden. Der Kommissar machte sich sofort auf den Weg. Als er sich der Treppe näherte, sah er Morfmann, der von Silberstein gestützt wurde, von Deck 2 aus auf sich zukommen. Der Einzelkämpfer hatte den Kommissar bereits im Augenwinkel entdeckt, machte sich erstaunlich behände für seinen Zustand vom 1. Offizier los und rannte leicht hinkend die Treppen nach oben; Bekker hinter ihm her. Als er das Sonnendeck erreichte, sah er, wie Morfmann auf der Backbordseite die Reling überkletterte, noch einmal kurz zurückschaute – der Kommissar war vielleicht noch fünf Meter entfernt – und in den Rhein sprang. Bekker erreichte die Reling, fluchte, sah aber im nächsten Moment das Schiff der Wasserschutzpolizei näherkommen. Winkend und schreiend gab er Anweisungen. Dann tauchte Morfmann in der Nähe der »Pandora« an der Wasseroberfläche auf, erkannte die Gefahr, sah sich schnell um und tauchte wieder unter. Bekker starrte auf die Stelle im Wasser, wo sein Gegner soeben verschwunden war. Für kurze Zeit registrierte er nichts mehr um sich herum, nicht die rufenden Wasserschutzpolizisten, nicht die heranstürmenden Besatzungsmitglieder, nicht das gleißende Licht des Bordstrahlers des Polizeischiffs – jeder Gedanke war auf Morfmann gerichtet. Was war für ihn der günstigste Fluchtweg? Du musst dahin, wo dich niemand erwartet, natürlich! Bekker rannte zur anderen Seite des Schiffs und sah in diesem Moment den Kopf von Wolfgang Morfmann aus dem Wasser auftauchen; direkt unterhalb der Brücke, die an Land führte. Er rief seinen Kollegen am Ufer sowie den Besatzungsmitgliedern am Steg zu, wo genau er den Flüchtigen gesehen hatte. Das Boot der Wasserschutzpolizei war zur Stelle und ließ den gesamten Bereich zwischen Ufer und Schiff taghell aufscheinen. Der ehemalige Soldat war einige Meter geschwommen, setzte erneut zum Tauchen an und brach dann ab; die Kräfte schienen ihn zu verlassen. Mit letzter Anstrengung schwamm er zum Landungssteg und wurde von zwei Besatzungsmitgliedern an Bord gehievt, wo er erst einmal völlig ausgepumpt liegen blieb. Man warf ihm eine Decke über und führte ihn dann ins Innere des Schiffs ab.

Niesberg hatte Corinne Nimmer aus dem Maschinenraum geholt, und Silberstein war von Mitgliedern der Besatzung festgehalten worden. Sie hatten Glück gehabt, dass der 1. Offizier einige Zeit gebraucht hatte, um Morfmann wieder fit zu bekommen, dachte Bekker. Corinne Nimmer konnte keine möglichen Spuren in den Rhein beseitigt haben, da sein Freund und kurz darauf Erna vor Ort gewesen waren und der Maschinenraum keine Fenster hatte. Die Tatsache, dass Silberstein ihn dort niedergeschlagen hatte, war ein deutlicher Hinweis darauf gewesen, dass er bei seiner damaligen Untersuchung des Raums kurz vor einer wesentlichen Entdeckung gestanden haben musste. An diesen Ort hatten sich Morfmann, Silberstein und Nimmer zurückziehen wollen, um ihre Flucht vorzubereiten, doch dazu war es nicht gekommen. Hier musste es einen entscheiden Hinweis geben.

Obgleich Bekker erschöpft und ausgelaugt war, suchte er unermüdlich im Maschinenraum. Der Kommissar hatte bereits jeden Winkel darin mehrfach abgesucht – es war nichts zu finden. Schließlich fiel ihm eine kleine Nische zwischen den oberen Rohrleitungen eines Stromgenerators auf, deren Inneres man nur auf einer Leiter stehend entdecken konnte. Darin befand sich ein kleiner Beutel mit Laborinstrumenten und einem Zerstäuber. Bekker jubelte innerlich; damit hatte man wohl den Virus verbreitet. Die nicht entsorgten Beweisstücke deuteten darauf hin, dass in dem Moment, als Bellroth auf der Bildfläche auftauchte, der sorgsam erdachte und bis dahin exakt durchgeführte Plan nicht mehr eingehalten wurde und sich die Ereignisse zu überschlagen begannen.

Zurück im Speisesaal bat er Walter Kur, der Erna tatsächlich bei der Inspektion der Kabine geholfen hatte, die Laborinstrumente und den Zerstäuber zu untersuchen. Vornehmlich sollte er sich auf den Erreger des humanen Norovirus konzentrieren und das Ganze spätestens bis zum kommenden Mittag erledigt haben.

Weiterhin bestellte der Kommissar Taucher, um nach der Waffe, mit der Olaf Meier ermordet worden war, zu suchen. Da sich Morfmann nach dem tödlichen Schuss auf den Apotheker wohl in Corinne Nimmers Kabine versteckt haben musste, konnte die kleinkalibrige Pistole nur in einem recht kleinen Radius vom Schiff entfernt im Wasser liegen, denn einen hohen, weiten Wurf zu riskieren, der in den Nachmittagsstunden hätte gesehen werden können, schied praktisch aus. Wie sich zudem herausstellte, hatte die Kabinennachbarin der Nimmers, Gundula Steinert, auf dem Bett gelegen und ein wenig geruht, als sie hörte, wie etwas um exakt 17.05 Uhr ins Wasser klatschte. Olaf Meier war nur wenige Minuten zuvor ermordet worden. Die alte Dame hatte wegen des Geräuschs auf ihre Uhr geschaut.

Die Schlinge um die Hälse der drei Komplizen zog sich langsam zu. Ob sie Nedenkopf ebenfalls zu fassen bekommen würden, ließ sich zum aktuellen Zeitpunkt noch nicht sagen. Dazu waren weitere intensive Nachforschungen an Land vonnöten.

Die letzte Schlacht

Niemand durfte das Schiff verlassen. Diese Regelung galt auch für die restlichen verbleibenden Stunden der Nacht, die Bekker mit Erna und Niesberg, den Verdächtigen, Dr. Mederlich, den drei alten Damen, Kapitän Semmen und den beiden Polizeibeamten, die an Bord gekommen waren, im Speisesaal verbrachte.

Außerdem hatte Bekker noch Amelie Mehrbrand und Thomas Droste holen lassen. Der Verlauf der kommenden Stunden würde entscheiden, ob die beiden eingehend befragt werden mussten. Corinne Nimmer und nicht etwa Wolfgang Morfmann war es, die gebetsmühlenhaft auf ihrem Anwalt bestand, was Bekker nach und nach die Zornesröte ins Gesicht trieb. Gegen halb sechs hatte er genug von Kaffee und guten Worten. Er zapfte sich ein Bier und gleich darauf ein weiteres. Als Morfmann auch eines wollte, antwortete der Kommissar nur »Ich glaub, Ihnen gehts zu gut.« Dann leerte er sein Glas, ging zurück zum Tresen und zapfte sich ein drittes Pils, hatte jedoch ein Einsehen und machte auch eines für Morfmann. Die Müdigkeit forderte bei den Anwesenden ihren Tribut, Bekker hingegen war bis aufs Äußerste gereizt.

Corinne Nimmer schien es erstaunlich gut zu gehen; diese Frau erweckte den Anschein, als würde sie die Situation in keiner Weise betreffen. Der Kommissar hatte dies schon eine Weile beobachtet, jetzt reichte es ihm. Er drehte den Stuhl herum, setzte sich und stützte seine Arme auf die Lehne. Er hatte genug von dem Schauspiel: »Da wir hier wie die Ölgötzen sitzen und warten müssen, bis diese verdammte Quarantäne endlich aufgehoben wird, können wir die Sache auch jetzt zu Ende bringen.«

»Ich werde kein Wort …«

»Frau Nimmer, halten Sie endlich Ihr Klappe«, unterbrach er sie barsch. »Ich werde schildern, wie sich alles zugetragen hat. Sie können meinetwegen schweigen, zustimmen, weiterhin Ihren Anwalt fordern oder in Ihr Taschentuch weinen, aber: Sie alle hören sich das an!«

Erna zog ein Diktafon aus der Tasche, stellte es demonstrativ in die Mitte des Tischs und drückte die Aufnahmetaste.

»Was wissen wir also? Wir wissen, dass am 3. September, nicht allzu lange nach unserer Abreise von Bonn, eine ganze Reihe Personen an Bord dieses Schiffes an einem Virus erkrankt ist, der sich als humaner Norovirus herausgestellt hat. In den letzten Jahren hat es immer wieder Fälle von diesem Virus auf Kreuzfahrtschiffen gegeben. Es handelt sich um eine hoch ansteckende Krankheit, eine Magen-Darm-Grippe. Diese ist unter bestimmten Umständen für ältere Menschen und Kinder gefährlich und in einzelnen Fällen sogar tödlich, vor allem deshalb, weil man dehydriert, also austrocknet. Und ausgerechnet hier bei uns an Bord stirbt einer der ersten Infizierten an ebendiesem Virus. Recht ungewöhnlich; und doch war der Mann so geschwächt, dass er an den Folgen dieses Virus, konkret an Herzversagen, gestorben ist. Das ist zwar nicht sehr wahrscheinlich, aber möglich. Bei dem Toten handelte es sich um Egon Nimmer, dessen Frau hier den Eindruck zu erwecken versucht, als ginge sie das alles gar nichts an. Aber so einfach kommen Sie nicht davon. Ja, ich weiß, nur mit Anwalt. Sie bekommen Ihren Anwalt. Wie Sie wissen, saß Herr Nimmer während der Mahlzeiten neben mir.«

»Aber was hat das alles damit zu tun, dass er Ihr Tischnachbar war?«, wollte Anna Neuss wissen.

»Wir haben uns immer wieder unterhalten. Herr Nimmer war zu Beginn der Reise noch recht fidel und rüstig, doch sein Zustand verschlechterte sich schleichend, von Tag zu Tag. Das registriert man zwar unbewusst, doch gelang es mir nicht, diese Beobachtung einzuordnen. Dazu kam dann der entscheidende Hinweis, den er mir mittels mehrerer Eselsohren in einem Buch, das ich ihm geliehen hatte, gegeben hat. Sozusagen ein literarischer Notruf, nur war er leider schon tot, als ich diesen erhielt.«

»Aber das ist doch aberwitzig, was Sie uns hier erzählen wollen«, versuchte Silberstein Bekkers Ausführung ins Lächerliche zu ziehen, doch der Kommissar ging nicht darauf ein.

»Ich hatte also den Verdacht, dass man Egon Nimmer unter Zuhilfenahme eines bestimmten Giftes und des

Norovirus ermordet hatte. Aber was war der Hintergrund? Warum sollte man einen solchen Aufwand betreiben, um jemanden zu töten? Darauf konnte es nur eine Antwort geben: Man wollte unbedingt den Anschein eines natürlichen Todes erwecken.«

»Geht es womöglich um eine Versicherungspolice?«, wollte einer der beiden Beamten wissen.

»Das prüfen wir, aber es sieht nicht danach aus. Nein, etwas Anderes steckt wohl dahinter, nämlich Erpressung! Nach Nimmers Tod durfte sein Wissen über einen bestimmten Vorfall in der Vergangenheit nicht an die Öffentlichkeit gelangen, was nur dann gewährleistet blieb, wenn der Werber eines natürlichen Todes gestorben war. Ansonsten wäre wohl ein Anwaltsbrief mit den entsprechenden Informationen bei der Polizei eingegangen. Deshalb der ungeheure Aufwand. Noch ein Wort zu dem verwendeten Gift: Es musste eines sein, das nicht auffällig schmeckt, am besten leicht löslich und geruchlos ist.«

»Außerdem sieht es wie Zucker aus. Sie sprechen von Arsen«, meldete sich Hermine Lingmann zu Wort. Dass ausgerechnet eine der drei alten Damen die Eigenschaften des Gifts kannte und wusste, wie es aussah, ließ auf einzelnen Gesichtern ein kurzes Lächeln aufscheinen. Bekker griff den Faden wieder auf: »Arsen hat jedoch noch eine viel passendere Eigenschaft für den gefassten Plan, denn es verursacht Durchfall, Erbrechen, Bauch- und Kopfschmerzen. Also, die perfekte Ergänzung zum Norovirus. Allerdings kommt uns eine Sache zugute, denn man kann dieses Gift durch die sogenannte Marshsche Probe sicher nachweisen.«

Es herrschte betretene Stille. Die Überlegungen des Kommissars waren schlüssig und klar. Dr. Mederlich schaltete sich ein: »Als mich Kommissar Bekker gebeten hat, war ich erst skeptisch ob seiner Vermutung. Ich konnte mit meinen äußerst beschränkten Mitteln bei Egon Nimmer nur eines sicher feststellen, nämlich den typischen knoblauchartigen Mundgeruch. Aber der Kommissar hat im Speisesaal neben Nimmer gesessen und sich mehrfach mit ihm unterhalten. Dieser klagte über plötzliche Erschöpfungszustände und über Schmerzen in der Brust. Nimmer hatte mich sogar zweimal deswegen aufgesucht. All das sind mögliche Indikate für eine solche Vergiftung und gaben Anlass, genauere Untersuchungen folgen zu lassen. Prof. Kur hat in seinem Institut Gewebeproben untersucht und Arsen im Körper des Toten nachgewiesen. Interessant scheint mir auch, dass man die zu verabreichende Dosis vorab exakt bestimmt haben musste, damit die Symptome bis zum Ausbruch des Norovirus nicht zu stark werden würden.«

Bekker schaltete sich ein, um den Arzt zu unterbrechen. Weitere Informationen würde er erst beim Verhör im Präsidium präsentieren, gestützt durch Walter Kurs Untersuchungsergebnisse. »Danke, Dr. Mederlich. Eine Sache scheint offensichtlich: Es wurde ein enorm hoher Aufwand betrieben, um Nimmer auf diese Weise zu ermorden. Der Pflegedienstleiter Thorsten Bellroth hat wohl einen ähnlichen Verdacht gehegt wie ich. Eine

Person von der Brücke hat mir bestätigt, dass es eine hitzige Diskussion zwischen Bellroth und dem 1. Offizier, Ludwig Silberstein, gegeben hat. Gut möglich, dass der Pflegedienstleiter ursprünglich die Besatzung informieren wollte und deshalb den 1. Offizier angesprochen hat. Ich vermute, dieser hat Bellroth angedeutet, dass man ihn für sein Schweigen sehr gut bezahlen würde. Oder etwa nicht, Herr Silberstein?«

Der große blonde Mann saß still da; nach einer Weile sah er zu Bekker und bejahte dessen Annahme nickend.

»Allerdings hatten Nedenkopf und Konsorten etwas ganz Anderes im Sinn, denn Bellroth wurde vom Mann fürs Grobe dieser Gruppe, Wolfgang Morfmann, aus dem Weg geräumt.«

Der wollte erst protestieren, doch Bekker ließ ihn erst gar nicht zu Wort kommen: »Der Mörder war höchst wahrscheinlich wie Sie Rechtshänder, Herr Morfmann. Da Herr Silberstein Linkshänder ist, kommen nur Sie als Täter infrage. Ich kann Ihnen das gerne nochmal in Ruhe erklären, warum dieser spezielle Stich eigentlich nur von einem Rechtshänder ausgeführt werden konnte. Da spielen der Winkel des eindringenden Messers und die Position, an der der Mörder hinter dem Opfer gestanden hat, eine Rolle. Das können wir uns gerne für das Verhör im Präsidium aufheben. Aber ich vermute, dass Sie das ohnehin alles wissen bei Ihrer Kampfausbildung. Ich bin von Herrn Silberstein mit einem Faustschlag niedergestreckt worden. Und wie Sie sehen«, der Kommissar demonstrierte seine geschwollene und dunkel schimmernde linke Gesichtshälfte, »wurde dieser Schlag mit an Sicherheit grenzender Wahrscheinlichkeit von einem Linkshänder ausgeführt.«

Jetzt nickte der 1. Offizier kurz, was Bekker bestätigte, dass er richtig lag mit seiner Einschätzung. Dies war mehr als nur ein erstes Anzeichen für die Kooperationsbereitschaft des Mannes. Es war anzunehmen, dass der 1. Offizier lediglich die Rolle des Helfers hatte ausfüllen sollen, doch dann war die Sache wohl völlig aus dem Ruder gelaufen. Sicherlich würden sie ihn dazu bringen können, gegen Wolfgang Morfmann und Corinne Nimmer auszusagen. Erna schlug vor, eine kurze Pause zu machen und noch eine Runde Kaffee auszuschenken. Die nutzte Bekker und telefonierte mit Kur, der eine Nachtschicht in der Rechtsmedizin eingelegt hatte.

»Schack, gut, dass du anrufst. Also, ich habe Spuren des humanen Norovirus in diesem Zerstäuber gefunden. Die exakten Angaben zum Arsengehalt in Nimmers Körper bekommst du im Laufe des Tages.«

»Danke, Walter. Es sieht ganz danach aus, als würde der 1. Offizier Silberstein gegen seine Komplizen aussagen. Er wird uns verraten, was wir wissen wollen, wenn wir es denn überhaupt noch brauchen. Er gehörte nicht zu der Gruppe, man hatte ihn für eine stattliche Summe angeworben. Das wird wohl Morfmann übernommen haben, denn die beiden kannten sich von der gemeinsamen Kampfausbildung bei der Bundeswehr. Tja, alte Kameraden und was daraus werden kann. Dass er in diese Mordserie verstrickt werden würde, hatte er sicherlich nicht erwartet. Silberstein hat ziemliche Schulden, wie wir mittlerweile wissen.«

»Gratuliere, dann bringt das jetzt hinter euch. Schack, was hört man denn so von dir?«

»Wieso, was soll denn sein?« Bekkers Gehirn arbeitete fieberhaft – niemand konnte etwas von seinem nächtlichen Tête-à-Tête mit Erna wissen. Hatte er sich durch irgendetwas verraten? »Ich habe keine Ahnung, was du meinst«, sagte er und versuchte so gelassen wie möglich zu klingen.

»Lass dich überraschen, Schack.« Bekker glaubte, den distinguierten und höflichen Direktor der Rechtsmedizin lachen zu hören, als dieser auflegte. Er musste den Gedanken loswerden, deshalb ging er nach draußen, um den erwachenden Tag zu genießen. Die Stadt schien sich noch die Augen zu reiben und zu strecken; es war still am Ufer – nur der langsam zunehmende Verkehr auf der Rheinstraße schallte herüber. Bekker stellte sich vor, einfach den Landungssteg zu überqueren und über das Rathausplateau und den Brand in die Altstadt zu verschwinden. Heute war Markt, die ersten Händler kamen in Kürze angefahren und luden ihr Obst und Gemüse ab; die Bäcker- und Metzgereiwagen begannen mit dem Aufbau. Dazu diese milde, frische Kühle und das extrem klare Licht, das einem dieses sonderbare Gefühl von der Einmaligkeit dieser morgendlichen Abläufe gab. Und doch war es die Routine des immer Gleichen, das sich jedes Mal wieder neu erschuf. Tradition, das war sein Mainz, die alten Gassen, die sich wiederholenden Geschichten, die Melancholie und das Glück dieser selbstverliebten, etwas zu kleinen und doch ausreichend großen Stadt.

Dazu das Lachen, das gerade an diesem Morgen durch die Altstadt perlte; denn sie war fröhlich, diese Stadt, lebensfroh und gleichzeitig ein wenig hölzern und rückständig.

Bekker dachte an Leo, das lautstarke Marktmaskottchen, das demnächst die Stände besuchen würde und Kaffee sowie Obst, Brot oder Gemüse von den Marktleuten bekam, einerseits, um ihm etwas Gutes zu tun, aber auch, damit er sich beruhigte. Er atmete tief ein; ja, das war sein Zuhause, sein Markt, sein Dom, das war der Menschenschlag, den er mochte. Der trockene, etwas derbe Humor, der wie ein leichter Schlag auf den Hinterkopf wirkte, fast ein wenig zu persönlich, beinahe beleidigend und im nächsten Moment doch wieder versöhnlich war. Wie sagte seine Mutter auch heute noch: »Is en arme Deibel, geb dem ach noch e Bier.« So ging es doch irgendwie allen. Jemand küsste ihn auf die Wange, es war Erna. Er legte seinen Arm um ihre Hüfte und drückte sie an sich.

»Du musst deine Beweisführung noch beenden, Schack. Den Silberstein hast du so gut wie geknackt. Damit bröckelt alles.«

»Ist das nicht ein wunderbares Bild?«, dabei deutete er auf die Silhouette der Stadt.

»Wenn ich dich nicht kennen würde, hätte ich arge Bedenken, ob du für diesen Beruf geeignet bist«, sie küsste ihn, »komm, lass uns das hinter uns bringen. Ich möchte heute Abend auf deinem Balkon sitzen und anschließend in deinem Bett verwöhnt werden. Ich denke, das habe ich mir nach all den Jahren mal verdient, Herr Hauptkommissar«, sie küsste ihn erneut. Bekker sah seinen Freund Niesberg nicht, der die beiden vom Sonnendeck aus beobachtete.

Als sie erneut im Speisesaal saßen, fand der Kommissar sogleich in seine zuvor unterbrochene Darlegung zurück: »Nachdem Bellroth also tot war, erstochen von Wolfgang Morfmann, tauchte ein weiteres Problem in der Person von Olaf Meier auf. Der Apotheker hatte den Pflegedienstleiter am Tag vor dessen Ermordung früh morgens auf dem Sonnendeck getroffen. Bellroth hatte ihm zuerst von seinem Verdacht berichtet, dass jemand den Virus bewusst auf dem Schiff verbreitet hatte und außerdem für den Tod von Egon Nimmer verantwortlich sei. Meier hatte dies jedoch als Hirngespinste abgetan. Doch die Bemerkungen des Pflegers schienen den Apotheker mehr beschäftigt zu haben, als er an Deck zugab. Anzeichen dafür sind die Einträge in sein Notizbuch, das wir gefunden haben. Meier hat alle Ereignisse festgehalten, vom Tod Egon Nimmers über den Ablauf der Epidemie bis zu Bellroths Ermordung. Doch er ist damit nicht zu uns gekommen. Warum er geschwiegen hat, ist noch unklar, aber das werden wir sicherlich herausbekommen. Alexander Schrandt war übrigens während des Gesprächs auch auf dem Sonnendeck an jenem Morgen, er hat es mir selbst erzählt. Wahrscheinlich war seine Absicht, damit von sich abzulenken; immerhin hat er mir einen richtigen Hinweis gegeben, aber letztlich erhärtete das nur meinen Verdacht gegen ihn, denn er kannte wohl den Inhalt des Gesprächs zwischen den beiden.

Erst als ich Meiers Rolle durchschaut und ihn erneut in seiner Kabine aufgesucht habe, um ihm damit zu drohen, dass er sich wegen Behinderung der Ermittlungen in zwei Mordfällen strafbar mache, schien er ein Einsehen zu haben. Gerade als er begann, mir Einzelheiten zu berichten, wurde er erschossen. Aber dieses Mal hat der Täter eben nicht, wie noch in Bellroths Kabine, jedes Indiz entfernt, weil ich bereits vor Ort war. Deshalb konnten wir Meiers Notizbuch sichern. Eine Aussage darin hat uns bestärkt, dass wir auf der richtigen Fährte waren. Er hatte folgende Bemerkung über Bellroth in sein Notizbuch geschrieben: ›Zum falschen Zeitpunkt am falschen Ort. Der Wolf im Schafspelz‹.

Meier wusste wohl von dem Pflegedienstleiter, um wen es sich bei dem Wolf im Schafspelz handelte. Der Schafspelz verwies eindeutig auf Corinne Nimmer, eine geborene Lamm. Diese Frau ist jedoch alles andere als ein Lamm, sie ist vielmehr eine skrupellose, kühl kalkulierende und handelnde Person, die alle Fäden in der Hand hält. Auf den Wolf komme ich gleich zu sprechen.«

Bekker wandte sich um und sah sie an: »Es war übrigens für meinen Kollegen nicht sonderlich schwer, Ihr Verhältnis mit Dr. Nedenkopf zu entlarven. Wir haben Fotos von Ihnen und dem guten Doktor. Woher, möchten Sie wissen? Das können Sie ja dann durch Ihren Anwalt erfragen lassen.«

Den aufkommenden Sturm der Entrüstung wischte Bekker mit einem resoluten »Und jetzt halten Sie einfach Ihr Schandmaul!« beiseite. Der Kommissar hatte sich in Fahrt geredet. »Fehlen noch die Erpressung und die Komplizenschaften auf dem Schiff. Meine Kollegin und ich konnten uns eine Frage erst nicht beantworten: Warum hatte ich, obwohl bei Olaf Meiers Erschießung mit im Raum, niemanden entdecken können, als ich nach kurzem Schock auf den Gang hinausrannte? Es schien mir wie verhext, als habe ein Superagent zugeschlagen, eine Art Jack Bauer auf dem Flussfahrtschiff. Dann redete ich mir ein, zu viel Zeit gebraucht zu haben, um meine Schockstarre zu überwinden. Aber das war nicht der Grund. Es war geradezu banal: Corinne Nimmers Kabine lag genau gegenüber. Der Mörder musste nur dorthin zu seiner Komplizin verschwinden und war in Sicherheit. Er dürfte schon dort gewesen sein, als ich bei Olaf Meier geklopft habe. Sehr wahrscheinlich war die Kabinentür nur angelehnt. Nach begangener Tat passte der Mörder den rechten Moment ab und machte sich davon. Frau Nimmer war zum Zeitpunkt des Mordes nicht in ihrer Suite, sondern auf dem Sonnendeck. Sie sollte, wenn es Komplikationen gegeben hätte, nach Möglichkeit nicht in die Sache hineingezogen werden. Befehl von Dr. Nedenkopf, nehme ich einmal an.«

Dann schwieg Bekker. Er wartete darauf, dass sich Wolfgang Morfmann oder Corinne Nimmer auflehnen würden, aber nichts dergleichen geschah. Also holte der Kommissar zu seinem letzten Schlag aus: »Wolfgang Morfmann musste Olaf Meier beobachtet haben, wusste von unserem Gespräch mit ihm, dessen Selbstzweifeln. Er lag mit seiner Einschätzung richtig, denn der Apotheker hätte uns sein Wissen wohl preisgegeben. Zuerst konnte er noch hoffen, dass Meier schweigen würde, dann aber blieb ihm nichts Anderes übrig, als das enorme Risiko einzugehen und ihn während meiner Anwesenheit in dessen Kabine zu erschießen. Dass Wolfgang Morfmann der Wolf ist, verrät uns schon der Vorname. Warum Olaf Meier sein Wissen über die Täter so kryptisch in den Notizen festhielt, hat er leider mit ins Grab genommen. Vielleicht war er sich nicht ganz sicher und wollte sein Wissen lieber nur als verschlüsselten Hinweis formulieren.«

Erna schaltete sich ein.

»Wie mein Kollege ja schon mehrfach angedeutet hat, war Wolfgang Morfmann, alias Alexander Schrandt, Nedenkopfs Mann fürs Handfeste. Es läuft ja nicht immer alles glatt und freundlich ab in der Pharmabranche. Er ist eine Art Bodyguard für alle Lebenslagen, sozusagen. Das stimmt doch, Herr Morfmann?« Der sah vor sich hin, ohne eine Miene zu verziehen. »Ihr Kleinbetrieb diente zur Tarnung. Sie sollten nicht direkt mit Dr. Nedenkopf in Verbindung stehen, aber jederzeit abrufbar und in seiner Nähe sein. Wir haben Ihre Vergangenheit überprüft. Sie haben tatsächlich nach der Schule eine Ausbildung zum Maler und Lackierer durchlaufen, waren dann aber Berufssoldat bei der Bundeswehr mit spezieller Einzelkämpferausbildung. Das blitzschnelle Auftauchen in Meiers Kabine, der präzise Todesschuss, das spurlose Verschwinden, das war die Arbeit eines Profis. Diese Indizien haben uns schließlich auf die richtige Fährte geführt«, beendete Erna ihre Erläuterung.

Zur Verblüffung aller meldete sich Gundula Steinert zu Wort. Wann Erna und Bekker denn auf den ehemaligen Einzelkämpfer als möglichen Täter gekommen seien, wollte sie wissen. Es fehlt nur noch, dass die Alte zu stricken anfängt, dachte Bekker. Erna versuchte, die Faktenlage in einfachen Worten zu beschreiben. »Es gibt einen ganz grundlegenden Sachverhalt, der uns auf ihn gebracht hat: Wir wussten, übrigens von Ihnen, Frau Steinert, dass die Nimmers erst zwei Tage vor der Abreise die Flussfahrt gebucht hatten. Fraglos zu wenig Zeit, um einen solch komplizierten Mord wie den an Egon Nimmer zu planen. Das bedeutete, man war die Sache schon früher angegangen und Corinne Nimmer wusste natürlich Bescheid. Sie hat aktiv die Vergiftung ihres Mannes an Bord betrieben. Dazu sage ich gleich noch etwas. Als einziger Passagier hat Wolfgang Morfmann ebenfalls erst zwei Tage vor Abreise, ganz genau eine Stunde nach den Nimmers, diese Reise gebucht. Das konnte einfach kein Zufall sein.

Wir hatten durch die Recherche eines Kollegen herausbekommen, dass Nimmers Agentur den Zuschlag für einen langjährigen Agenturvertrag eines Pharmaunternehmens bekommen hat. Dann fanden wir heraus, dass Schrandts bzw. Morfmanns Firma vor allem für dieses Unternehmen arbeitet. Nachdem es hier an Bord sowohl einen Norovirus-Ausbruch wie auch eine Arsenvergiftung gegeben hat, sind Wolfgang Morfmann und im Zuge dessen Corinne Nimmer und

Dr. Nedenkopf ins Zentrum unseres Interesses gerückt.«

Erna wartete ab, ob jemand etwas sagen oder einwenden würde, aber es herrschte absolute Stille. Dann setzte die Kommissarin erneut an: »Wegen der Erpressung kann ich Ihnen bislang Folgendes sagen: Dr. Nedenkopf und Egon Nimmer haben gemeinsam in München studiert und sich eine Wohnung geteilt. Wie wir von der dortigen Polizei erfahren haben, ist damals eine Studentin bei einer turbulenten Feier in Nedenkopfs Zimmer zu Tode gekommen; stranguliert beim ›Spielen‹, würde ich das mal umschreiben. Da es ziemlich hoch herging, soll heißen, es gab mehrere Partnerwechsel während der Nacht, konnte man den Täter nicht ermitteln. Egon Nimmer hat damals unter Eid ausgesagt, dass Nedenkopf während der fraglichen Todeszeit des Mädchens bei ihm im Zimmer war.«

Erna signalisierte Bekker, er solle weiter ausführen.

»Wir vermuten, dass Egon Nimmers Forderungen mit dem langsamen Niedergang seiner Firma immer dreister wurden. Unabhängig davon, ob die Tat womöglich mittlerweile verjährt war oder nicht, der Werber hatte Nedenkopf in der Hand. Für das Ansehen von ›Nedenkopharm‹ hätte das Öffentlichmachen der Tat unabsehbare Folgen gehabt. Wir sind uns mittlerweile ziemlich sicher, dass Corinne Nimmer die treibende Kraft hinter der Ermordung ihres Mannes gewesen ist. Sie hatte sich schon vor einiger Zeit für Dr. Nedenkopf entschieden und dürfte ihn dazu gebracht haben, einen Plan zu entwickeln, um ihren

Mann auszuschalten. Ein Mitarbeiter aus Nimmers Agentur hatte schon mehrfach privat, als kleine Gefälligkeit für Dr. Nedenkopf, in dessen Villa fotografiert. Dort ist er zufällig über ein eindeutiges Indiz gestolpert. Es handelt sich um eine Aktfotografie von Corinne Nimmer, die im Privatbad von Nedenkopf hängt. Dessen Tür hatte der Mann aus Versehen geöffnet. Wir sind im Besitz eines Handybildes dieser Fotografie. Auch war Corinne Nimmer die einzige Person, die sich die ganze Zeit über in der unmittelbaren Umgebung ihres Mannes aufhielt, was konkret bedeutete, dass nur sie ihm regelmäßig die exakt dosierten Mengen Arsen in seinen Getränken auflösen konnte. Die beste Gelegenheit bot sich natürlich an einem Ort, wo ihr Ehemann immer in der Nähe sein würde, wie an Bord eines Kreuzfahrtschiffs. Überlegen Sie, hier war Egon Nimmer seiner Frau ausgeliefert; er war jeden Abend bei ihr, denn es gab keine Außentermine oder Clubabende. Sie konnte dosieren und die auftretenden Symptome bei Bedarf durch Medikamente wie Magentropfen lindern. Die Spurensicherung wird diese Mittelchen zweifelsohne in ihrem Badezimmerschrank finden, da sind wir sehr zuversichtlich.«

Bekker wusste natürlich von den Arzneimitteln, hatte er doch ihre Kabine durchsucht, aber das musste ja an dieser Stelle nicht erwähnt werden.

»Sollte es noch Ungereimtheiten geben, bin ich überzeugt davon, dass uns Herr Silberstein weiterhelfen wird, der sich zum Komplizen gemacht hat, um seine horrenden Spielschulden abzuzahlen. In einem Punkt war ich zu blauäugig, denn mir hätte schon viel früher klar sein müssen, dass es einen Mittelsmann an Bord geben musste; schon um den Norovirus effektiv und unauffällig zu verbreiten. Ganz ohne Hilfe von Besatzungsseite wäre es schwierig und mit einem recht hohem Risiko behaftet gewesen. Ergo, es musste jemand von der Crew an der Tat beteiligt sein.

Bei den Recherchen der letzten Stunden ist uns ein weiteres Detail aufgefallen, das die Wahl ausgerechnet dieser Kreuzfahrt nachvollziehbar macht, denn Herr Silberstein und Herr Morfmann kannten sich von ihrer Einzelkämpferausbildung her. Ich bin überzeugt davon, dass der 1. Offizier nicht wusste, auf was er sich wirklich einließ, als er zustimmte bei der Verbreitung des Virus mitzumachen. Sicherlich war es für das Vorhaben von Vorteil, dass man mit Silbersteins Hilfe zu jeder Zeit an jeden Ort gelangen konnte. Von einem Mord war ja nie die Rede gewesen, denn die Vergiftung Nimmers wäre ja unter normalen Umständen nie ans Licht gekommen. Richtig problematisch wurde die Situation erst, als Bellroth auf einmal tot im Maschinenraum lag. Der Offizier musste erkennen, dass man auf seinen Plan, den Pflegedienstleiter mit Geld zum Schweigen zu bringen, nicht eingegangen war. Und von diesem Moment an steckte er richtig in der Bredouille. In ein paar Stunden werden Taucher sicherlich die Waffe bergen, mit der Olaf Meier ermordet wurde, davon bin ich überzeugt. Wir wissen genau, von welcher Kabine aus sie ins Wasser geworfen wurde. Möglicherweise finden wir ja sogar noch die Fingerabdrücke des Täters. Und damit schließt sich dann der Kreis«, bemerkte Bekker und sah hinaus zum Rhein, auf dessen Wasseroberfläche das Sonnenlicht tänzelte. Kapitän Semmen sprang auf und bedankte sich bei den beiden Kommissaren. »Ich denke, wir haben uns jetzt etwas zu essen verdient.«

Fester Boden

Kurz vor der Mittagszeit wurde die Quarantäne aufgehoben, und wenig später verließen die ersten Gäste das Schiff. Bekker lehnte das Angebot seiner Kollegen ab, mit dem Streifenwagen zum Präsidium gebracht zu werden; lediglich sein Gepäck schickte er mit. Der Kommissar wollte ein paar Meter durch die Stadt schlendern, einen Espresso trinken und erst mal abschalten. Vielleicht sollte er noch eine Rieslingschorle vor den weiteren Verhören trinken, das würde ihn entspannen, dachte er, und dazu etwas Kleines essen. Der Kommissar rieb sich die Hände, sein Plan beschwingte ihn. Er war bestens gelaunt, als er am »Café Dinges« vorbeispazierte, dessen Besitzer sowie die Alteingesessenen an den Tischen grüßte und den Weg in die Vilzbach einschlug. Vieles hatte er vor dem Beginn der Reise für möglich gehalten, aber drei Morde und ein Norovirus-Ausbruch? Das konnte nur ihm bei einer Flusskreuzfahrt passieren. »Scheiße«, brummte er und musste lachen, obwohl die Umstände eigentlich alles andere als witzig waren.

Silberstein hatte ihm beim Verlassen des Speisesaals noch einmal deutlich signalisiert, dass er alles tun würde, um zu helfen. Er habe einen schlimmen Fehler begangen, der zwar nicht mehr gutzumachen sei, das wisse er, aber er wolle wenigstens das Mögliche tun, damit die Mörder ihre gerechte Strafe bekommen würden. Der 1. Offizier war Bekker sympathisch gewesen, weshalb er Silberstein zuerst auch nicht verdächtigt hatte, ihn im Maschinenraum niedergeschlagen zu haben. Diesen Tatbestand würde er nicht weiter verfolgen. Sicherlich fiel das Urteil trotz Strafminderung, wenn er denn kooperierte, immer noch hart genug aus.

Der Kommissar blieb am Höfchen stehen und blickte die Ludwigstraße hinauf in Richtung Schillerplatz. Endlich hatte er wieder festen Boden unter den Füßen, seinen festen Boden. Es war mittlerweile ein wenig diesig und frisch, das noch helle Blau des Spätmorgens wirkte einladend. Bekker lächelte vor sich hin, als gäbe es nichts, was ihn in diesem Augenblick mehr beglücken konnte. Das hier war sie, seine ach so kleine und doch unendlich große Freiheit, über die sich seine Freunde und Kollegen immer wieder amüsierten.

Niesberg hatte mit seiner flapsigen Bemerkung, Bekker solle die verschiedenen Bereiche des Schiffs mit den Straßennamen der Vilzbach belegen, irgendwie recht gehabt. Erst als er begonnen hatte, sich mit den unterschiedlichen fremden Räumen vertraut zu machen – man musste ihnen ein Gesicht geben, ein Gefühl für sie entwickeln –, war es ihm gelungen, seine Intuition einzusetzen. Und auf einmal hatte es wieder funktioniert, das sich Hineindenken, das instinktive Erfassen der jeweiligen Situation. Wenn man den Wald vor lauter Bäumen nicht sieht, wie typisch, dachte Bekker. Sein alter Freund Niesberg, der ihn bestens kannte, hatte dies alles schon vor der Abreise prophezeit. Es kam ihm auf die Vertrautheit mit der Umgebung an. Das hatte der Polizeifotograf klarer gesehen als er selbst.

Bekker bog in die Schöfferstraße und erreichte den Leichhof. Er warf einen Blick auf den Westteil des Doms, den Schnörkeldom, wie ihn seine Großmutter immer genannt hatte. Jeder wusste bei einer solchen Formulierung, um welchen Teil des Bauwerks es sich handelte. Der Kommissar war froh, wieder daheim zu sein. Dazu die neue Situation mit Erna – er spürte eine gewisse Aufregung, die sich wunderbar anfühlte. Sie würde heute bei ihm übernachten, kaum zu glauben, dass das tatsächlich passierte.

Das Geschenk

Nach dem Abschluss der Verhöre konnten sowohl Morfmanns und Corinne Nimmers Schuld, wie auch Dr. Nedenkopfs Verwicklung in die Ermordung von Egon Nimmer, eindeutig bewiesen werden. In den Unterlagen der Frau des Werbers fand sich eine exakte Anweisung zur Dosierung eines nicht näher beschriebenen Wirkstoffs für die Dauer von einer Woche. Nedenkopf hatte diesen Zettel mit einem Gruß und seinem Vornamen unterschrieben. Bekker konnte sich nicht recht mit dem Gedanken anfreunden, dass die kühl berechnende Corinne Nimmer die Nachricht einfach nur in ihrer Tasche vergessen hatte, aber es war ihm an diesem Punkt auch egal. Zudem hatte Silberstein weitere Indizien gesammelt, womöglich, um zusätzliches Geld von Nedenkopf zu fordern, die er der Polizei zur Verfügung stellte und die jede Hoffnung der Täter, sich der Justiz zu entziehen, zunichtemachte.

Erna und Bekker verließen gegen 22 Uhr die Dienststelle; die Erschöpfung aufgrund der zurückliegenden Ereignisse stand ihnen ins Gesicht geschrieben. Trotzdem machten sie noch kurz Halt im »Hottum«, auf ein

Weinchen und Spundekäs, um den Abend in geselliger Atmosphäre zu beschließen.

»Schack, was hast du eigentlich bei der Untersuchung von Bellroths Kabine damit gemeint, dass der eigentliche Hinweis der sei, dass es keinen gab?«

»Na, dass der Täter mehrere Male aus einer in der Nähe befindlichen Kabine bei Bellroth gewesen sein muss, denn der hatte sicherlich einiges an Reiseführern und Notizheften gehabt. Sein Hobby war doch Stadthistorie, ausgeschlossen, dass er kein Material dabei gehabt hat. Das habe ich den Kollegen aus Saarbrücken gefragt, dem Bellroths Frau bestätigt hat, dass ihr Mann eine Fülle von Unterlagen mitgenommen hatte. Morfmann alias Schrandt konnte nicht riskieren, dass der Pflegedienstleiter irgendwo eine Notiz über seinen Verdacht oder das Treffen hinterließ.«

»Und dann übersieht er das zusammengeknüllte Zettelchen im Klobürstenhalter. Da war sich der handfeste Herr Morfmann dann doch ein bisschen zu fein«, bemerkte die Kommissarin und lächelte vieldeutig.

»Und du bist dir sicher, also wegen heute Nacht?«, fragte Bekker völlig unvermittelt, was Erna mit einem Lachen beantwortete. »Weißt du, ich bin letzte Woche unter ziemlichem Zeitdruck losgerannt, es könnte also sein …«

»… dass es aussieht wie in einer typischen Junggesellenwohnung«, vollendete sie den Satz.

»Nein, so schlimm siehts nicht aus. Das wollte ich auch gar nicht sagen, sondern, dass es halt nicht so ganz … perfekt aussieht.«

Erna grinste wissend und küsste ihn. Etwas war anders als die ganzen Jahre zuvor. Sie fühlte sich neben ihm als Frau, als begehrte Frau, nicht als Kollegin. Dass dies in Zukunft Probleme aufwerfen würde, war vermutlich nicht zu verhindern, doch weigerte sie sich in diesem Moment, es zu akzeptieren. Nichts würde sie jetzt zwischen sich und ihr Glück lassen.

»Schack?«

»Ja?«

»Ich muss dir noch etwas von deinen Kollegen geben; sie sind alle ziemlich beeindruckt, wie es dir gelungen ist, den ersten Mord zu erkennen.«

Sie legte ihm einen Umschlag hin und lächelte sehr verführerisch, was Bekker mehr an die bevorstehende Nacht als an den Umschlag denken ließ, den er erst einmal zur Seite schieben wollte, doch Erna insistierte.

»Bitte, Schack.«

Bekker nickte mehrfach, musste erst einmal seine erotischen Gedanken vertreiben, dann riss er den Umschlag auf.

»Ein Gutschein. Der ist für, nein, das können die nicht mit mir machen, für was? Eine Mittelmeerkreuzfahrt? Nein, mache ich nicht, das kommt nicht infrage«, sagte er ein wenig zu laut, wiederholte es fast flehentlich und bemerkte erst gar nicht, dass Erna zu lachen begonnen hatte. Sie konnte gar nicht mehr aufhören, ihr liefen die Tränen die Wangen herunter und sie bemerkte schließlich: »Das habe ich mir gewünscht, Schack.«

Die alte Holztür des »Hottums« öffnete sich und

durch den schweren grünen Vorhang betraten Werner Niesberg, Gerd Denne und Walter Kur die Weinstube.

Ende

Dank

Danke an alle, die sich in dieses Buch eingebracht haben.

Mein besonderer Dank gilt Gabriela Hoffmann für die gelungene Zusammenarbeit sowie Dr. René Heinen, der »Schotten dicht« im Societäts-Verlag neu aufgelegt hat. Ein großes Dankeschön auch an Prof. Reinhard Urban für die hilfreichen Informationen, Amtsarzt Dr. Lothar Wendel für seine ausgezeichneten Ratschläge, den Ersten Kriminalhauptkommissar Peter Metzdorf für die sachdienlichen Hinweise, Axel Weber für die Gestaltung des Covers und Andrea Geraldine Sievers für Liebe, Geduld und den überlebten Norovirus 2012.

Zum Autor

© Alexander Heimann

Peter Jackob, Jahrgang 1965, studierte Komparatistik und promovierte mit einer Arbeit über Schattenmetaphorik. Neben seiner Krimi-Reihe um den Mainzer Kommissar Schack Bekker schreibt der in Mainz geborene Autor Sherlock-Holmes-Romane. Er ist Preisträger des „Blauen Karfunkel", einer Auszeichnung der Deutschen Sherlock-Holmes-Gesellschaft. Außerdem hat Peter Jackob einen Finnland-Thriller veröffentlicht. Nach 14-jährigem Florenz-Aufenthalt lebt er inzwischen wieder in seiner Heimatstadt.

www.peterjackob.de
www.mit-schack-unterwegs.de
www.der-gespielte-krimi.de

In der Reihe der Bekker-Krimis erschienen:

Narren-Mord. Ein Mainzer Fastnachtskrimi (Leinpfad Verlag 2009)
Das Leben ist kein Tanzlokal (Leinpfad Verlag 2011)
Schotten dicht. Kommissar Schack Bekker ermittelt auf dem Rhein (neu aufgelegt Societäts-Verlag 2017)
Verschossen. Kommissar Schack Bekker ermittelt in Mainz (Societäts-Verlag 2016)

Peter Jackob

Verschossen

Ein feuchtfröhlicher Abend in der Mainzer Altstadt: Schack Bekker feiert ausgelassen mit seinem Kneipenfreund Norbert Neumann und den Jungs von der Bundesliga-Tipprunde. Der Kommissar ahnt nicht, dass er Neumann zum letzten Mal sieht. Ein paar Tage später erfährt er von seiner Kollegin Erna, dass der Freund spurlos verschwunden ist. Von dunklen Machenschaften und fatalen Wettmanipulationen, die mit Neumanns Abtauchen in Zusammenhang stehen, weiß bis dato noch niemand etwas.

„Verschossen" ist nicht nur ein folgenschwerer Elfmeter, der zum Auslöser einer tödlichen Eskalation wird. „Verschossen" ist auch die längst überfällige Liebesgeschichte zwischen dem eigenwilligen Mainzer Altstadtkommissar und der charmanten Kollegin. Ein Muss für Fans von Schack Bekker, Meenzer Urtyp, der in seinem neuen Fall gewohnt schnoddrig ermittelt und kein Blatt vor den Mund nimmt.

240 Seiten, Broschur, ISBN 978-3-95542-217-2, 12,80 Euro

Sonja Rudorf

Alleingang

Ein Sommerabend in Frankfurt. Die Therapeutin Jona Hagen findet ihren jungen Kollegen Alexander Tesch schwer verletzt in ihrer Praxis. Bei Durchsicht seiner Unterlagen muss sie entsetzt feststellen, dass er sie schwer getäuscht hat. Ein heimlicher Besuch in seiner Wohnung offenbart ihr das ganze Ausmaß seiner Persönlichkeit. Doch um die Polizei einzuschalten, ist sie schon zu sehr in die Sache verwickelt.

Zur gleichen Zeit kämpft jenseits des Mains ein Vater darum, seinen Sohn vor Mobbing in der Schule zu bewahren. Doch der 16-jährige Hendrik verweigert sich jeder Hilfe. Seit seine Sitzungen beim Kollegen Tesch ausfallen, scheint er verändert. Steht er in Kontakt zu anderen geschädigten Patienten? Und warum kontaktiert sein Vater die Therapeutin immer wieder?

Jona Hagen hat keine Wahl: Sie muss die Beteiligten gegeneinander ausspielen, um das undurchsichtige Beziehungsgeflecht zu entwirren. Die einzig mögliche Strategie und die gefährlichste dazu …

288 Seiten, Broschur, ISBN 978-3-95542-216-5, 12,80 Euro

Andreas Schäfer

Mainhattan Star

Schlagersternchen Nadine Goldberg wird von einem Stalker verfolgt. Nachdem ihr kolumbianischer Fitnesstrainer erstochen aufgefunden wird, deuten die Spuren in Richtung Beziehungstat, aber auch Drogenmilieu. Kriminalhauptkommissar Thomas Bach führen seine Ermittlungen in die Glamourwelt der Mainmetropole, mit Edel-Italienern, Nobel-Diskotheken und adretten Musikmanagern. Lange bleibt unklar, welchem Phantom er nachjagt, bis es im Squaire am Frankfurter Flughafen zum Showdown kommt.

Der lang erwartete vierte Mainhattan-Krimi von Andreas Schäfer, wie immer gewürzt mit vielen bekannten Schauplätzen und einer gehörigen Portion Realismus aus der täglichen Ermittlungsarbeit der Frankfurter Polizei. Jede Menge Lokalkolorit und Spannung pur bis zum Schluss!

240 Seiten, Broschur, ISBN 978-3-95542-143-4, 12,80 Euro